A Francesca:

Che la storia di James e Michelle approdi addirittura in Scozia è per me un'emozione grande.
Buon Viaggio insieme a loro

Cheny Deveryn

Copyright© Chevy Deveryn
Anno di pubblicazione 2023

ISBN: 9798859673926
Casa editrice: Independently published

Questa è un'opera di fantasia. Qualsiasi riferimento a fatti o persone realmente esistenti, vive o defunte, è da considerarsi puramente casuale.

Questo romanzo contiene materiale protetto da copyright. Ogni riproduzione totale o parziale, ogni diffusione in formato digitale non espressamente autorizzata dall'autrice è da considerarsi come violazione del diritto d'autore e sarà sanzionata civilmente e penalmente secondo quanto previsto dalla Legge 633/1941 e successive modifiche.

Copertina a cura di Elisa Novaresi

LE CORDE DELL'ANIMA
DI
CHEVY DEVERYN

CAPITOLO UNO

Evitare di aspettare l'ascensore gli avrebbe sicuramente fatto risparmiare del tempo prezioso. Si era sempre fidato maggiormente delle sue gambe e del suo passo spedito, specie all'ora di punta serale. Tuttavia, l'afflusso di studenti per i corridoi, su per le scale, dentro e fuori dalla biblioteca, era peggio di una macchia d'olio sull'asfalto. Lo stavano rallentando da un tempo infinito e a lui non sembrava di fare altro che schivare persone, muovendosi con maestria, un po' a destra e un po' a sinistra, scusandosi preventivamente ogni volta, e mantenendo fissi gli occhi sul suo obiettivo: attraversare il campus indenne e arrivare all'ala Ovest dell'Ateneo per l'incontro che aspettava da una settimana. Di certo quella sua rocambolesca corsa verso la sua meta sarebbe stata più agevole se in quel momento il suo telefono non avesse incominciato a squillare. Sarebbe stato inutile ignorarlo, lo sapeva. Aveva già alzato gli occhi al cielo avendo il ben più che certo presentimento di sapere chi lo stesse chiamando. E non era che non avesse voglia di rispondere, ma non sentiva di avere le energie per affrontare di nuovo *quella* conversazione. Non in quel momento. Ma fu più forte di lui, e sapeva bene che rimandare sarebbe stato inutile. Estratto il telefono dalla tasca dei pantaloni, avendo entrambe le mani occupate da libri e appunti, lo incastrò tra orecchio e spalla inclinando la testa da un lato. Ci sarebbe solo mancato che cadesse per terra.

«Sì, pronto».

«Ciao tesoro».

«Ciao ma'. Come stai?».

«Tu come stai?».

«Dal momento che sai che ho sentito papà qualcosa come un'ora fa, e so per certo che vi siete parlati, penso tu sappia come sto».

Ci fu un breve silenzio seguito da un lieve sospiro.

«Tesoro, lo sai che lui è fatto in quel modo, ma lo fa perché tiene a te più di quanto immagini».

«Nessuno mette in dubbio che tenga a me, ma dovrebbe imparare a rispettare le scelte degli altri, specialmente quando sono diverse dalle sue».

«Lui ritiene solo che se facessi questo tentativo, sarebbe un'opportunità senza precedenti per te. Vorrebbe solo che tu lo accontentassi, solo per questa volta. Perché crede che tu sia la persona perfetta, e anche tu lo sai».

Ascoltava sua madre in silenzio e aveva rallentato il ritmo dei suoi passi, sempre cercando di non urtare la gente che camminava nel senso di marcia opposto al suo, talvolta alzando lo sguardo, come se stesse cercando aria da respirare.

«Tesoro, sei ancora lì?».

«Sono qui» la voce si era fatta più bassa.

Non deludere nessuno era qualcosa a cui lui teneva particolarmente, più che ad ogni altra. Detestava immaginare di disattendere le aspettative della sua famiglia, in particolar modo quelle di suo padre. Un uomo meraviglioso, presente, affettuoso e devoto a moglie e figli. Orgoglioso di essere riuscito a mettere in piedi, pressoché dal nulla, ciò che aveva, non voleva far mancare niente alle persone che amava, perché vedeva in loro il suo più grande successo. Nel profondo, però, spesso – come figlio – si sentiva soffocato dalle aspettative che suo padre gli aveva proiettato addosso. Perché non le sentiva proprie. C'era un'ambizione precisa, un sogno, per meglio dire, che fin da subito, aveva elaborato per suo figlio, perché sapeva che ne aveva il talento, senza ombra di dubbio. Ma ciò che suo padre voleva per lui non era ciò che desiderava per sé stesso. Ed era questo che trovava difficile da fargli capire. Perché mai avrebbe dovuto pensare che un sogno fosse migliore dell'altro? *Questo* avrebbe voluto far arrivare al suo cuore, ma per qualche motivo non ci riusciva. E in quel momento, l'unica cosa che voleva fare era chiudere quella conversazione il più presto possibile.

«Tesoro, c'è ancora qualche mese prima che sia necessario prendere una decisione definitiva. Gli parlo io. Posso dirgli che ci stai almeno pensando?».

«L'unica cosa a cui voglio pensare adesso è il mio appuntamento con il Professor Kavanaugh. Poi penserò a tutto il resto. Promesso».

«D'accordo. Ti voglio bene».

«Ti voglio bene anche io, ma'. Saluta la nonna».

«Senz'altro».

A telefonata conclusa decise di spegnere il cellulare. Aveva finalmente raggiunto l'agognata ala Ovest e da quel momento in avanti, non voleva più essere interrotto o distratto da niente. Si ripromise di non lasciare più il telefono acceso, prima di momenti significativi come quello.

Con la mente ripercorse le ore che lo avevano portato fino a lì. Si era svegliato presto, perché la giornata era importante. Era emozionato al pensiero del traguardo che aveva raggiunto e ora gli mancava solo la tesi. Scegliere a chi affidarsi per il suo progetto, gli era sembrata la cosa più naturale del mondo. Il Professor Alexander Kavanaugh, il suo preferito, il suo mentore, la sua ispirazione. L'uomo per il quale gli studenti arrivavano persino a sedersi per terra, pur di ascoltare le sue lezioni. E anche lui l'aveva fatto. La risposta positiva alla sua richiesta di potergli fare da relatore, l'aveva considerata un vero colpo di fortuna. Sapeva quanto fosse richiesto e quindi sempre impegnato. Ma il destino aveva deciso altrimenti e sulla sua agenda, quel giorno, c'era scritto anche il suo nome.

Diede un ultimo sguardo all'appunto che riportava orario e numero dello studio del docente, e in men che non si dica, si trovò davanti alla porta giusta.

Trovandola socchiusa, fece per bussare, quando notò, sentendo delle voci uscire dall'interno, che in studio c'era già qualcuno.

«*Venga, venga avanti!*». Un uomo sulla cinquantina, da sopra gli occhiali, stava scrutando il ragazzo in procinto di allontanarsi con discrezione dalla porta.

«Mi scusi, Professore, se è occupato posso tornare più tardi».

«Entri pure, ho finito».

Accanto a lui una giovane donna, una ragazza in verità. A guardarla meglio poteva essere sua coetanea, pensò il ragazzo, mentre si faceva strada nella stanza. Ma era appoggiata alla scrivania, dalla parte del Professore, e dava le spalle alla porta e anche a lui.

«Si accomodi».

Il docente gli indicò la sedia su cui sedersi.

Il ragazzo si sedette nel posto indicatogli. Seduto di fronte al Professore, intento a leggere alcuni fogli seguendo le varie righe con una matita, lo studente tornò a indugiare sulla figura della ragazza seduta accanto all'uomo. Capelli lunghissimi neri, lasciati sciolti sulla schiena, un viso che scorse soltanto di profilo. Con un gesto quasi impercettibile, la vide spostare con la mano quella chioma di seta nera da una parte, voltandosi di sfuggita. Sentì istantanea e chiara la sensazione del sangue scorrergli nelle vene. Una tensione che, inaspettata e improvvisa, gli fece correre un brivido lungo la schiena. E si trovò ad immaginare cosa si potesse provare a sentire quei capelli scorrergli tra le dita. Sentì che stava cominciando a sudare e sperò che nessuno dei presenti si fosse accorto di nulla. Inspirò profondamente, o almeno fece un tentativo, cercando di tornare a concentrarsi su quanto era venuto a fare quella sera in quello studio. Riaggiustò la sua postura sulla sedia, cercando di guardare altrove. Ma lo studio non era grande. Guardò oltre, verso lo scaffale posizionato dietro al Professore, cercando di far scorrere i titoli dei libri che vi si trovavano. Tentando di concentrarsi sull'ordine meticoloso con cui erano stati collocati su quel mobile. Ma l'occhio ritornava sempre sullo stesso punto. I capelli lunghi che quasi toccavano la scrivania. Una mano della ragazza era appoggiata sul bracciolo della sedia del docente, un gesto che gli sembrò decisamente intimo, per il contesto del momento. Con ulteriore imbarazzo, la osservò poi chinarsi verso il Professore e dargli un bacio sulla guancia. La stessa sensazione di prima, mista ad un retrogusto di inspiegabile delusione, questa volta gli strinse lo stomaco. Il quadro gli fu sufficientemente chiaro da fargli decidere di distogliere lo sguardo.

«Ciao, tesoro» le disse lui «ci vediamo stasera».

«Mi raccomando, non fare tardi, sarò lì per le otto». La sua voce quasi sparì in un sussurro.

«Sì, sì. Finisco qui ed esco». Replicò con fare sbrigativo.

Poi la ragazza fece il giro della scrivania e sorrise allo studente.

«Mi raccomando, non fargli fare tardi».

L'inaspettato coinvolgimento in quel quadretto insolito lo fece arrossire, e preso alla sprovvista, quasi balbettò con un mezzo sorriso.

«No di certo, stai tranquilla».

Una volta di più si sentì colpito a tradimento da quella sensazione che non gli consentiva di controllare ciò che sentiva scorrergli dentro, e nuovamente dovette trovare una postura decente su quella sedia che sembrava volergli solo far perdere ogni equilibrio. Con la coda dell'occhio la vide uscire e chiudere la porta dietro di sé. E finalmente poté tornare a respirare normalmente.

«Allora, mi dica pure, mi ha scritto un'e-mail, vero? Ho segnato qui il suo nome in agenda».

Il Professore consultò i suoi promemoria con occhi e dita che scorrevano sulla pagina del giorno corrente.

«Esatto Professore, grazie per avermi ricevuto a quest'ora, innanzitutto».

«Si immagini. Quindi lei avrebbe da propormi un argomento per la sua tesi, è corretto?».

«Precisamente». Il suo entusiasmo era palpabile.

«Sentiamo, di che si tratta?».

«Ho portato alcuni appunti, perché ho un'idea che si potrebbe sviluppare in un paio di modi diversi, ma non so se possa già mostrargliela. Nel senso, non so quanto tempo le possa portar via».

Il Professore lo guardò con calma e serena attenzione. Per un attimo gli parve di rivedere sé stesso riflesso in quel giovane studente pieno di voglia di condividere quanto gli stava passando per la testa. Gli sorrise con l'intento di volerlo tranquillizzare. Gli porse la mano facendogli segno di passargli il blocco degli appunti.

«Non ho altri impegni oltre al nostro appuntamento, e lei?».

Lo studente gli sorrise rassicurato da quella battuta.

«Nessuno, Professore» e con un gesto calmo gli porse i suoi appunti. Il docente si appoggiò allo schienale della sedia senza staccare gli occhi da quei fogli. Il ragazzo sentì come se la sua giornata stesse improvvisamente avendo una svolta grandiosa.

***

Ormai fuori si era fatto buio e le luci in biblioteca illuminavano l'ambiente quasi a giorno. Trovati i libri che cercava, Michelle li appoggiò sul tavolo più vuoto che ci fosse e si guardò attorno. Molti studenti avevano lasciato i loro appunti un po' ovunque e si erano allontanati per tornare più tardi. Le tornò in mente, chiara, una scena da lei vissuta qualche anno prima e sorrise a sé stessa: studiare a oltranza. Se lo ricordava bene.

Si sedette, prese il suo lettore MP3, infilò le cuffie e lo accese su *Wild Night Race*. Quel ritmo dolce e nel contempo drammatico aveva il potere di portarla lontano. Su strade buie, infuocate solo da corse di auto clandestine. Istanti di amore selvaggio consumato in accelerazione, sui sedili in pelle di macchine truccate. Si strinse nelle spalle, riprese il suo lavoro di ricerca e scrittura, isolandosi dal resto del mondo. Dopo un po' la musica l'aveva totalmente avvolta in una bolla privata, e Michelle, che aveva iniziato a sottolineare parte dei brani che aveva fotocopiato, passando da un testo all'altro tra quelli aperti davanti a lei, non si accorse di essere osservata.

Dall'ingresso della biblioteca, lui l'aveva vista subito: jeans, quei capelli lunghissimi neri e il dolcevita verde scuro. Era bellissima. Poi di nuovo, prepotente e insistente, quella stretta alla bocca dello stomaco, che non lo voleva mollare: *era lei*. Si avvicinò e, come se nulla fosse, appoggiò i libri al posto vuoto davanti alla ragazza, osservandola mentre lei non lo guardava. Studiandola attentamente, così concentrata. Michelle inizialmente non fu distolta dal suo lavoro. Poi alzò distrattamente lo sguardo e incontrò quello del ragazzo che accennò un sorriso, ma non aggiunse nulla di più, continuando a tenere gli occhi fissi su di lei. Michelle, con un gesto impercettibile, sotto la scrivania, si passò la mano sul ventre, come presa da una strana sensazione, sconosciuta e piacevole, tuttavia inspiegabile. C'era un profumo nell'aria a cui non aveva fatto caso fino a quel momento, o forse fino a quel momento non c'era stato alcun profumo a cui fare caso. Una fragranza rassicurante, di pulito, di buono, di qualcuno che prima che lei si sedesse a quel tavolo, non c'era. Con la stessa mano si aggiustò quindi una ciocca di capelli dietro l'orecchio. Poi tornò sotto al tavolo, a cingersi la vita, quasi per proteggersi da quella sensazione che le stava facendo vibrare tutto il corpo e che, ne era certa, l'aveva fatta arrossire e dilatare le pupille. Aveva anche iniziato a sentire brividi di caldo e freddo insieme, si guardò per un attimo attorno domandandosi se qualcuno stesse giocando ad aprire e chiudere qualche finestra. Ma non era così.

Dopo poco spense il lettore, guardò l'orologio e con gesto rapido tolse le cuffie iniziando a raccogliere le sue cose. Nella fretta matite ed evidenziatori rotolarono giù dalla scrivania. Pronto come un velocista, lui le raccolse tutte e gliele porse. E la guardò negli occhi. Anche lei lo fece. Ma dovette subito abbassare lo sguardo, celando un sorriso. Molto malamente. E di nuovo quel profumo l'avvolse e la turbò in un modo che la portò a ritrarsi leggermente, non appena lui le sfiorò le dita della mano, prima di riconsegnarle ciò che le era caduto.

«Grazie. Ho le mani di burro».

«È la forza di gravità l'unica responsabile».

Michelle rise. Fu molto contento di averla fatta ridere e sembrò che lei si volesse trattenere un attimo di più, ma poi arrivò quel *devo scappare*.

Senza pensarci, lui aprì bocca e lasciò andare.

«Tranquilla, alle otto di stasera mancano ancora due ore abbondanti».

«Come, scusa?».

Preso dalla sensazione di aver forse parlato troppo, sentendosi un po' imbarazzato, cercò di rimediare buttandola sulla semplicità.

«Scusa, è per prima, ero nello studio del tuo... del Professore, siccome ho sentito che dicevi "per le otto", scusa ero lì... come non detto... dovevo farmi i fatti miei».

Con i libri stretti a sé, quasi come se fossero uno scudo, Michelle lo guardò e sorrise.

«Ah sì, ora ricordo. Scusa, non mi ero resa conto che fossi tu».

«Chiaro».

Si strofinò le mani sui pantaloni. Imbarazzato. A malincuore la guardò uscire.

Rifletté un attimo. Un istante brevissimo. E ancora quella sensazione. Un brivido dentro lo percorse dalla testa, lungo il collo per arrivare giù fino ai piedi, e sentì dentro di sé come se una forza invisibile lo spingesse in avanti. Prese la giacca e le andò dietro, non sapendo bene cosa avrebbe fatto. La vide mentre, infilandosi il lungo cappotto blu scuro, tirava fuori con una mano i capelli rimasti incastrati dentro. *Quei capelli*. E si precipitò giù dalle scale facendo i gradini a due a due per raggiungerla.

«Scusa!».

Colta di sorpresa, Michelle, trasalì. Tolse le cuffie e inclinò il viso da un lato, come per tendere l'orecchio, pensando che le avesse detto qualcosa di più.

«Scusami, se ti sono sembrato invadente, prima».

«Non preoccuparti».

«Il fatto è che... posso chiamarti un taxi?».

«No grazie, a piedi sono dieci minuti da qui».

Ci fu un breve silenzio. Non solo i capelli. Anche gli occhi erano belli, e per un istante lui non riuscì a dire nulla. Totalmente bloccato. Immobile e incapace di muoversi. Qualcosa voleva fare. E sentì di dover agire in fretta.

«Che musica ascoltavi?» indicò il lettore.

«*You set me on fire*».

Sentirla pronunciare quelle parole lo destabilizzò per un momento. Esattamente così si sentiva, come se gli avesse acceso un fuoco dentro. Ma decise di darsi un tono, cercò di ricomporsi, e di nuovo fu presente a sé stesso.

«Bella canzone!».

Era confuso. Era evidente, e abbassò lo sguardo, poi lo risollevò. Le sorrise, perché gli sembrava impossibile guardarla senza farlo.

«Jack Knight» spiegò Michelle, guardandolo socchiudendo gli occhi in un sorriso leggero, un po' colta di sorpresa e un po' intenerita «conosci Knight, sì?» chiese Michelle, non considerandola una vera domanda.

«Ovviamente sì, ma sono più un tipo da AC/DC».

«Non male nemmeno loro, ma Knight, lui... non c'è gara con lui. Lo adoro».

Lo disse con un sorriso così spontaneo e anche un po' sognante, da lasciarlo interdetto.

«Ora però...» sembrò esitare.

«Sì?».

«Devo andare o farò tardi per davvero».

«Certo».

«Ci si vede». Salutò Michelle.

«Ci si vede».

Nuovamente la guardò andarsene, e con quell'incendio incontrollabile che lo stava infiammando dentro, si trovò a chiedersi se davvero l'avrebbe rivista.

Jack Knight, e chi non lo conosceva? Pensò uscendo dal campus con le mani in tasca diretto al suo appartamento. *La promessa mantenuta del rock americano*. Così era stato definito da una delle più note riviste di settore, la *Heartbreak Rock Magazine*. Sulla cresta dell'onda da più di quarant'anni, Knight aveva infiammato i cuori e le anime di almeno tre generazioni di persone, che nella sua musica ritrovavano l'identificazione dei loro ideali, la speranza della realizzazione dei loro sogni e, perché no, l'illusione di poter acquisire, per osmosi, almeno un briciolo del suo indiscutibile sex appeal. Il suo forte carisma aveva contribuito non poco a conferire alla sua immagine una credibilità e un valore che difficilmente lo rendevano ostile a qualcuno. Anzi, era più facile che un suo concerto mettesse tutti d'accordo. Decisamente tutti. Lui cantava, la folla si infiammava e non esisteva nient'altro. Già, non esisteva altro, sicuramente non per Michelle.

CAPITOLO DUE

Stava studiando ormai da ore, senza riuscire a cavare un ragno dal buco. Si passò le mani tra i capelli scuri, si sfilò e appoggiò gli occhiali con gesto sbrigativo sulla scrivania. Allungò poi le gambe e si lasciò cadere sullo schienale della sedia: di quello che stava leggendo non stava capendo assolutamente nulla. Era decisamente giunto il momento di farsi un giro. A lunghi passi, attraversò corridoi su corridoi, fino ad uscire nel giardino del Campus. Di lì ad un paio di settimane avrebbe avuto l'ultimo dannato esame e notava come fosse difficile ultimamente concentrarsi. Ma se non lo avesse passato, non sarebbe arrivato alla specialistica e tutto il tempo passato sui libri nei mesi precedenti, sarebbe stato tempo sprecato.

Stretto nelle spalle, mani in tasca e faccia a terra, preso da quei pensieri, non si accorse di essere rientrato nell'ala Ovest dell'edificio.

Sentì il cuore balzargli nel petto.

Uscire dalla porta dello studio del suo Professore: *lei*.

«Allora, ti chiamo più tardi».

«Sì, ciao. Fai la brava» fu la risposta che uscì da dentro lo studio.

Accelerando il passo e facendolo sembrare del tutto casuale, le si parò davanti e si scontrarono.

«Guarda un po' chi si rivede!» sorrise.

«Hey ciao!» il sorriso di lei pieno di sorpresa «ho finito, se devi entrare» indicando la porta dello studio del Professore.

«Non devo entrare» guardandola con calma negli occhi, le mani in tasca e senza alcuna intenzione di volersi spostare dalle piastrelle che stava occupando.

Improvvisamente la sua mente sembrò riaprirsi a una nuova lucidità, pronta ad accogliere qualsiasi nozione gli fosse stata proposta. Il suo cervello funzionava ai massimi livelli. Forse complice anche quel profumo dolce e inebriante che sentiva provenire dai quei bei capelli neri. Non riusciva a dargli un nome. Potevano essere fiori. Fiori di un giardino segreto, magari. E immaginò di poterci entrare, in quel giardino segreto. *Che spettacolo l'adrenalina*, pensò. E si buttò.

«Avrei voglia di un caffè, tu lo vuoi?»

Michelle sentì il cuore subire una rapida accelerazione. Sorrise e decise di accettare. Capelli castano scuro, folti, lisci, poco sopra le spalle. Occhi scuri, timidi e gentili, accompagnavano un sorriso così bello che Michelle si chiese come avesse fatto a non notarlo subito. Per non parlare della sua altezza. Da quella si sentiva leggermente intimidita. Lei non si poteva certo definire una ragazza particolarmente alta, ma il fatto che lui svettasse sulla maggior parte della gente che stava passando di fianco a loro, non faceva che confermare la sua osservazione. Si accorse di dover sempre piegare il collo per guardarlo negli occhi. E lui sembrava che la stesse sovrastando, mentre la osservava con tenerezza, come in attesa. Michelle pensò che, in un ipotetico abbraccio, gli sarebbe potuta arrivare al massimo appena sotto il torace. Si sentì avvampare alla sola idea di essere arrivata a quel pensiero dopo appena quindici secondi di conoscenza, e subito cessò di guardargli il torace. Il suo intento di non arrossire di più, ebbe scarso successo, visto che nel distogliere lo sguardo dal suo petto, gli occhi le si posarono sulle sue braccia. Sarà nato così o c'era del duro e intenso lavoro di fitness dietro a quello che stava facendo finta di non ammirare? Ma soprattutto, perché stava iniziando a sentire uno strano formicolio alle mani? Probabilmente quel famoso caffè avrebbe potuto restituirle un briciolo di equilibrio mentale.

Uscirono dall'ala Ovest per dirigersi verso la caffetteria universitaria. A quell'ora c'era ancora un discreto via vai di studenti. Lui le aprì la porta per farla entrare sfiorandole la schiena impercettibilmente, per accompagnarla nell'ingresso. Non appena la porta si chiuse la guardò con sguardo curioso.

«A proposito, come ti chiami?».
«Michelle».
«Molto piacere. Michelle, facciamo così, tu scegli il tavolo e io vado a prendere i caffè. Ti va?»
«Affare fatto».
«Vuoi qualcos'altro? Hai fame?».
«Il caffè andrà più che bene, grazie».

Lo vide allontanarsi camminando per un attimo all'indietro con un sorriso diretto ai suoi occhi, poi si voltò in direzione del bancone per fare la loro ordinazione. Fu lusingata da tutte quelle premure, ma non poté non notare la bizzarria di chiederle il nome senza dire anche il suo. In pratica stava per bere un caffè con uno sconosciuto.

Michelle scelse un tavolo vicino alla finestra e non distante dalla piccola scaffalatura di libri messi a disposizione per i clienti. Da lì era possibile avere una visuale aperta su tutto il locale, arredato con tavoli in legno scuro rotondi, di vario diametro, circondati da divanetti in pelle tondeggianti, rossi e bianchi.

Appoggiata con le braccia sul tavolo, guardò per prima cosa fuori dalla finestra che dava sul giardino universitario. Uno sguardo verso il cielo le suggerì che il tempo stava cambiando, forse avrebbe iniziato a piovere, a giudicare dalle pesanti nuvole grigie che stava osservando raggrupparsi proprio sopra di loro. Poi si voltò in direzione della cassa. In quel momento lo vide tornare con il vassoio e i caffè, tutto sorretto con una mano sola. Si strinse nelle spalle, quando sentì una lieve scossa nel petto, accompagnata da un guizzo di inspiegabile euforia. Le faceva uno strano effetto vedere quel sorriso.

«Zucchero, quanto?».

«Lo prendo così com'è, grazie».

Con cautela le posò la tazza di fronte.

«Fa' attenzione, è bollente».

Subito dopo si sedette di fronte a lei. Michelle non poté non notare il garbo con il quale accompagnò quel gesto.

«Grazie» strinse la tazza tra le mani «e tu?».

«Io, cosa?».

«Tu non ce l'hai un nome?».

Vide i suoi occhi scuri soffermarsi a lungo nei suoi, prima di rispondere. Di nuovo quel sorriso, e decise che sarebbe stato meglio iniziare a soffiare sul suo caffè prima che, per almeno due motivi, prendesse fuoco da sola.

«James. James Riverfield» le porse la mano per stringere la sua. Una stretta gentile, ma vigorosa. Una mano grande e affusolata. Lo vide poi spostare lo sguardo sulla serie di appunti e fogli rilegati, che lei aveva appena appoggiato sul tavolino. James inclinò la testa tentando di leggere le scritte che, rispetto alla sua visuale erano sottosopra. «*Forrest Gump: the making of the screenplay*». Continuò poi su altri fogli «*Run ...*»

«*in the Sun*» finì lei la frase «d'album di Jack Knight».

«E anche piuttosto famoso, direi».

«Si tratta della mia tesi. L'idea è questa. Sto lavorando ad un progetto che prevede l'analisi di alcuni personaggi, tratti dal mondo del cinema, messi in parallelo con alcuni protagonisti di canzoni rock, con un focus su quelle scritte da Jack Knight. In particolar modo mi soffermerò sul tema della corsa, che è anche una mia grande passione. Corsa come fuga, evasione, voglia di riscatto o desiderio di scappare. E – se sì - da cosa».

James aveva preso ad osservarla con le mani sotto al mento. Era affascinato dal suo sguardo che sembrava illuminarsi, vagando tra i suoi occhi e il resto del locale, mentre parlava del suo lavoro con tanto trasporto. Poi la vide bloccarsi. A dire il vero era lui ad essere rimasto incantato e non si accorse di essere lì a guardarla con un sorriso ebete da un buon numero di minuti.

«Ti sto annoiando».

«Direi proprio il contrario».

Le ore che trascorsero chiacchierando volarono. James raccontò del suo percorso di studi e del suo sogno di diventare insegnante. Michelle di come si fosse trasferita dal Canada ormai da anni, avesse vissuto con la sua famiglia per diverso tempo nel Connecticut e del suo sogno di lavorare nel campo della scrittura creativa. Il Professor Witchy, suo relatore, collaborava in parallelo con alcune importanti case editrici e, avendo individuato in lei un talento nella scrittura, sperava di poter proporre il suo lavoro per la pubblicazione. Michelle, al solo pensiero, era rimasta elettrizzata. Travolto come un fiume in piena da tutto ciò che Michelle stava raccontando, James non sapeva più come fare per concentrarsi su qualcosa che non fossero i suoi occhi meravigliosi, che per la maggior parte del tempo lo guardavano, ma che ogni tanto cercavano per aria le parole giuste per spiegare tutto quello che gli stava dicendo. E quella bocca, che pronunciava parole, si apriva in sorrisi, e che lo stava portando pericolosamente altrove. Possibilmente in un posto in cui ci fossero solo loro due, come in una stanza, al buio. Magari chiusa a chiave, meglio ancora se per sempre.

«Pensi di poter considerare la possibilità di uscire anche con un ragazzo della tua età?».

Michelle lo guardò interdetta.

Ripresosi di botto da quel sogno ad occhi aperti, non si era accorto di averla interrotta, né che quelle parole gli fossero rotolate fuori dalla bocca senza controllo.

«Non ho capito. Con chi altri starei uscendo che non ha la mia età?».

Mentre formulava quella domanda, la sua mente fece quell'ampio collegamento che la portò dal primissimo incontro con James, a quel preciso istante. E scoppiò a ridere. Michelle riusciva a stento a smettere, e si coprì la bocca con le mani cercando di soffocare l'incessante fiume in piena di risate che la colsero alle parole di James.

«Tu intendi il Professor Kavanaugh?».

James non ebbe bisogno di rispondere. La sua risposta era scritta chiara nei suoi occhi. Ovvio che si stesse riferendo a lui. E a quanto pare Michelle trovava la cosa davvero spassosa. Annuì sorridendo e guardando altrove per un momento.

«Ti svelo un segreto» nel dire quelle parole, Michelle si protese leggermente verso di lui guardandosi attorno con circospezione.

«Io e il Professor Kavanaugh in effetti siamo molto, molto legati. Devi infatti sapere che abbiamo lo stesso cognome».

Dovette ammettere a sé stessa che osservare gli occhi di James più da vicino, mentre gli faceva quella rivelazione, e notare quanto fossero dolcemente espressivi, le stava dando una piacevole sensazione. Piacevole e nel contempo imbarazzante, perché lui per un rapidissimo istante, fece scivolare lo sguardo sulle labbra che si trovò d'improvviso così vicine.

«Alexander Kavanaugh è mio padre» ritornò alla sua postura eretta con la tazza di caffè tra le mani e gli fece l'occhiolino.

James abbassò dapprima lo sguardo, con un lieve sorriso di imbarazzo dipinto sul viso, per poi serrare la mascella tentando, senza riuscirci, di trattenere una risata. Una risata che forse liberò in lui anche un forte senso di sollievo. E la morsa che sentiva alla bocca dello stomaco stava iniziando a sembrargli gradevole, quasi amica. E di aver appena fatto quella figura imbarazzante, non gli sembrò poi così importante. La guardò. Si diede una grattatina alla testa e con un sorriso aprì le mani in segno di resa.

«Credo di aver appena fatto la figura del coglione».

«Non preoccuparti. Papà è estremamente affascinante. Non è difficile immaginare che se la spassi con una giovincella che ha meno della metà dei suoi anni».

«Scusami, mi dispiace da morire. Non volevo mancare di rispetto a tuo padre, né tantomeno a te».

La guardò da sotto in su. La timidezza che Michelle vide negli occhi di James le fece a sua volta abbassare lo sguardo e forse anche la guardia. Tanto che le parole successive le uscirono di bocca quasi senza che se ne accorgesse.

«Quindi tu mi stai chiedendo di considerare di uscire con qualcuno della mia età?».

«Sì, avrei qualcuno da proporti».

«Ah sì? Ed è carino?».

James rise guardando per un attimo fuori dalla finestra, per poi tornare dritto nei suoi occhi.

«Di sicuro ha senso dell'umorismo. È spiritoso. Non dice parolacce. Non se non è strettamente necessario, almeno».

Michelle rise, quel gioco le piaceva.

«Mi piacciono i personaggi spiritosi ed educati, al tempo stesso, in effetti».

«Allora, chi lo sa, potrebbe essere il tuo tipo. Io, fossi in te, gli darei un'occasione».

Il modo in cui la guardò dopo aver pronunciato quell'ultima frase le fece rimbalzare il cuore nel petto e per un attimo si sentì estremamente vulnerabile. Abbassò lo sguardo con un sorriso imbarazzato. Quando lo risollevò lui era ancora lì, quegli occhi, così profondi nei suoi, verdissimi. James cercava in tutti i modi di gestire ciò che non riusciva a spiegarsi gli stesse accadendo dentro. Si domandò se anche lei stesse sentendo la testa galleggiare per aria come stava capitando a lui.

«Non ti conosco un granché, tuttavia parli così bene di questo tuo amico che mi parrebbe brutto non dargli una *chance*, se poi dici che è anche carino...»

«Non l'ho detto».

«Facciamo finta che tu lo abbia detto, allora».

«Facciamo finta».

Impegnati a reggere le loro tazze fumanti con una mano, la sinistra di entrambi poggiava ora verso il centro del tavolino e, impercettibilmente, James aveva fatto scivolare le dita verso quelle di Michelle, guardando nel contempo per un attimo fuori dalla finestra. Nello sfiorarsi per un brevissimo momento, entrambi furono attraversati dalla stessa scossa di elettricità che dalle dita risalì sulle braccia, le spalle, per irradiarsi tra petto, spina dorsale e cervello. Un istante fulmineo in cui i loro occhi si cercarono di nuovo con sorpresa, e con un sorriso, si capirono.

«Tu vivi qui a New Haven, James?»

«Vivo qui per conto mio per ragioni di studio, ma ogni tre settimane torno a casa dai miei genitori, nel Rhode Island. Ci sei mai stata?».

«No, in effetti no».

«E i tuoi genitori? Di che si occupano?».

«Lavorano nel campo della Comunicazione».

«Interessante. Quale ambito della Comunicazione?».

«Varietà. Voglio dire… varie cose. È un'attività di famiglia, che va avanti da diversi anni».

«Ma è un lavoro d'ufficio o più una cosa a contatto col pubblico?».

«Più a contatto col pubblico, direi» rispose riportando entrambe le mani sulla tazza di caffè e guardando un po' Michelle e un po' il caffè.

«Molto interessante. È bello relazionarsi con gli altri».

«Già».

Parlarono ancora a lungo e fu bello farlo, specialmente quando fuori cominciò a piovere e nessuno dei due fece cenno di volersene andare, contenti di dover restare lì qualcosa di più del tempo di un caffè. James raccontava di sé e Michelle ascoltava, sorrideva, lo guardava. Quegli occhi, così attenti a lei, espressivi, vivaci e solari, erano qualcosa che a Michelle stava piacendo moltissimo. C'era qualcosa in James, che la stava in qualche modo tenendo inchiodata a quella sedia. Non riusciva a capire cosa stesse scorrendo dentro di lei, come se fosse il flusso di un'energia sconosciuta. Qualcosa di nuovo, di diverso e incontrollabile. Si sentiva pervasa da piacevoli scariche di tenue elettricità e di inspiegabile felicità.

Dopo averla accompagnata a casa, James camminava con le mani in tasca, guardando per terra, come d'abitudine, e sorrideva al nulla. C'era stato un momento, quando le erano cadute le chiavi nel tentativo di infilarle nel portone, in cui si erano chinati entrambi per raccoglierle. In quell'istante i loro sguardi si erano incontrati e bloccati uno nell'altro, per poi scendere sulle labbra. Fu solo un istante, ma fu certo che anche Michelle avesse sentito qualcosa. La prospettiva di rivedersi presto, il numero di telefono che Michelle gli scrisse su un pezzo di carta, appoggiandosi a lui, gli rubò un nuovo sorriso che gli illuminò il viso. Rientrò in casa sentendosi carico di energie rinnovate e con una gran voglia di mettersi a studiare. Prese il libro che aveva abbandonato sul tavolo quel pomeriggio senza troppe aspettative. Accese la lampada sulla scrivania, indossò i suoi occhiali, prese la matita e si concentrò a fondo per le tre ore successive, senza mai fermarsi.

***

Seduta al tavolo del suo soggiorno, Michelle si asciugò gli occhi e chiuse l'album di fotografie.

Riportata alla realtà dallo squillo del cellulare, tirò su col naso e inspirò profondamente. Rispose dopo aver sorriso al display.

«Ciao, James».

«Ciao, Michelle».

Dall'altra parte della cornetta, una voce dolce e tranquilla, sciolse il suo timore iniziale che fosse troppo tardi per chiamare.

«Allora, sei riuscito a studiare?».

«Ho chiuso il libro ora».

«Sono contenta».

«Come stai?».

«Bene».

«È tardi. Cosa fai ancora sveglia?».

«Parlo al telefono con te».

James rise.

Col telefono in mano, aveva incominciato a passeggiare per la stanza.

«Prima ho sistemato alcune cose qui in casa, poi forse andrò un po' avanti con il capitolo a cui sto lavorando. Per mercoledì devo spedire tutto al Professor Witchy e devo ancora rileggere quello che ho scritto stamattina».

Parlarono al telefono per almeno un'ora. La spontaneità con cui stavano condividendo la giornata poteva far pensare che si conoscessero da molto più tempo che non solamente qualche giorno. Fuori, intanto, ricominciava a piovere e Michelle, che si era nel frattempo spostata sul divano, si era avvolta nella coperta di pile che aveva trovato lì in fondo e giocava con i capelli. Dal suo stereo si sentivano lontane le note di una canzone del suo Jack. James, appoggiato alla finestra con un braccio, guardava scendere la pioggia e tracciava sul vetro segni con le dita, immaginando di sfiorare il viso di Michelle.

«Allora mercoledì sera potresti essere libera!» disse James, staccandosi dalla finestra e guardando fuori, nella notte, immaginando di vederla disegnata tra le stelle.

«Mercoledì? Ho un impegno, mi dispiace».

«Okay».

«Ho lezione di Ballo Country» aggiunse Michelle come se si sentisse in dovere di dare una spiegazione, percependo una lieve delusione nel tono di James.

«Davvero?».

«Sì. Vuoi venire?».

«Dove?».

«A lezione con me. Di solito poi si esce insieme agli altri e si va in un locale a mettere in pratica ciò che si è imparato a lezione. Dai vieni, sarà divertente!».

«Non so ballare» secco e perentorio.

«Non ha importanza, impari quella sera, guardi un paio di volte e fai le cose con noi. Ce li hai jeans e stivali?».

«Qualcosa dovrei avere».

«Allora sei a posto, la lezione è alle nove».

«Ti passo a prendere» disse prontamente.

«Va bene. Sono contenta. Vedrai, ti piacerà».

«Mi fido del tuo entusiasmo».

Michelle riuscì ad immaginare il suo sorriso mentre le diceva quelle parole.

«Non resterai deluso».

«Credo di no. Buona notte, Michelle».
«Buonanotte, James».

Michelle guardò l'orologio, era quasi l'una del mattino. Si avvolse ancora più stretta nella sua copertina, sorridendo contenta oltre ogni dire. Si lasciò sprofondare nel divano abbandonandosi a quella strana, dolce sensazione che sentiva muoversi dentro di lei. Sorrise guardando il soffitto. Fu poi riportata alla realtà dal balzo del suo gatto sul divano: una palla di pelo nero di sette chili, che le saltò in grembo, facendo le fusa molto sonoramente. Michelle lo prese, lo sollevò in aria con un po' di fatica per poi abbracciarlo e baciarlo ripetutamente, senza che il gatto sembrasse dare segni di disappunto. Si guardarono poi dritti negli occhi. Michelle avvicinò il viso al muso del suo gatto che, chiudendo gli occhi, si allungò per annusarla e leccarle la punta del naso. Si alzò poi dal divano tenendolo in braccio e, incurante dell'ora, sulle note della sua musica preferita, incominciò ad improvvisare un balletto insieme a lui.

Nel frattempo, nella stanza silenziosa di un altro quartiere, James spegneva il suo cellulare con un sorriso sereno stampato sul viso e il cuore che non sembrava dare segno di calmarsi. Era così accelerato, che si mise una mano proprio dove lo sentiva battere. Inspirò a fondo. Espirò sonoramente. Al ritmo di una musica che suonava solo dentro di lui, si lasciò andare in una corsa sul posto per scaricare la tensione accumulata. Si guardò allo specchio e sorridendo parlò a sé stesso: «*È sicuramente lei!*».

CAPITOLO TRE

Puntualissimo, James arrivò davanti al civico 28 della via scritta sul suo foglietto. Suonò il citofono.

«James!» si annunciò rivolto al microfono, non appena sentì il ricevitore alzarsi.

«*Hai voglia di salire cinque minuti, che finisco di prepararmi?*».

«Arrivo!».

Quarto piano, gli aveva detto al citofono. Appena fuori dall'ascensore, si trovò su un pianerottolo con quattro porte tutte esattamente uguali. Le guardò una ad una perplesso, facendo un paio di semi giri su sé stesso: nessun segno distintivo tranne uno, forse. Da dietro una delle porte, si sentiva distintamente il rimbombo di uno stereo lasciato libero di esprimersi in tutta la sua potenza.

Kavanaugh M., vide scritto sotto al campanello. Si avvicinò per suonare, certo che nessuno all'interno di quell'appartamento l'avrebbe mai potuto sentire. La musica era decisamente troppo alta. Notò però che la porta in effetti era socchiusa. Si permise con discrezione di entrare e fu tramortito, steso, dai decibel con cui l'arcinota *Run in the Sun* lo accolse. Non aveva dubbi: l'appartamento era quello giusto.

Gli sembrò di essere capitato in uno stadio, nel bel mezzo di un concerto rock a cielo aperto. L'impianto era decisamente di ottima qualità. Con fare intimidito, ma avvolto in un'atmosfera che non gli era del tutto sconosciuta, si fece strada dall'atrio al salotto. Prima o poi, pensava, qualcuno sarebbe arrivato ad accoglierlo.

«Hey, ciao James! Bravo, sei entrato. Sono quasi pronta».

La voce di Michelle, spuntata da chissà dove, sovrastò per un attimo la musica. James si voltò e le sorrise in risposta al saluto. E così come gli era apparsa, sparì di nuovo; pertanto, nell'attesa, iniziò con calma a guardarsi in giro.

Sulla parete d'ingresso, disposte su un pannello di sughero contornato da una cornice in legno dipinto di bianco, erano disposte una serie di fotografie che ritraevano Michelle in diversi istanti della sua vita. Il suo sorriso era bello come quello che James aveva già avuto modo di notare, ma se possibile gli appariva ancora più spensierato. Si soffermò su alcuni scatti in cui era ritratta con una coppia di amici che notò essere presente in vari altri momenti. C'era una foto in particolare, in cui oltre a questa coppia, chiaramente nel giorno del loro matrimonio a giudicare dagli abiti che indossavano, Michelle posava, bellissima, in un elegante abito verde smeraldo appena sopra il ginocchio. Accanto a lei, un ragazzo molto più alto, dai capelli neri. Da quello che James poteva vedere, sembrava anche più grande. Spostò poi lo sguardo su un altro scatto in cui, in tenuta decisamente più sportiva, tra una folla immensa di gente che solo lo stadio in cui si trovavano poteva ospitare, erano ritratti la coppia di amici della foto precedente, Michelle, e accanto a lei, lo stesso ragazzo di prima. La stringeva a sé con fare protettivo e le labbra premute sulla sua tempia. James sentì un senso di affetto profondo scaturire da quella foto. Lei, così piccolina, sembrava sentirsi al sicuro in quell'abbraccio. Quel ragazzo sembrava volerle molto bene ed apparivano tutti molto felici, mentre mostravano all'obiettivo il polso con lo stesso braccialetto numerato.

La musica che rimbombava nel salotto sembrava perfettamente intonata all'atmosfera di quello scatto. E per James fu difficile non iniziare a muovere impercettibilmente la testa per seguirne il ritmo. Appena sopra a quella, un'altra foto attirò la sua attenzione: lo stesso ragazzo, Michelle e tra loro due... Jack Knight. In uno scatto preso al volo con il rocker in macchina, e loro due che probabilmente erano riusciti a fermarlo per una fortunosa concessione. Alzò un sopracciglio con stupore e un mezzo sorriso. Istintivamente poi lo sguardo si elevò sopra a quella serie di foto: aveva come la sensazione di essere osservato.

Sopra a tutto troneggiava un poster gigante di un uomo che, messo di profilo, appoggiato alla sua chitarra, lo guardava con sguardo sicuro, forse anche un po' troppo. Per un attimo si sentì quasi in soggezione. *Jack Knight*, c'era scritto in basso a destra. E chi altri? Si disse James, restituendo al poster lo sguardo di sfida che percepì provenire dalla gigantografia.

Fu in quel momento che il ragazzo sentì chiaro qualcosa che lo colpì molto e che lo portò istintivamente a tendere l'orecchio. Michelle stava cantando. E lo stava facendo davvero bene. E si domandò come da un corpicino così minuto potesse uscire tutta quella voce. Un timbro acuto, ma molto pieno, e con delle modulazioni vocali davvero degne di nota. Si soffermò per un secondo a chiedersi se non avesse dei vicini. Forse erano tutti in vacanza. O magari, come lui, erano immobili e affascinati, con l'orecchio schiacciato contro la parete dei loro appartamenti per ascoltarla. Pensò che se lei fosse stata la sua vicina, lui avrebbe fatto così. E forse avrebbe anche trovato ogni scusa possibile per andarle a bussare in ogni probabile occasione. In fondo, lo zucchero o il latte, sarebbero potuti sempre finire. E Michelle sembrava proprio il tipo di ragazza che lo zucchero non te lo nega mai. Ad un tratto la vide passare, di nuovo saltellando rapida come una cavalletta, da quella che immaginò essere la sua stanza, al bagno. Aveva una spazzola in mano: il suo microfono immaginario. Non gli fu chiaro cosa ci fosse ancora da mettere a punto, della sua preparazione per la serata. Vestita era vestita, i capelli erano perfetti, lei pure lo era. Ok, non aveva ancora gli stivali, ma le ci sarebbero voluti pochi secondi per indossarli. Ma per qualche strana ragione, sembrava ancora persa in qualche meandro del suo mondo rock, dominato da quella musica prorompente. Un rock davvero coinvolgente, non poteva non essere d'accordo, ma era come se lei fosse sola in quella stanza e con la mente e il corpo ad un concerto personale del suo idolo. Un po' gli venne da sorridere. E spalancò gli occhi stupito quando, ad un certo punto di quella canzone in cui, tipicamente, tutto il pubblico presente viene coinvolto in un coro mondiale, a supporto della voce principale, la vide correre in salotto e compiere un balzo sopra il divano. Con occhi chiusi, spazzola in mano portata vicino alla bocca e braccio alzato con indice puntato al soffitto, si stava preparando al gran finale. Saltando a ritmo, cantando a squarciagola e concludendo il tutto compiendo un giro su sé stessa, degno della trottola umana più perfetta. Quello che accadde qualche secondo dopo, lo colse di sorpresa, e anche un po' lo terrorizzò. Tra lui e il divano, c'era solo qualche passo di distanza. Michelle era ancora concentrata nella sua posa da fan in delirio. E quando la vide aprire le braccia a croce e lentamente lasciarsi cadere all'indietro, gli sembrò di vivere la scena al rallentatore. Cosa diavolo aveva in mente? Di fare *stage diving* dal suo divano? Con il divano come *stage* ma, soprattutto, senza qualcuno dietro di lei, tipo una folla pronta a sorreggerla? Istintivamente annullò la distanza tra loro, perché la sua certezza, se non lo avesse fatto, era quella di vederla crollare sul pavimento e procurarsi un trauma cranico garantito. Già si stava figurando la loro corsa in ospedale. Poteva persino sentire le sirene in lontananza. Fece appena in tempo a sentirla mormorare *e la folla esulta!*, mentre iniziava a lasciarsi andare in caduta libera all'indietro, sempre con le braccia aperte. Il suo scatto fu immediato. In un attimo fu dietro di lei, pronto a prenderla tra le braccia e scongiurare la chiamata dell'ambulanza. Ne era certo, almeno un anno della sua vita se l'era giocato. Ci mise un po', prima di riprendere fiato. Michelle aprì gli occhi con un sorriso da parte a parte. Lo guardò da sotto in su, con la testa appoggiata al suo torace, ancora sorretta dalla sua presa salda, serena e probabilmente avvolta in un mondo fatto di rock e endorfine. La aiutò ad alzarsi, ma ebbe l'impressione che non ne avesse bisogno. Si girò rapidamente verso di lui ridendo, in preda all'esaltazione, e lo abbracciò stretto.

«Io adoro! Adoro questa canzone!».

James non poté fare a meno di scoppiare a ridere per liberare la tensione. Né di fare in modo che quell'abbraccio durasse quanto più a lungo possibile, per questo la tenne stretta a sé avvolgendole le braccia tutt'attorno. Fu il loro primo vero contatto fisico e gli parve di non aver aspettato altro da sempre. Gli sembrò che lei non fosse fatta altro che per stare lì, stretta tra le sue braccia. E Michelle pensò di averci visto giusto, nella proporzione tra la sua altezza e il torace di James.

«Lo sai che ti potevi ammazzare?».

Niente da fare. Michelle non la smetteva di ridere.

«Tranquillo, l'ho fatto un sacco di volte. Riesco sempre a cadere nel modo giusto». La strinse più forte.

«Questo non cambia la realtà dei fatti. Sarà il caso di andare a lezione, prima che arrivi tardi».

«Hai ragione. E comunque, ero anche in parte certa che non mi avresti fatta cadere. O sbaglio?».

James sentì il cuore compiere un saltino nel petto e per un attimo, con lei tra le braccia, perse la poca lucidità di cui pensava ancora di disporre.

«Ti devo lasciare nel dubbio?».

Scherzò, ma poi riprese, non riusciva a non essere sincero.

«Credo tu abbia ragione». Le sussurrò prima di sciogliersi dolcemente da quell'abbraccio.

Michelle si infilò gli stivali con un paio di gesti rapidi e si dichiarò pronta pochi secondi dopo. Di fronte all'ascensore, ognuno guardava davanti a sé. Lui con il viso inclinato verso la pulsantiera collocata in alto, in attesa che la lucina si spostasse sul numero del loro piano. Lei, verso le porte scorrevoli, in attesa che si aprissero. Pochi istanti di silenzio sospeso nell'aria. Una volta entrati in ascensore, si voltarono in direzione della chiusura delle porte. Lui si girò leggermente verso di lei con un sopracciglio alzato.

«Guido io, naturalmente. Tu sei troppo su di giri».

Michelle gli restituì lo sguardo con un sorriso dolcissimo.

«D'accordo».

«E stammi vicino, prima che ti perda per strada».

E nel dirle quelle parole, fece scivolare le sue dita tra le sue. Con la scusa di controllare se la sua borsa fosse chiusa, Michelle sbirciò verso le loro mani, e notò come quelle di James fossero non solo grandi e affusolate, ma anche delicate e forti nel tenere la sua. Decise quindi di fermare qualsiasi altro pensiero stesse prendendo forma nella sua testa, riguardo a quelle mani.

CAPITOLO QUATTRO

Il luogo della lezione lo raggiunsero in una ventina di minuti di macchina. Quando entrarono nella stanza in cui si sarebbe tenuto il corso, James si sentiva abbastanza a suo agio. Michelle andò subito a salutare i suoi compagni e l'insegnante, Sally, una ragazza poco più grande di loro. Fu molto felice del nuovo arrivato che squadrò palesemente dalla testa ai piedi, indugiando non solo sull'appropriata scelta del vestiario, ma sulla perfetta calzata di ciascun capo.

«Brava, vedo che ti sei spiegata bene!» affermò rivolgendosi a Michelle.

Lei non poteva essere più d'accordo: James, con i jeans blu scuro, la camicia bianca e gli stivali neri, sembrava nato in quell'ambiente.

Ma fu subito pronto a mettere le mani avanti.

«Io non ballo. Sono qui solo per guardare».

«Va bene, mettiti lì, guarda se ti piace, e se poi ti va, ti unisci a noi» gli disse indicandogli il lato della sala da dove avrebbe potuto comodamente osservare la lezione, seduto sulle gradinate.

Michelle fece un ultimo tentativo.

«Sicuro di non voler provare?»

«Sicurissimo. Ti guardo da lì» disse con un cenno della mano ed un sorriso. Michelle non insistette.

La lezione incominciò: il gruppo era abbastanza eterogeneo, non eccessivamente numeroso, ma decisamente affiatato. Michelle si era posizionata nella prima fila, diversamente non sarebbe riuscita a vedere nel dettaglio ciò che avrebbe dovuto ripetere. Era suggestivo vedere come, dopo una serie di sequenze di passi ripetuti più volte, che si sarebbero poi uniti in una coreografia unica, il gruppo si trasformasse in un perfetto quadro di insieme, sincronizzato al centimetro: un piede solo, una gamba sola, il battito del tacco all'unisono e la sintonia con cui il corpo seguiva la musica. Michelle, dapprima impegnata a seguire il ritmo scandito dalle direzioni della loro insegnante, non ci mise molto a padroneggiare ogni passo, come se le fosse appartenuto da sempre. Mani alla cintura, come da coreografia, stretta nei suoi jeans blu scuro, non sbagliava di un passo ciò che aveva imparato.

James la osservava. Sebbene ci fosse gente più spigliata e sicura di lei a ballare, ciò che la differenziava da tutti gli altri e che traspariva evidente dai suoi splendidi occhi smeraldo, era che amava ciò che stava facendo. Si stava divertendo tantissimo. E gli sembrò ancora più bella. Quasi come quando l'aveva vista poco prima, nel suo appartamento, sulle note di quella canzone che le stava tanto a cuore. Fu in quel momento che si chiese se sarebbe mai stato possibile che lei lo guardasse con la stessa passione con cui sentiva quella musica pulsarle dentro l'anima. Arrivati all'ultimo giro, sullo sfumare delle ultime note, Michelle rivolse lo sguardo verso di lui e se ne accorse, anche James la stava guardando, e il suo cuore, accelerato dal ritmo del ballo, mancò un battito. Perse la battuta e incespicò nei suoi piedi. Lui sorrise e Michelle si perse in quegli occhi buoni e rassicuranti, ma anche in qualche modo inquieti. Gli sorrise e salutò con la mano e lui fece lo stesso.

***

Come da programma, al termine della lezione, dopo circa un paio d'ore, tutto il gruppo si spostò in un locale a tema, dove non solo si sarebbe potuto bere qualcosa ascoltando della musica, ma anche ballare.

«Bè, quindi è lui il ragazzo di cui parlavi?».

Chiese un'amica di Michelle approfittando del fatto che James si fosse allontanato per portare loro qualcosa da bere.

«Sì, esatto».

«È carino».

«Infatti».

«Ma sai che ha un viso familiare?».

«Trovi?».

«Sì, ma sai, con tutta la gente che vedo ogni giorno, può essere che mi sia capitato davanti all'ufficio postale e l'abbia visto lì, insieme a milioni di altre facce».

«Può essere».

James nel frattempo era tornato e si era seduto tra Michelle e la sua amica.

«Allora, James, la vuoi far ballare un po' questa ragazza, o ti deve pregare?».

James sorrise a Michelle per poi abbassare lo sguardo sulle mani intrecciate sul tavolo.

«Lascialo stare, se non gli va, fa lo stesso».

Michelle mentì, perché temeva che la sua amica potesse risultare troppo invadente. Dal canto suo, James non sembrava affatto infastidito o imbarazzato. Sembrava, anzi piuttosto a suo agio. Tutto questo fino a quando non furono interrotti da un ragazzo, Brent, aveva detto di chiamarsi, che faceva sempre parte del gruppo del corso di ballo. Si avvicinò a Michelle con fare sicuro e cordiale. L'aveva visto anche durante la lezione, come le stesse sempre dietro ovunque lei si posizionasse. Aveva l'aria simpatica. Anche troppo. Ma che voleva?

«Ti va di farci questo?» disse porgendo la mano a Michelle che accettò l'invito.

Poco dopo, dai vari tavoli, furono seguiti da tutta una serie di altre coppie che, in uno sciame ordinato, raggiunsero la pista da ballo.

James rimase seduto al tavolo da dove poteva osservare tutto ciò che avveniva nel locale, sebbene ciò su cui stava concentrando la sua attenzione riguardava solo Michelle. Dove stesse guardando, il modo in cui intrecciava le dita delle mani, o gesticolava quando si intratteneva con qualcuno. I sorrisi che rivolgeva a chi parlava con lei. Il suo modo di prestare attenzione a qualunque cosa le stessero dicendo. Parlavano con lei i suoi compagni di corso o altri probabili clienti abituali che, come lei, stavano occupando la pista da ballo in attesa del brano successivo. Nonostante ci fosse un gran via vai, tra chi si spostava da un tavolo al bancone per ordinare da bere, e chi andava e veniva dalla pista per riprendere fiato, James faceva di tutto per non perdere il contatto visivo con lei. La sedia era leggermente spostata dal tavolo a cui si stava appoggiando solo con un braccio, tenendo le dita intrecciate davanti a sé. Rilassato, ma vigile. I suoi occhi, che la percorrevano dal viso alle mani, dalle mani alla schiena e dalla vita in giù, la stavano divorando di attenzioni. Fu in quell'istante che fu come richiamato sul pianeta terra dalle note di una canzone che annunciava l'inizio di un ballo preciso. Ad accompagnarlo *Tough Love* di Jack Knight. Una ballata che mescolava la musica country e la musica rock, in un connubio perfetto di ritmo e sensualità. Conosceva quel pezzo. Lo conoscevano tutti. E Michelle evidentemente lo amava profondamente, perché le si illuminarono viso e sguardo, mentre batteva le mani più volte, rivolgendo gli occhi verso l'alto in un entusiasmo incontenibile, non appena ne sentì le prime note riempire il locale.

L'alzarsi in piedi, con lo sguardo fisso su di lei, fu automatico come l'abbassamento istantaneo delle luci. E tutto fu avvolto da un'atmosfera tra il buio e la luce, tra oscurità e tenui bagliori, dove i corpi delle persone sulla pista sembravano contornati da profili in dissolvenza. Michelle era lì, pronta a ballare con il ragazzo che l'aveva appena invitata. Gli stava sorridendo mentre assumevano meccanicamente la posizione prevista da quel ballo. Non c'era niente di meccanico in ciò che James immaginava di fare, nell'istante in cui avesse preso il posto di quell'altro. Perché, ne era certo, lo avrebbe fatto. Pensare alle conseguenze del suo successivo gesto, non era in quel momento tra le sue priorità, quando, da dietro, picchiettò sulla spalla di quel tizio per dirgli che la loro insegnante di ballo gli aveva chiesto di raggiungerla al tavolo. Doveva dirgli una cosa *davvero* importante. E James, ovviamente, non aveva idea di cosa si trattasse. Decise di non fare nemmeno troppo caso alla sua espressione stranita di fronte a quella richiesta bizzarra. Brent lasciò le mani di Michelle scusandosi con un gesto del capo, e si diresse al tavolo mentre il ritmo cadenzato di quella chitarra, dell'armonica e della batteria in sottofondo, prendeva piede dando il via al ballo. Michelle non fece in tempo a riflettere su cosa fosse meglio fare, se aspettare Brent, per rispetto alla sua richiesta di ballare con lei, o se non dare a vedere che l'avvicinamento di James, fosse quanto aveva sperato avvenisse, già da prima che qualcun altro le chiedesse di ballare. Il tempo per pensare alle possibili alternative fu praticamente assente, perché un istante dopo sentì il calore del corpo di James contro la sua schiena, il suo braccio passarle davanti, sfiorando lentamente il suo, per arrivare a prenderle la mano, stringerla con sicurezza nella sua, non senza prima averne sfiorato le dita. Era la stessa posizione che aveva assunto qualche minuto prima con il primo cavaliere, o almeno così le sembrava, perché la lenta scarica di adrenalina che la stava percorrendo dalla testa ai piedi, non la stava aiutando a mettere in ordine i suoi pensieri. Ringraziò che le luci fossero abbastanza basse e che James fosse dietro di lei, così che non potesse notare la reazione di evidente imbarazzo che percorse i suoi occhi. E cominciarono a ballare. Improvvisamente Michelle ebbe l'impressione di non aver mai ballato in vita sua, prima di quel momento. Se inizialmente, a sentire le prime note di quel brano, il suo pensiero era stato di conoscerlo alla perfezione, ora, nella sua testa, riecheggiava un continuo *dove accidenti devo mettere i piedi?* Ebbe la certezza che non sarebbe riuscita a conciliare la concentrazione sui passi da fare, con il senso di vertigine che le braccia di James strette attorno a lei, le stavano dando. Lui percepì chiara la sua agitazione.

«Stai tranquilla», si sentì sussurrare all'orecchio.

Pensò di essere fortunata che almeno uno dei due sapesse cosa stava facendo, e di certo James lo sapeva. Senza dubbio non aveva intenzione di porre alcuna distanza tra i loro corpi. Il suo bacino premeva dietro di lei. Nei passi che li conducevano in avanti, e nel guidarla nei passi che a ritmo tornavano indietro, sentiva la mano di James che, stretta nella sua, dolcemente si appoggiava all'altezza della vita, vicino all'ombelico, per condurla indietro. Due passi in avanti e due indietro, ripetuti più volte, questo Michelle iniziò a ricordarlo. E poi anche delle giravolte. Ma sarebbero venute dopo, se la memoria non la stava ingannando. Eppure sembrava che la stanza stesse già girando da un bel po'. Non riusciva nemmeno più a capire se sulla pista ci fosse qualcun altro, quando in una delle sequenze dei due passi avanti, le dita di James la sfiorarono impercettibilmente, appena sotto l'orlo della camicetta. I loro respiri erano sincronizzati nel seguire la musica, ma i battiti del cuore andavano al doppio della velocità del ritmo della batteria. Per un attimo strinse lei la mano di James, involontariamente e poi consapevolmente. Percepì, da una sorta di delicato sbuffo vicino all'orecchio, che James stava sorridendo. Michelle ne era sicura, ad un certo punto si sarebbero dovuti girare in una qualche direzione, una delle due possibili che non fossero l'andare avanti o indietro. Non che forse se ne dovesse preoccupare più di tanto, dal momento che James stava conducendo quel ballo con una sicurezza da campionato. Ad un certo punto si domandò se fossero loro due a seguire il flusso generale di quel ballo, o se fosse il flusso generale di tutte le coppie in pista, a seguire loro. La seconda opzione le sembrò la più probabile. E apprezzò anche il fatto che, forse, sul serio James sapeva leggere nel pensiero, dal momento che, pochi secondi dopo quella sua preoccupazione, sentì la sua voce sussurrarle

«A sinistra».

«Okay». Michelle rise.

«E adesso a destra. Ecco, così, ci sei. Stiamo andando alla grande».

Entrambi stavano sorridendo. Sempre più complici, sempre più in sintonia. I passi che prima li avevano fatti spostare in avanti, li portarono a girare sul lato sinistro, poi due altri passi in avanti e poi sul lato destro, sempre con le mani di James a guidare Michelle nelle direzioni giuste. Poi, senza alcun preavviso, dalla posizione in cui si trovavano, James la fece girare in posizione frontale. Il calore che

Michelle aveva sentito quando lui le si era posizionato dietro, l'avvolse ancora di più nel momento in cui James l'attrasse a sé, premendo tutto il corpo contro il suo. Questo prevedeva la coreografia, lei lo sapeva. Era tuttavia abbastanza certa di non averlo mai ballato in quel modo, durante le lezioni della settimana prima. Sentì scorrere lentamente la sua mano sulla schiena e, ancora, sentì le dita insinuarsi sotto la sua camicia, tra la cintura e quel tratto di pelle che segnava il confine tra i suoi jeans e tutto il resto. Ipnotizzata dallo scorrere delle dita che si muovevano delicate su di lei e che, con una lieve pressione, si assicuravano che, neanche questa volta, si venisse a creare alcuna distanza tra di loro, Michelle iniziò a pensare che avrebbe voluto ballare così con lui per sempre. Complice il buio, pensò che se anche le sue guance fossero state dello stesso colore della luce ombreggiata di tonalità rosse, nulla l'avrebbe fatta desistere dal desiderio di guardare gli occhi di James. Di guardarlo così come lui la stava guardando in quel momento. Non importava cosa ci fosse intorno a loro. Che poi, c'era effettivamente qualcun altro? Non che le importasse un granché. Sentiva solo il corpo di James contro il suo, che le veniva incontro con ritmo dolce e sensuale. In avanti e poi indietro, portandola verso di sé e accompagnandosi verso di lei.

«Hai un buon profumo, che cos'è?».

Lui sorrise a quella domanda, e Michelle abbassò lo sguardo. Non aveva bevuto nemmeno un goccio di alcol, ma si sarebbe data dell'ubriaca lei stessa, per l'assurdità della scelta di quell'uscita.

«Sapone, credo. Non uso profumo».

«Ottimo, è importante badare all'igiene».
James scoppiò a ridere.
«Sì, mi lavo regolarmente. Ci tengo a fare buona impressione in un contesto sociale che contempli un numero di individui superiore a uno».

Michelle si trovò a pensare che se invece ci fosse stato un po' di alcol in corpo, sarebbe riuscita a sentirsi meno in imbarazzo. Ma James con un gesto delicato della mano, le sollevò il mento e di nuovo furono occhi negli occhi.
«Se mi guardi, preferisco».
«Sì?».
«Mi concentro meglio sui passi da fare».
«Se la metti così».

Quella canzone, ora giunta alla sola parte strumentale, stava riempiendo il locale diffondendo emozioni profonde dentro di loro. E Michelle non ebbe paura di guardare e di lasciarsi guardare. Intenta a capire se in quello sguardo bellissimo ci fosse il mare della costa, o la tempesta del deserto. O forse un misto dei due. Il brano parlava del riscatto da un amore deluso. E se si fosse scelto di aprire il proprio cuore ad un'altra chance, *lui*, avrebbe fatto di tutto per essere meglio di chiunque ci fosse stato prima, per *lei*. Attraversare incendi indomabili e abbattere mura insormontabili, sarebbe stato incluso nell'impresa.

Perso in quel pensiero, James, la strinse ancora di più a sé. Anche lui adorava il suo profumo, ma non glielo disse, era troppo impegnato a capire come potesse essere possibile che il verde dei suoi occhi fosse così brillante ed evidente nonostante la semioscurità di quella sala. Sentì una goccia di sudore scorrergli lievemente lungo tempia, quando Michelle appoggiò delicata una mano sulla sua nuca e fece scorrere le dita tra i suoi capelli. Conosceva il pezzo a memoria e fino a quell'istante si era sentito sicuro di ogni passo, ma la sensazione che le sue dita gli stavano procurando, gli stava piacendo da morire e incurante di un'eventuale perdita di ritmo, piegò lievemente la testa fino a toccare la sua fronte. Chiusero gli occhi. James cercò di mandare segnali a cuore e polmoni perché continuassero rispettivamente a battere e a respirare. Non persero il ritmo, ma il ballo continuò senza coreografia. Sul posto. Stretti in un mondo privato, in quella stanza buia che lui si era già immaginato durante il loro primo caffè. Lui la guidava, con la sua mano sulla schiena, il bacino di lei contro il suo, prima a destra e poi a sinistra, in un moto continuo, caldo e coinvolgente, che li portò infine, al termine del brano.

Sempre vicini si fermarono per guardarsi ancora. Nessuno dei due avrebbe mai voluto smettere. Per questo, nessuno dei due si stava sciogliendo da quella posizione. C'era troppo da vedere e scoprire. Lui si chinò verso di lei per posare le labbra sulla punta di quel nasino piccolo e perfetto. Michelle chiuse gli occhi.

«Sei un pessimo bugiardo, comunque".

James sentì un brivido freddo percorrerlo lungo la schiena.

«Di che parli?».

«Mi avevi detto di non saper ballare!».

Il sorriso entusiasta di Michelle gli restituì serenità interiore.

«Sei bravissimo! Dove hai imparato a ballare così?».

«Mia nonna».

«Come?» Michelle lo guardò esterrefatta.

«Dico sul serio, me lo ha insegnato mia nonna, è una ballerina fantastica!». Michelle lo guardava tra una risatina e uno sguardo di complicità che sentiva crescere dal contatto fisico che ancora non avevano interrotto.

«Non ridere, è la verità. Mi ha insegnato tutto quello che so, in fatto di ballo».

Con la scusa di averla fatta ridere, la strinse un altro po'. In realtà lui non la voleva lasciare andare via, si sentiva che la stava dolcemente trattenendo. Michelle si lasciò trattenere.

«Dovremmo rifarlo, più e più volte».

Dopo quell'esternazione, Michelle valutò la possibilità di iniziare a riempirsi di alcol, da quel momento in avanti. Non sarebbe potuta andare peggio di così, quanto a frasi fuori luogo.

«Mai stato più d'accordo di così».

James aveva iniziato a contare le sfumature di verde che vedeva nei suoi occhi. Si stava convincendo che, ogni volta che arrossiva, ne spuntasse una nuova.

«Intendo, di andare a ballare insieme!».

Whisky, decisamente. Liscio, possibilmente. L'effetto sarebbe stato ancora migliore. Michelle fu sempre più convinta che da ubriaca sarebbe stata meno imbarazzante.

James adorava vederla arrossire.

«Ovviamente. Quando?», replicò con finta serietà.

«Mercoledì prossimo».

«Non credo di poter resistere una settimana».

«L'attesa tempra il carattere».

«Chi te lo ha insegnato, questo?».

«Mio padre».

«Ho sempre pensato che il Prof. fosse un saggio».

«Sempre stato».

Senza pensarci le diede un bacio sulla fronte, premendo forte le labbra sulla sua pelle vellutata e accaldata. La strinse ancora a sé, e ancora senza riflettere, esternò i suoi pensieri.

«Sei una meraviglia».

Guardò la sua bocca per un istante che gli parve troppo lungo perché paresse casuale. Vederla mordersi leggermente il labbro inferiore, non lo stava aiutando a ritornare a concentrarsi su qualcosa come i capelli. Troppo belli anche quelli. Gli occhi, meglio di no, lo avevano condotto dove si trovava in quel momento. Pensare di avere il permesso di dare sfogo a ciò che gli stava passando per la testa, non era esattamente come se glielo avessero accordato. Quella canzone lo aveva ipnotizzato, dandogli l'idea di poter fare pressoché qualsiasi cosa, ma ora che nel locale, tutto stava tornando alla frenesia di un pub qualunque, non si sentiva più così sicuro. E se lei fosse voluta tornare al tavolo con gli altri? Eppure non si stava muovendo, né sciogliendo da quella posizione. Il suo professore preferito era un vero gentiluomo: probabilmente aveva educato una figlia altrettanto signorile e ben educata. Stava rimanendo lì per educazione. Ne era convinto. Eppure avrebbe potuto giurare che quello sguardo saldo nel suo, non fosse per tutti.

«Devo tornare a casa a dare da mangiare al mio gatto».

«Come hai detto, scusa?».

«Il mio gatto. Sono abbastanza certa di aver visto la ciotola vuota, quando sono uscita. Avrà fame, e quando lo lascio solo troppo a lungo, mi fa i dispetti».

«Sarebbe terribile. Potrebbe servirti una mano in questa operazione?».

«Se ti va».

«Io adoro sfamare i gatti bisognosi».

«Allora è deciso».

Ancora quel meraviglioso sorriso e James si dimenticò dei suoi dubbi.

«Ti accompagno».

CAPITOLO CINQUE

Quando James le aprì la portiera della macchina e lei si accomodò al suo interno, Michelle non sapeva bene cosa pensare. Le sensazioni che provava erano di vario tipo. Sentiva una strana emozione scaturire da dentro, mista ad un senso di agitazione che stava cercando di capire se le avrebbe fatto battere il cuore in quel modo anche per le successive ore a venire. Perché in quel caso, con ogni probabilità, le sarebbe venuto un infarto. Non riusciva a spiegarsi come le fosse saltato in mente di tirare fuori la storia del gatto. Ovviamente la sua uscita avrebbe potuto essere interpretata in almeno due modi. Che come padrona di un felino fosse altamente poco raccomandabile, dato che non era in grado di gestire il dosaggio del cibo del suo gatto per quelle due misere ore a settimana che usciva con gli amici, oppure che fosse solo una scusa bella e buona per portarsi a casa il suo bell'amico profumato di un sapone paradisiaco, ben oltre l'orario che potesse giustificare un caffè, una cena o meno di tutti, una banale merenda. Neanche fosse stata la merenda del secolo. Sicuramente la seconda ipotesi sarebbe stata la più accreditata, e lui non aveva esattamente l'aria di chi fosse intenzionato a rovesciare croccantini in una ciotola per il resto della serata, neanche se avesse dovuto selezionarli uno per uno. Il punto era che in quel momento stavano tornando a casa sua, lei gli aveva fatto un invito dall'aria più esplicita che implicita, e i suoi battiti cardiaci erano così accelerati da rimbombarle fin dentro alle orecchie. Per evitare che si notasse che anche le mani le stavano tremando, dopo essersi sistemata i capelli dietro le orecchie, decise di intrecciare le dita facendo finta di lisciarsi le unghie. James le sembrava comunque un ragazzo per bene, pensò mentre lo vide sedersi al posto di guida e allacciarsi con calma la cintura di sicurezza. E tanto carino. Decisamente attraente. Bellissimo, a dire il vero. Forse, prima di arrivare a casa, sarebbe stato meglio passare da un *7-Eleven* per prendersi la famosa scorta di whisky che le avrebbe permesso di calmare i suoi nervi. Ma soprattutto, come avrebbe potuto fargli arrivare il messaggio che l'unica volta che era rimasta da sola con un ragazzo in una stanza, era poco più che maggiorenne e che soprattutto della sua *prima* esperienza aveva un ricordo a dir poco disastroso?

«Hai tutto per il tuo gatto?».

La sua voce la destò da quel flusso insensato di pensieri ammassati nella sua testa.

«Come, scusa?».

Lo guardò dopo aver strizzato rapidamente gli occhi, come se fosse stata improvvisamente svegliata da un sogno grottesco. Incontrò i suoi occhi che, con estrema tranquillità, le sorridevano, le mani appoggiate alla parte inferiore del volante, in attesa di una sua risposta.

«Il tuo gatto. Ti ho chiesto se hai tutto l'occorrente per dargli da mangiare, o se pensi sia meglio passare dal supermercato. C'è un *7-Eleven* non molto lontano da qui. Dovrebbe essere ancora aperto, se ci affrettiamo».

Senza neanche accorgersene si sentì di nuovo a suo agio. E quella sensazione di agitazione interiore si trasformò in un'emozione che iniziò a rilasciare una calda sensazione di benessere. E gli sorrise serena.

«Sono più che ben fornita, in verità. Non c'è bisogno di passare dal supermercato».

«Molto bene, allora».

«James...».

«Sì?».

«La storia del gatto... credo di aver parlato senza riflettere».

«Non pensi che abbia urgente bisogno di mangiare?».

«No, non intendo quello, è solo che...».

Forse l'idea della deviazione a quel *7-Eleven* poteva non essere male, non foss'altro per il whisky.

«Non preoccuparti».

Comprensivo, le sfiorò il viso con le dita per rassicurarla e a lei quasi mancò il respiro.

«Vuoi che ci facciamo un giro prima che ti riaccompagni?» mise in moto la macchina.

«Un giro?».

La guardò con un guizzo di luce negli occhi e un sorriso ammiccante.

«Hai mai guidato una macchina col cambio?».

Brividi di eccitazione la trapassarono dalla testa ai piedi.

«Io adoro correre in macchina!».

«Sul serio?».

«Assolutamente sì! Solo che Andrew non mi fa mai guidare la sua auto».

«Andrew?».

«Sì, Andrew Wayne, il mio amico del cuore».

«È uno del nostro corso?».

«No, assolutamente. Andrew è più grande di noi, di una decina d'anni almeno. È sposato con Brielle. Siamo amici da una vita».

James ripensò alle foto che aveva visto qualche ora prima a casa di Michelle e dedusse fossero quelli gli amici di cui stava parlando. I due sposi, certo. La sua attenzione tornò quindi sul racconto che Michelle stava condividendo con un tenero entusiasmo infantile.

«Devi sapere che io e lui siamo spesso stati complici di corse a rotta di collo, solo per il gusto di provare l'ebbrezza della velocità».

«Nel senso che tu e questo Andrew ve ne andate in giro a guidare come due rapinatori?».

«Non esattamente. Andrew è abbastanza maturo da scegliere con adeguata saggezza luogo e orario opportuni per le nostre guide spericolate e poi, cosa decisamente importante, non acconsentirebbe mai a farmi guidare la sua macchina. Gli posso solo sedere accanto. Ad ogni modo di questa passione papà non sa nulla, quindi, ti scongiuro di non dirgli niente».

James la guardò divertito con una punta di malizia negli occhi.

«Quindi la risposta alla mia domanda è no. Non hai mai guidato una macchina col cambio».

«No, non l'ho mai fatto, ma mi piacerebbe. Anche se... non me la sento di guidare una macchina che non sia mia. Voglio dire, mi va bene fare anche solo la parte del passeggero».

«Okay, allora. Facciamoci questo giro».

James decise quindi di allungare il percorso prima di riportarla a casa. Questo avrebbe voluto dire passare dell'altro tempo con lei, prima di doverla salutare. Non avrebbe mai voluto forzare la mano in alcuna direzione che anche lei non avesse ritenuto lecita. Nonostante ciò che sentiva dentro. Nonostante sentisse il cuore martellargli nel petto in maniera assordante. Guidare per la città di notte, senza anima viva in giro, gli sembrava la maniera migliore per rasserenare un'atmosfera che non avrebbe mai voluto rovinare. Appena saliti in auto, James aveva notato come Michelle avesse incominciato a tormentarsi le mani persa in chissà quali pensieri. Era chiaro che si sentiva in qualche modo nervosa. Forse lui era più bravo di lei a non far vedere che si sentiva allo stesso modo. Guidare lo rilassava moltissimo. Ogni tanto incontravano qualche semaforo rosso e ovviamente si fermavano. Fu durante una di quelle soste che lui, senza rifletterci troppo, le prese la mano e insieme alla sua, la appoggiò sul cambio dell'auto. Era fresca e delicata. Esitante, colta alla sprovvista da quel gesto. La sua buona intenzione di andarci piano non durò molto. Perché non appena sentì la sua mano a contatto con quella di Michelle, cambiata insieme la marcia, il suo primo istinto fu solo quello di andare più veloce. Inspirare piano per calmarsi fu imperativo.

Rompere quel silenzio con una qualche sorta di conversazione, la più logica conseguenza.

«Sai, guidare è una questione di coordinazione tra mani e piedi. Una volta che sai fare quello, sei a cavallo. Anzi, in macchina». Sorrise.

«Tu guidi spesso?» conversare in effetti l'avrebbe aiutata ad alleggerire la tensione.

«Soprattutto quando torno a casa dai miei. Qui a New Haven, solo se la distanza lo richiede, come questa sera. Se no vado a piedi. Ma mi piace guidare, mi aiuta a sgombrare la mente».

«Anche io la penso così», guardandolo per un attimo, messo di profilo con gli occhi sulla strada e la mano sulla sua. Irradiava una quantità di fascino non contenibile in quell'abitacolo.

«Talvolta, se sono da solo in macchina, sparo a mille lo stereo così riesco addirittura a non pensare», rise a quelle parole, guardandola per un istante. Amava sentire la morbidezza della sua mano. E quegli occhi luccicavano brillanti ogni volta che superavano un lampione.

«La musica ad alto volume è il mio toccasana preferito».

«Me ne sono accorto».

Erano fermi ad uno Stop. Una lieve pressione sulla sua mano le fece volgere lo sguardo verso James.

«Lezione numero uno di cambio marcia. Piede sinistro giù, sulla frizione, e contemporaneamente inserisci la prima, così, spostando la leva del cambio in avanti e leggermente a sinistra. Una volta che la macchina si avvia, inserisci la seconda, tirando la leva verso di te, non prima però di aver schiacciato nuovamente la frizione, altrimenti la marcia non entra». Le dita indugiarono lente in una carezza lieve su quelle di Michelle.

«E per la terza il principio è lo stesso, devi solo spostare la leva in questo modo». Lo fecero insieme.

«Man mano che acceleri inserirai le altre. E quando vorrai rallentare, basterà scalarle una alla volta. Un equilibrato gioco di frizione, freno, mani e testa. Il segreto sta nel sentire la macchina sotto di te. Quando impari questo, quasi ti parrà di percepirla e sarà come essere un tutt'uno con lei».

«Andrew non me l'aveva mai messa giù in questi termini».

«Non stento a crederlo».

«Anzi, ci ha sempre tenuto a dirmi che quando si guida, le mani vanno tenute entrambe sul volante. E sul cambio solo quando si cambia la marcia».

«In generale gli do ragione. Ma non stasera. In effetti mi farebbe piacere se da ora in avanti preferissi prendere lezioni di guida da me, piuttosto che dal tuo amico Andrew».

«Non vuoi che i tuoi insegnamenti vengano contaminati da una didattica diversa?».

«Qualcosa del genere».

«Un insegnante geloso dei suoi alunni, quindi?».

«Qualcosa del genere».

Stavano ancora parlando di didattica? Michelle non ne era così sicura.

«È come quando...» si interruppe lui.

«Come quando?» indagò lei.

Rimettere gli occhi sulla strada per distoglierli da quelli di Michelle, divenne oltremodo necessario. Si costrinse a farlo.

«Come quando desideri avere il controllo su qualcosa. La coordinazione di gesti apparentemente automatici ti fa credere di poter raggiungere quell'obiettivo. Guidare per me è lo stesso».

«Ti piace avere il controllo sulle cose?».

«Credo di sì. Anche se a volte, chissà, forse è meglio perderlo».

L'intenzione di non scandagliare ancora il suo viso, era scesa da quell'auto diversi semafori prima. C'erano lui, lei, la strada e quel buio a non dar luce all'immagine stagliata, palese e chiara, davanti agli occhi di James, di loro due, chiusi in macchina, coinvolti in tutt'altro scenario di quello di una lezione di guida.

Michelle cercò di concentrarsi più sulla strada che sulla sua voce. Per non parlare di ciò che sentiva irradiarsi dalle dita della mano che avvolgevano la sua e che ogni tanto si muovevano naturali in carezze che le stavano ipnotizzando i sensi. James volse lo sguardo su di lei come in attesa. Il suo sorriso la stava confondendo. Il buio in quell'abitacolo le stava facendo credere di potervisi rifugiare. Ma la verità era che si stava sentendo sempre più vulnerabile.

«Cosa ne pensi quindi della tua prima volta?».

«Come, scusa?» per un attimo trasalì continuando però a guardare dritta davanti a sé.

«Non è la prima volta che tocchi il cambio di un'auto per cambiare le marce?».

«Sì, non ne ho mai toccato uno. Per cambiare le marce, intendo».

«Certo».

James, gli occhi sempre fissi sulla strada, serrò le labbra per trattenere un sorriso. Michelle arrossì e sperò che lui non se ne fosse accorto. Sentì James stringerle lievemente la mano, mentre scalava la marcia prima di curvare verso destra. Non la lasciò nemmeno quando dalla seconda passò alla terza. Le sue dita che ancora la sfiorarono e di nuovo a ondate, scariche di elettricità si propagarono dal suo centro. Poi inserì la quarta. La sua sicurezza in quei gesti la rassicurava, da un lato. Tutto il resto, invece, la portò istintivamente a stringere le gambe, guardare per un attimo fuori dal finestrino, socchiudere gli occhi per un istante, e riprendere fiato. Sentiva di aver bisogno di più aria di quella che c'era nell'abitacolo. Ordinò mentalmente ai suoi polmoni di non abbandonarla proprio in quel momento.

«Ti accompagno a casa?».

«Va bene».

«Michelle?»

«Sì?»

«Potrai guidare la mia macchina tutte le volte che vorrai».

«Spero tu sia assicurato».

Risero all'unisono. Lo guardò di sfuggita. Lei stessa aveva riconosciuto il suo quartiere e, poco dopo, scorse il suo appartamento. James parcheggiò con la solita calma e sicurezza che un po' la tranquillizzava e un po' la destabilizzava. Scese per aprirle la portiera.

«Stai bene?» accompagnò la domanda con una carezza sul suo viso.

«Sì, tu?».

«Sto bene anch'io. Molto bene, anzi».

James fece scivolare la mano nella sua per salutarla con un piccolo bacio sulla guancia.

«Vuoi...?».

«Sì...?».

«Ti serve qualcosa, vuoi usare il bagno, magari?».

«Se posso approfittare, ti chiederei piuttosto un bicchiere d'acqua. Sono disidratato».

«Certamente, acqua ne ho quanta ne vuoi».

CAPITOLO SEI

Arrivati al quarto piano, le porte dell'ascensore si aprirono e insieme misero piede sul pianerottolo. Michelle tirò fuori le chiavi di casa dalla borsa, con James a meno di un passo dietro di lei. Ne poteva sentire il respiro. Si muovevano lenti, ma la mano le stava tremando. La serratura non sembrava trovarsi nello stesso posto in cui l'aveva lasciata prima di uscire quella sera, perché le chiavi non volevano saperne di entrare.

«Ci penso io».

Non fece in tempo a pensare di biascicare un *grazie*, che sentì la sua mano con le chiavi, avvolta dalla mano di James che, preciso come un cecchino, centrò la serratura all'istante. Aprirono la porta insieme per chiuderla subito dopo. La luce era spenta, l'ingresso era illuminato solo di riflesso, dalla luce notturna che penetrava attraverso le finestre del salotto, stendendo lunghe ombre sul pavimento. Michelle fece per girarsi alla ricerca dell'interruttore, ma si sentì prendere per le mani e attrarre verso l'unica altra presenza nella stanza. Sentì poi il viso avvolto da un immenso calore e inebriato da quel fresco profumo, non appena James glielo prese tra le mani, per avvicinarla a lui. La baciò come si bacia qualcuno, quando si desidera farlo da troppo, e non ci si vuole perdere un solo momento di quell'istante.

Le sue labbra erano come le aveva immaginate: morbide, piene di dolcezza e con qualcosa che gli ricordava l'innocenza di una bambina. Sentì in lei sorpresa e desiderio insieme, mentre si protendeva ad accogliere il suo bacio. La strinse a sé e gliene diede un altro. La desiderò all'istante, il suo respiro nel suo, quando le loro bocche si schiusero le lingue si cercarono, per sfiorarsi, toccarsi, volersi. Con tutto sé stesso voleva che quel contatto non finisse, mentre, sempre con il viso tra le mani, iniziavano a girare in tondo. Alla ricerca di un qualsiasi posto che non li costringesse a restare ancora in piedi. Non sapendo bene come, arrivarono nei pressi del divano e ci crollarono sopra. I capelli lunghi di Michelle scivolarono in avanti, quasi a coprire completamente i loro visi. Risero, mentre James prendeva a spostarglieli con gesti delicati che le sfioravano gli zigomi dolcemente e la penombra le illuminava un sorriso. Si soffermò a guardarla per un attimo, così vicina a lui. Le incorniciò il viso in una carezza facendo scorrere entrambe le mani dalle guance alla nuca. La avvicinò poi lento, per baciarla di nuovo con un tocco leggero, seguito da un altro più intenso con il quale si soffermò più a lungo nella sua bocca. Inspirò forte sentendo il suo profumo diventare un tutt'uno con lui. Si sentiva come se stesse per decollare, il basso ventre che bruciava di un tenue dolore, sentendosela addosso. Le mani scivolarono sulla schiena di Michelle, per scendere su quelle gambe che sentiva forti e atletiche, la sua passione per la corsa, certo, ma anche tutto quel ballo. Ricordarla nuovamente, così sexy fasciata nei jeans, quando ballava in linea con gli altri, mentre lui la guardava, lo mandò su di giri. Istintivo, premette il bacino forte contro il suo, mentre il respiro accelerava e l'intensità di quel contatto fece sussultare i loro corpi e loro insieme. Si fermarono un istante per guardarsi. Come in attesa di qualcosa che nessuno dei due sentiva di dover definire. Come per cercare sicurezza nei loro reciproci sguardi. In un istante, James l'attrasse a sé prendendola per il retro delle cosce e stringerla contro di lui. Michelle lo sentì gemere nella sua bocca nell'esatto istante in cui un miagolio in lontananza la fece bloccare.

«*Jack*!».

«Ma che diavol… ?».

«È rimasto chiuso fuori dalla porta!».

James la sentì staccarsi da lui come uno strappo dal cuore. La vide accendere la luce. Mezzo su e mezzo giù dal divano, si coprì gli occhi con una mano, improvvisamente accecato. Fu come risvegliarsi da un sogno. Guardò Michelle correre rapidamente verso l'ingresso e aprire la porta dietro alla quale, il suo gatto si trovava ad aspettarla, pacifico e sereno. Lo prese in braccio e lo strinse a sé.

«Piccolo mio».

Era buffo guardarla tenere in braccio un gatto di oltre sette chili, e sentirlo chiamare *piccolo*. James scosse poi impercettibilmente la testa e si passò le mani tra i capelli: *non ci posso credere. Ha chiamato Jack il suo gatto.*

Si alzò. Si risistemò la camicia nei jeans. Michelle gli si avvicinò con il gatto ancora in braccio.

Lui gli diede una carezza sul muso, gatto *Jack* sembrò gradire. Ma Michelle vide nel suo sguardo abbassato e un po' triste, l'ombra chiara della delusione. James aveva la mente altrove, come se si fosse perso qualcosa. Come se non si trovasse nel posto giusto. Si sentiva come se lei lo avesse fatto entrare nel suo mondo per poi ricacciarlo fuori a forza. O forse, semplicemente, era lui a non aver capito niente. E non c'era proprio alcun mondo in cui entrare.

«Sembra stare bene».

Guardò il gatto in braccio a lei, che aveva anche iniziato a fare le fusa gioioso. «Senti... ti chiamo, ok?».

Si diresse verso la porta.

«James, scusami». Michelle gli corse dietro sempre stretta al suo gatto.

«No, senti. Non importa, ci vediamo un'altra volta».

Il suo sguardo rassegnato la stava destabilizzando. Un'altra volta. Per un attimo aveva pensato che, forse, l'interruzione del suo *Jack* fosse stata provvidenziale. Perché non era sicura di potersi fidare di ciò che stava capitando. Non riusciva a decidere se dare ascolto al suo istinto, fosse la cosa giusta. Non riusciva neanche a decidere se, forse, non ci stesse davvero pensando su troppo. Ma più di tutto, in quel momento, si domandava cosa fosse capitato, di così sconvolgente, da avergli fatto cambiare atteggiamento così di botto.

«Sei arrabbiato?».

L'accarezzò con sguardo dolce. Non riusciva a guardarla diversamente da così. Decise quindi di guardare altrove.

«No, Michelle, non sono arrabbiato. È solo che qui, poco fa, c'erano tremila gradi e ora i gradi sono decisamente scesi sotto lo zero, quindi forse è ora che me ne vada».

Non era davvero convinto di quello che stava dicendo, e avrebbe dato qualsiasi cosa perché lei lo fermasse. Nel frattempo il gatto era sceso dalle braccia di Michelle e aveva cominciato a camminargli attorno alle gambe. Strusciandosi su entrambe, si soffermò ad un tratto appoggiandosi su quella destra. Mosse le zampe come per arrampicarcisi, ma si fermò quando ebbe raggiunto la massima estensione e semplicemente fece come se si stesse stiracchiando. Poi per un istante lo guardò da sotto in su, rimanendo appoggiato sulla stessa gamba, con solo una delle due zampe.

«Lui fa così solo con me. È il suo modo per dirti che gli piaci».

L'ombra di un lieve sorriso, si fece viva sul volto di James. Michelle lo stava di nuovo guardando nel solito modo che gli avrebbe reso difficile attenersi alla sua intenzione di andarsene. Con le luci accese, l'atmosfera divenne più chiara solo artificialmente, perché guardarla negli occhi lo stava decisamente confondendo di nuovo. Era certo solo del fatto di volerla baciare ancora. Le fece scorrere le mani tra i capelli e tenendola per la nuca l'attrasse a sé, in un bacio nuovo, lento e profondo. Intimo e volutamente incessante. Sentì le mani di Michelle prendergli le sue.

«James...» adorava sentirle pronunciare il suo nome con voce ansimante, ma preferì aspettare a sentire cosa avesse da dire: il suo sapore era troppo buono per poter smettere di mescolarlo al suo.

«James... James, aspetta!».

«Sì, certo. Aspetto!».

Tirò su le mani come in segno di resa. Si passò poi rapidamente una mano sul viso e poi entrambe tra i capelli. Doveva riprendere fiato. Ma non voleva allontanarsi da lei.

«James, voglio che tu sappia una cosa, prima che ne succeda qualsiasi altra».

«Ti ascolto». Era decisamente irresistibile da guardare, così vulnerabile.

«Questa cosa non succede d'abitudine. Anzi, direi che non succede... mai».

«Quale cosa?» la guardò perplesso per un momento, scuotendo il viso e aggrottando le sopracciglia con fare confuso.

«Non è mia abitudine aprire la porta al primo che capita».

«Brava, fai bene, non aprire a nessuno».

Con un passo annullò la distanza che la teneva lontano dalla sua bocca.

«Dico sul serio, James!».

Rivolse il suo sguardo prima ai suoi occhi e poi alla sua bocca. Anche lei non riusciva a smettere di guardarla, ma decise di fare un tentativo e tornò a guardarlo negli occhi. Come se l'alternativa avesse potuto aiutare.

«Ti credo». Sperò davvero di rassicurarla.

«James, non voglio che tu pensi che mi basti una sera, per invitare uomini a caso nel mio appartamento».

«Non penso niente del genere».

«E nulla è mai accaduto così velocemente».

La voce di Michelle si stava facendo più nervosa e cominciò a cercare le parole da dire guardandosi intorno, magari sperando di trovarle dipinte sulle sue pareti, gesticolando senza riuscire a controllarsi e compiendo passi a destra e a sinistra, senza una logica.

«Non lo so! Forse è stata la suggestione della musica o tu, con quel profumo di … sapone, così… buono! Quei capelli, dannatamente irresistibili, che hanno mandato i miei ormoni in tilt, non lo so cosa sia successo, ma ecco… mi farebbe davvero piacere se tu restassi qui ancora per un po'. Per favore, non te ne andare via così. Possiamo parlare un po'. Lo vuoi ancora quel bicchiere d'acqua? Ce l'ho sia gasata che naturale, se vuoi te le mischio».

Ne seguì un silenzio che aveva del surreale.

James era rimasto immobile. Si passò una mano sulla nuca dando una superflua grattatina ai capelli. Le puntò l'indice contro, facendolo dondolare con fare incerto.

«Mi puoi ripetere la parte riguardante gli ormoni in tilt?».

Non c'era più il buio a difenderla dalle sue uscite imbarazzanti. E, peggio di ogni cosa, era certa di non avere nemmeno l'ombra di una birra in casa in cui potersi definitivamente annegare. Si coprì istintivamente le guance con le mani, ma il rossore che la fece istantaneamente avvampare, non poté più nasconderlo. James le si avvicinò piano e sempre meno incline ad andarsene. Andarsene dove, poi, se l'unico posto in cui desiderava essere, era lì con lei? La prese tra le braccia mentre lei affondava il suo viso nel suo torace.

«Sono imbarazzante. Quando sono nervosa le parole mi escono senza riflettere».

Sentì il petto di James sussultare in una risatina sommessa.

«Non voglio che tu sia nervosa».

«Beh, troppo tardi».

«E poi...»

«Cosa?...»

«Ti ricordo che, fino a prova contraria, sono stato io a immaginarti coinvolta in conturbanti amplessi con un affascinante professore di mezza età che, poi, si è rivelato essere tuo padre».

La battuta di James fece svanire il suo imbarazzo che si sciolse in una risata liberatoria.

«E ci tengo a dirti, se può consolarti, che anche tu hai mandato i miei ormoni in tilt».

James la sentì sussultare contro il suo petto.

«Davvero?».

«Davvero. E non solo».

«Non solo?».

«Anche a me fa impazzire il tuo profumo».

Le sollevò il mento e le sfiorò le labbra con le sue in una carezza lenta e continua. Il suo sguardo si fece poi d'improvviso serio, pensieroso. Forse non erano solo gli ormoni a farlo sentire così. Sentiva l'urgenza di aprirsi con lei come sarebbe dovuto essere, prima di qualsiasi altra cosa, ma non appena lei lo baciò, lui non poté non accoglierla. Sulle sue labbra, dentro la sua bocca, dentro il suo sciocco, confusissimo cuore. In un attimo in cui si staccarono per riprendere fiato, lo sguardo di James si sentì attratto in direzione della parete di fotografie e poi verso il poster di Jack Knight. Tornò su Michelle non prima di aver intravisto dove potesse trovarsi camera sua.

«Spostiamoci di là, ti va?».

«Certo».

Tenendosi per mano si diressero verso la stanza di Michelle.

«James...».

«Sì?».

«Ma davvero l'insegnante di ballo doveva dire qualcosa a Brent?».

«Certo che no».

CAPITOLO SETTE

James era sempre stato convinto che, entrare nella stanza di qualcuno, ridefinisse il concetto di intimità. Perché entrare in intimità con qualcuno non voleva necessariamente dire entrarci dentro fisicamente. Non solo, almeno. Osservare come vengono disposte le cose nella sua camera da letto, poteva dire molto sulla persona stessa. I colori scelti, la disposizione degli accessori, l'ordine o il disordine. Da qualsiasi punto di vista, l'ingresso nella stanza di una persona era una piccola finestra nel suo cuore. Un'enorme concessione. Un privilegio. James pensava a questo, nell'istante in cui Michelle fece scorrere la porta della stanza per aprirla.

Una volta entrato, in automatico, fu lui a cercare l'interruttore della luce e si girò sorpreso, quando, ad un passo davanti a lei, si ritrovò di nuovo al buio. Poteva comunque scorgere la sua silhouette vicino alla porta, mentre lentamente la socchiudeva lasciandone solo uno spiraglio aperto. Michelle lo guardò quasi per dare risposta alla sua domanda.

«Lascio sempre la porta socchiusa, nel caso in cui *Jack* volesse entrare. Di notte fa i suoi giri per la casa e va avanti e indietro da questa stanza. Se gli lascio un pertugio aperto, riesce facilmente con la zampa ad aprire la porta».

«Capisco» replicò piano «e... ti piace anche stare al buio, di solito?» un sorriso lieve.

Michelle si sentì presa alla sprovvista. Aveva spento la luce per contrastare il senso di agitazione che si stava di nuovo impossessando di lei. Aveva poi, da tempo, maturato la convinzione che il buio la potesse proteggere. A lui, tuttavia, non riusciva a dare alcuna spiegazione razionale. Percependo il suo imbarazzo, con gli occhi ormai abituati all'assenza di luce, James si era avvicinato al comodino.

«Che ne dici di un compromesso?» disse poco prima di accendere la lampada accanto al letto. L'ambiente fu avvolto da una tenue luce calda. Per qualche inaspettato motivo, Michelle si sentì più tranquilla e annuì con un cenno del capo. James le sorrise con gli occhi e iniziò, quindi, a guardarsi intorno. Michelle lo seguì negli sguardi e nei movimenti. La camera era piuttosto grande, tutta in legno dipinto di bianco, con due finestre ampie proprio di fronte al letto. Tra di esse c'era una scrivania, sottostante una libreria piuttosto fornita. A sinistra di una delle due finestre, scorse un'altra porta scorrevole che occupava quasi tutta la parete. Volse lo sguardo verso Michelle indicandola, ma restando in silenzio.

«È la mia cabina armadio» Michelle rise «lo so, è enorme».

«Il paradiso di una ragazza: la sua cabina armadio!».

«Già».

James continuò il suo giro, facendo scorrere le dita delicatamente sulla scrivania.

«Tu studi qui?».

«Un po' qui e un po' in soggiorno. Faccio quasi tutto, un po' qui e un po'... di là».

James annuì e sorrise a quelle parole. Sollevò poi lo sguardo verso di lei, nell'esatto istante in cui lei abbassò il suo.

«Sei diventata rossa».

«Ah sì? Strano, non mi capita mai» le mani portate in fretta a coprire le guance.

«Sei carina quando ti imbarazzi. Lo sei sempre in verità». Ammise quasi in un soffio.

Il suo sguardo vagò altrove, verso le pareti, e d'improvviso fu profondamente colpito da ciò che vide.

«Wow!».

I suoi occhi erano pieni di meraviglia. Appesa al muro sopra al letto, in posizione diagonale, troneggiava una splendida *Gibson* rossa. Non era nuova, si vedeva, ma era straordinariamente ben tenuta. Era *vissuta*. In quell'istante sentì che Michelle si era avvicinata a lui.

«Sì, lo so, è magnifica».

«Lo è davvero!».

«Non è mia, però».

«Questo è evidente».

«Lo è?».

«Per almeno due ragioni» la guardò circondandole nel contempo le spalle con il braccio e riducendo, così, le loro distanze.

«La prima è che il manico è pensato per chi è mancino, e tu non lo sei».

«Ti intendi di chitarre?» lo chiese a un soffio dal suo viso, lui sentì il respiro di lei sulla guancia e per un attimo pensò di star per perdere il filo del discorso.

«Un po'».

Michelle gli prese la mano appoggiata sulla spalla. Lui le agevolò l'iniziativa.

«La seconda è che è grande almeno quattro volte te».

La risata che ne seguì fu sonora.

«Hey, come ti permetti?»

«Dico sul serio! Guardala, non riusciresti neanche a tenerla in mano, figuriamoci a suonarla!».

«Stai dicendo che sono una bassotta?».

«Sto dicendo che il tuo corpicino minuto scomparirebbe dietro a quella chitarra». James tornò a guardare la Gibson appesa e nel contempo cominciò ad accarezzare le dita di Michelle con le sue.

«Come probabilmente scomparirebbe tra le mie braccia, ma questa è un'altra faccenda».

Il silenzio che calò nella stanza fu assoluto. Si sentivano solo i loro respiri. Lui tornò con gli occhi su di lei, che guardava dritta davanti a sé, senza in realtà vedere niente. Come se stessero ancora ballando le fece fare una giravolta, per poi riportarla a sé, stretta in un abbraccio in cui le rimase dietro. Si chinò su di lei e appoggiò per un attimo il mento sulla sua spalla. Chiuse gli occhi. Tenendola per i fianchi, fu come essere di nuovo su quella pista con la stessa musica. E mentre le sue dita tornarono a scorrere appena sotto la camicetta di lei, sentiva il respiro di

Michelle farsi sempre più corto e la sua voce uscire a stento da quella bocca perfetta.

«Credo tu debba assolutamente dirmi la marca del sapone che usi, perché sta diventando ufficialmente il mio preferito».

Con un gesto rapido e fluido la fece voltare e catturò il suo respiro con le labbra.

E fu puro sollievo.

Ogni fibra del suo essere si tese verso di lei, mentre la stringeva a sé desiderando di dirle e farle qualsiasi cosa anche solo con la bocca. Senza staccarsi da quel bacio la sospinse con delicatezza verso il letto dove la accompagnò nella discesa, finché non le fu sopra. Michelle trovò difficile, molto difficile, dover interrompere quel momento meraviglioso e tentò di non farlo scegliendo di parlargli a fior di labbra.

«James... gli stivali. Devo togliermi gli stivali. Tipo adesso».

«Dammi un secondo. Non osare muoverti».

Si alzò rapido, lei restò distesa con gli occhi chiusi e una mano sul viso, cercando di fermare il tempo.

«Allungami la gamba destra». Fece come gli disse, e si sentì prendere con gesto delicato la parte retrostante il ginocchio. Non immaginava che, anche solo con quel tocco, le si potesse spezzare il respiro e irradiare ogni sorta di sensazione di benessere per tutto il corpo. Le sfilò lo stivale in un secondo e accompagnò la discesa a terra della gamba.

«Ora la sinistra».

E fece lo stesso con l'altro. Confermò a sé stessa che le mani di James dovevano avere qualcosa di magico al loro interno. Lui si sfilò i suoi ancora più velocemente di quanto non avesse fatto con quelli di Michelle, e scivolò di nuovo su di lei.

«Sei stato velocissimo, dove hai imparat...»

«Sempre mia nonna. Detestava che entrassimo in casa con gli stivali sporchi, quindi ce li faceva togliere, e ci ha insegnato a farlo, rapidi come se fossimo in caserma».

«Tua nonna ti ha insegnato davvero un sacco di cose».

«È così. Ma da qui in avanti la lascerei fuori da questa stanza, se non ti dispiace». Michelle gli prese il viso tra le mani e lo attrasse a sé. Essere baciati da lei era coinvolgente, appagante e totalizzante. E se solo un bacio lo stava portando alle vette più alte, provò a immaginare cosa potesse essere qualsiasi altra cosa con lei. Non ci riuscì. La realtà stava superando qualsiasi immaginazione. Le accarezzava il viso con le dita, mentre toccandola con labbra e lingua, fondeva la propria bocca nella sua. Sentiva il suo respiro, il suo calore, il suo aprirsi a lui totalmente, facendogli vibrare là, nel profondo, dove non aveva mai concesso a nessuna di accedere. Fece scorrere le mani sui bottoni della camicia e poi dei jeans, che incominciavano ad essere davvero di troppo tra lui e il desiderio di entrambi. Iniziarono a sbottonarsi a vicenda, un po' le camicie e un po' i pantaloni, senza un ordine preciso. Mentre l'ansia dell'attesa cresceva, così era il loro ansimare, sempre più forte nelle loro bocche. Era tutto perfetto, fino a quando Michelle sentì James staccarsi da lei e pronunciare due parole che nulla avevano a che fare con la perfezione di quel momento.

«Oh no».

«Cosa?».

Lo guardò chiudere gli occhi strizzando forte le palpebre.

«Cosa, James?».

Gli prese il viso tra le mani per non farlo allontanare e cercare di capire. Lui riaprì gli occhi e la guardò pieno di rammarico.

«Che succede, James, se non mi parli, non posso capire».

«Michelle... io».

«Cosa?».

James soffocò la voce dentro al cuscino trovato vicino alle loro teste e ci schiacciò dentro la faccia.

«Non ho un preservativo».

Riemerse poi dal cuscino per continuare.

«E ho come la sensazione che potrebbe tornarci utile, a breve. A meno che tu non sia così gentile da farmi usare la doccia per farmene una gelata in questo momento».

Michelle si sentì in qualche modo sollevata. Per un attimo aveva davvero temuto che gli fosse tornato in mente un impegno notturno improrogabile, magari che coinvolgesse sua nonna. E il fatto che non fosse uno che andava in giro con i preservativi in tasca, aveva in un certo senso un non so che di rassicurante. Mentre cercava di trattenersi dal ridere nel sentirlo darsi con insistenza dell'idiota, con calma gli accarezzò il viso sorridendogli.

«Non ti preoccupare, James. Prendo la pillola da quando avevo sedici anni per problemi di acne».

«Non ci posso credere, la tua pelle è perfetta».

Le disse a fior di labbra in un commento pieno di sollievo interiore.

«Questo perché, evidentemente, la pillola ha funzionato».

«Quindi… va bene se, la doccia me la faccio… *più tardi*?».

«Potrai farti tutte le docce che vuoi, *più tardi*».

Fece scorrere le dita delle mani sul suo viso, osservando quegli occhi verdi che brillavano nei suoi. Era emozionata almeno quanto lui. E questo non fece altro che mandargli su di giri il battito del cuore. Prese a baciarla con tutto il desiderio che sentiva pulsargli dentro. Iniziò a muoversi lentamente sopra di lei immaginando di eliminare qualsiasi altro strato di tessuto li dividesse.

«James».

«Dimmi».

«La tua fibbia. Mi sta premendo contro».

«Non è la fibbia».

«Allora la cintura. Riesci a toglierla tu?».

«Non porto la cintura».

Michelle si bloccò e così fece James. La guardò negli occhi con sguardo inequivocabile. E fu davvero lieto di non doversi spiegare oltre.

«Beato te, io se non la indosso mi cade sempre tutto».

«No, a me sta tutto su da solo».

La sentì cominciare a ridere e a cercare di soffocare la sua risata contro il suo torace. Era contagiosa, non riuscì a non scoppiare a ridere anche lui. Sentì il suo respiro accelerare contro il suo petto.

Confusa, lusingata, imbarazzata e bella come una visione. Le sorrise sollevando lievemente un sopracciglio prima di sfiorarle scherzoso le labbra con la lingua e rispondere alla sua domanda silenziosa.

«Non era la fibbia nemmeno mentre ballavamo un'ora fa».

Finirono di spogliarsi del tutto e quando il contatto fu pelle contro pelle, James sentì il cuore di Michelle battergli forte contro il petto, mentre con le mani sentiva che non c'era un solo centimetro di lei che non desiderasse toccarle. Più la sfiorava, con le dita o le mani, più Michelle ansimava forte con il viso premuto contro di lui. Più lei lo toccava con le sue mani leggere e delicate, ma capaci di inaspettata intensità, più James sperava che non si fermasse. Contemplò il suo viso e i suoi splendidi occhi con sguardo profondo, pensando che il tempo si fosse fermato.

«Ti voglio, Michelle. Da morire».

La guardò ancora. Così ad un soffio l'uno dall'altra, il suo verde languido nel suo castano adorante.

«Ti dispiace che ti voglia così tanto, anche se ti conosco così poco?».

James non riuscì a trattenersi da dire ciò che provava, ma tutto gli sembrava così facile da dire o da fare, quando era con lei.

«No, perché anche io mi sento così, James. Anche se ti conosco così poco».

Le sorrise tirando un sospiro quasi di sollievo e appoggiò la fronte contro la sua. Un bacio profondo divampò un incendio non più contenibile. Chiuse gli occhi e lentamente, contando i suoi battiti e i respiri accelerati, entrò dentro di lei. Muovendosi piano e con cautela, nel privilegio di quel giardino segreto, alternava baci e affondi, accarezzandole le labbra con la lingua. Al ritmo del suo respiro e a quello del suo cuore, ascoltava i suoi gemiti e le regalava i suoi, riempiendosi del suo profumo.

Michelle sembrò non ricordare quanto aveva vissuto anni prima, quando l'unica volta in cui aveva pensato fosse giusto concedersi, ci aveva riflettuto così tanto, spinta dal solo timore di essere rifiutata. Aveva pensato che cedendo all'insistenza avrebbe ricevuto, in cambio, amore vero. Le idiozie dell'adolescenza. Era stata solo troppo ingenua e desiderosa, in seguito, di poter dimenticare. Non aveva provato niente di ciò che James le stava regalando in quegli istanti. Presenza, coinvolgimento, delicatezza e passione miste al sapore ancestrale di chi, senza saperlo, già si conosce. Questa era la sensazione che sentiva emergere dai loro corpi uniti nella sintonia perfetta di una canzone ancora da scrivere. Lei era la musica e lui le parole. L'armonia perfetta si traduceva nell'attesa, l'attenzione e la cura nel cercare di ascoltare ciò che lei desiderasse. Contraccambiare, per Michelle, fu più naturale di ogni suo respiro. Perché più lui la capiva, più lei capiva lui. Sembrava che i loro corpi fossero fatti per fondersi uno nell'altro. Come un accordo perfetto, da sempre. Poi James sentì le braccia di Michelle aggrapparsi a lui, forti e nel contempo indifese. La sentì perdere il controllo e abbandonarsi a lui. La seguì sussurrando il suo nome e annullò sé stesso dentro di lei.

La tenne a lungo stretta tra le braccia, mentre i loro respiri ritrovavano un andamento normale. E continuarono a guardarsi negli occhi dicendosi milioni di cose senza aprire bocca. Sistemò poi le braccia attorno a lei stringendola ancora di più al suo petto e si lasciò scappare una risatina sommessa.

«Che c'è?».

«Vedi? Era come ti dicevo. Sparisci totalmente tra le mie braccia».

«Sei tu che sei fuori misura».

James ridacchiò sfiorandole la punta del naso col suo. Lei ritrasse il viso come se, d'improvviso, si fosse resa conto di qualcosa di specifico. Lo guardò sorridendo, chiudendo leggermente gli occhi a fessura.

«Che ti passa per la mente?».

Con sguardo sorpreso lui rispose alla sua espressione interrogativa.

«Mi sbaglio o ti ho visto indossare gli occhiali?».

«Che cosa intendi?».

«Quando eravamo al locale, e hai ordinato da bere».

«Cosa?»

«Ho sognato, oppure portavi gli occhiali mentre leggevi il menu?»

«Non sbagli e no. Non hai sognato. Ma li uso solo per leggere, o quando scrivo al computer. Per il resto ci vedo benissimo, senza».

«Wow» lo sguardo di Michelle si aprì di meraviglia «un po' come Clark Kent e Superman».

«Come dici, scusa?».

«Ma sì, dai. Clark Kent di giorno, quando fa il giornalista, porta gli occhiali e di notte quando fa il supereroe e vola in giro, non li usa».

«*Vola in giro*, hai detto?».

«Ma sì, hai presente?».

«So benissimo chi siano Clark Kent e Superman, la faccia perplessa che vedi è data dal fatto che tu abbia fatto questo accostamento».

«Beh, è la prima cosa a cui ho pensato».

La guardò sfiorandole le labbra con la punta delle dita.

«Ne sono lusingato».

James abbassò lo sguardo rivolgendolo alla sua bocca, per poi tornare lentamente a guardarla negli occhi.

«Ora che, per *ben due volte*, mi hai dato del superdotato, posso svelarti il segreto del mio sapone».

Michelle rise delicata accomodandosi ancora meglio tra le sue braccia.

«Sono tutta orecchi».

«La verità è che uso quello che trovo nella doccia quando ci entro. Di solito, quando sono a casa dei miei genitori, rubo quello che usa mia sorella, e lo uso per corpo, capelli. Tutto. Quando sono qui, invece, ne prendo uno a caso al supermercato, un prodotto di quelli *due in uno*».

«Hai una sorella?».

«Sì, più piccola, farà diciott'anni a breve».

«Non me ne avevi mai parlato».

«Ho voluto aspettare che fossimo più intimi». Concluse con un sorriso tenero. Fece poi scorrere le dita sul suo braccio e la vide socchiudere gli occhi per tornare ad appoggiarsi a lui. Sentì poi, a sua volta, le dita scorrergli tra i capelli dietro la nuca. Quel gesto lo stava talmente rilassando, che avrebbe potuto dire qualsiasi cosa in quel momento, senza rendersene conto.

«Io adoro i tuoi capelli, non voglio che li tagli mai più».

«Mai più, hai detto?».

«Intendo dire che voglio che tu li tenga esattamente come sono».

«Ci siamo appena conosciuti e già vuoi decidere come devo pettinarmi?».

«Mi hai appena rivelato che non fai distinzione tra shampoo e bagnoschiuma e non vuoi ammettere di avere bisogno di una consulente a riguardo?»

«I miei obiettivi sono due: il primo è di non puzzare e il secondo è di perseguire il primo nel minor tempo possibile. Due prodotti non mi consentirebbero di raggiungerli entrambi».

Michelle non riusciva a smettere di ridere.

«Non posso credere alle cose che sto sentendo!».

«Non ho ragione? Non riesco comunque a perseguire i miei due obiettivi?». Rideva anche lui, fingendo di voler sembrare serio. Michelle continuava a guardarlo, giocando con alcune delle sue ciocche che stava trovando davvero morbidissime.

«In effetti, probabilmente, sei bravo a scegliere il monoprodotto giusto».

«Ah, ti ringrazio. E comunque...» la guardò negli occhi ad un centimetro dal suo viso.

«Comunque...?».

«Non avrò nulla in contrario ad averti come mia personale *crinoconsulente*».

Ridacchiando la prese tra le braccia e la fece sdraiare sopra di sé.

Avvicinò poi le sue labbra alle sue senza toccarle, la guardò e le sorrise, in attesa. Michelle gli si avvicinò quel poco di più mentre lui, lento e scherzoso, continuava a fare in modo che tra le loro labbra restassero solo pochi millimetri. Gli occhi di entrambi erano concentrati su quella invisibile distanza, mentre il tremore dei sensi si stava irradiando con lente scariche, per tutto il loro corpo. Finché quella distanza si annullò. James giunse alla conclusione che, nella vita, fosse possibile baciare milioni di bocche, ma che solo le loro labbra fossero nate per farlo in maniera così perfetta. E passarono l'ora successiva così, intervallando lunghi baci profondi a carezze continue, più o meno innocenti.

James guardava Michelle con occhi che sembravano volerle entrare dentro, cercando di lottare contro il sonno che stava rendendo difficile a entrambi, tenere gli occhi aperti.

«Vuoi dormire un po'?» le chiese.

«Ti troverò qui al mio risveglio?» indagò, scossa da un antico timore annidato nell'inconscio.

James allontanò di scatto il volto da lei, come se quelle parole non fossero uscite dalla sua bocca.

«E dove pensi che abbia intenzione di andare?».

Gli occhi di Michelle si stavano facendo sempre più pesanti, ma riuscì lo stesso a spiegare.

«Non a tutti piace restare».

«Beh, io sono un tipo a cui piace».

«Buon per te, altrimenti lo avrei detto a tua nonna».

Ridendo l'attrasse a sé e la tenne stretta mentre sentiva il suo respiro diventare sempre più profondo. A James ci volle un po', invece, prima di riuscire a prendere sonno, ma ad un certo punto, un lento torpore lo avvolse, fino a quando non si addormentò del tutto.

I loro corpi avvinti.

Sopraffatti dal sentimento che stava toccando i loro cuori e unendo le loro anime.

Quando James aprì gli occhi di colpo, era quasi mattino, sebbene fuori fosse ancora buio. Quel momento del giorno in cui ogni cosa è ancora avvolta dal silenzio e i pensieri si susseguono in un flusso continuo, e anche fin troppo nitido. Provò la straordinaria, pericolosa sensazione, di avere tutto. Scrutando il soffitto, con un braccio piegato dietro la testa, si trovò a ripercorrere con la mente il susseguirsi di quelle settimane. Pensava a quanto rapidamente potessero cambiare le cose, nello scegliere di varcare o meno la soglia di un certo studio. Nel decidere o meno di affidarsi a un certo professore come proprio relatore. Nel decidere o meno di precipitarsi giù dalle scale all'inseguimento di una ragazza che, nel suo universo di incertezze, gli era esplosa dentro come una granata di energia. La sua bocca su di lui, muoversi dentro di lei. Sentirne il respiro e il profumo ovunque. L'avrebbe voluta ancora, in continuazione. Fino alla fine di quella notte interminabile, se solo avesse avuto il potere di non far sorgere il sole. Si sentiva inattaccabile. Poi, all'improvviso, il retrogusto di un pensiero negativo sopraggiunse più forte degli altri. Sentì pulsargli dentro il dilemma più grande: dire o non dire la verità. Aveva scelto di ometterla. Voleva proteggersi, doveva farlo. Era stato giusto così. Avrebbe fatto differenza? Nel dubbio aveva reagito prendendo quella decisione. Non si sarebbe trovato lì in quel momento, se avesse agito diversamente. Ne era sicuro. Poi quella sensazione difficile fu scacciata dal balzo del gatto di Michelle, che in un batter d'occhio era saltato sul letto e con passi felpati si stava facendo strada fin verso di loro. Arrivato vicino ai cuscini, avvicinò il muso al viso di Michelle, e poi al suo. Il micio sembrò cominciare a meditare su quale potesse essere la posizione migliore. Girò su sé stesso un paio di volte. Faceva fusa rumorose. James scostò istintivamente il braccio, tentando di capire se magari gli stesse impedendo di scegliere dove mettersi. Sorrise. Il gatto lo guardò negli occhi come solo i gatti sanno fare. James ricambiò lo sguardo e gli fece una carezza. Michelle continuava a dormire. Il felino gli salì sul torace e vi si accucciò. Sette chili di pelo e sentirli tutti.

«Gatto *Jack*» un lieve buffetto sotto al muso gli fece socchiudere gli occhietti «è un modo per dirmi che, fra me e lei, ci sarai sempre tu?».

James rise sentendosi ridicolo ad essere lì a parlare con un gatto che gli si era piazzato sullo sterno. Michelle intanto si stava muovendo nel sonno. Fu come cadere da una nuvola all'altra. Sentiva un senso di leggerezza nella testa e vaghi ricordi mescolati. Vedeva una sala da ballo, due persone che si muovevano insieme, provando sensazioni da non poter descrivere. Vide sé stessa in quella scena e il vago ricordo di qualcosa di realmente vissuto. Da lì, la testa la portò alla scena successiva. Il profumo caldo di un respiro dentro al suo, urgente e intenso, come un bacio interminabile. Si girò nel sonno e abbracciò James. Sentì lo stesso profumo e capì che non era un sogno. Si sentì pervasa dallo stesso senso di piacevole stordimento della notte appena trascorsa. Il gatto non si mosse da dove si trovava, e continuò a fare le fusa con gli occhi chiusi.

James la strinse a sé cercando di non contrariare il felino color del buio. E rispose a sé stesso.

«A quanto pare sì».

Pensieroso, continuò a fissare il soffitto, mentre fuori albeggiava.

CAPITOLO OTTO

Racchiusi in un mondo a parte. Inaccessibile a tutti tranne che a loro. Così, James e Michelle trascorsero i mesi successivi.

Quel giorno avevano deciso di fare una passeggiata al mare, che in quel periodo dell'anno era per entrambi molto più suggestivo. Ci erano arrivati in macchina, partendo prestissimo al mattino, perché la strada era più libera e Michelle, cosa ormai nota anche a James, adorava l'alta velocità. Dopo la sera in cui le aveva fatto provare l'ebbrezza di toccare la leva del cambio e di cambiare le marce insieme a lui, avevano deciso che le avrebbe insegnato a guidare da sola, pertanto avevano fatto qualche prova in posti isolati. James aveva fin da subito intuito, non senza troppo stupore, quanto fosse portata per questo genere di esperienze. Era estremamente coinvolgente osservarla nel suo essere da un lato timorosa, ma nel contempo molto coraggiosa. Quel giusto mix che la portava ad accostarsi a qualcosa di nuovo con curiosità, ma la giusta prudenza. Erano quindi bastate poche indicazioni e qualche ora di pratica, perché fosse in grado di destreggiarsi senza difficoltà nella sua auto. E tra le cose più belle del vederla sfrecciare felice, a velocità non propriamente legale, testando dei rocamboleschi testa-coda nel parcheggio, o delle assurde curve con il freno a mano tirato, era ciò che succedeva dopo. Quando Michelle non poteva fare a meno di dimostrargli tutta la sua gratitudine, sfogando le sue scariche di adrenalina su di lui, fossero nel parcheggio o in qualsivoglia luogo isolato, sui sedili posteriori della macchina.

Proprio quel mattino Michelle aveva chiesto di poter guidare e James l'aveva accontentata, lasciandole lanciare la sua auto ben oltre la velocità consentita. Due pazzi scriteriati. Ecco che cosa avrebbero pensato di loro, se mai qualcuno li avesse visti sfrecciare a quella velocità folle, per le curve della East Coast. James ringraziò il cielo che nessuna pattuglia fosse appostata in attesa di gente come loro, perché sentire Michelle così piena di adrenalina, mentre prendeva le curve come se fosse coinvolta in qualche assurda corsa spericolata, lo faceva impazzire.

Arrivarono in spiaggia. Una distesa immensa tutta per loro. Lui indossava un paio di jeans e una felpa blu, lei una tuta verde militare con maglia rosa e cappuccio. Entrambi avevano arrotolato i pantaloni, per lasciare scoperte le caviglie e poter camminare nell'acqua pressoché gelida. Si tenevano per mano, ma ad un tratto Michelle si era staccata da James per una breve corsetta all'inseguimento della schiuma di un'onda e poi di un gabbiano. Vederla correre verso quel volatile, inseguendolo nel suo percorso di goffa planata e tentativo di decollo, lo fece sorridere. Quando poi, ovviamente, il gabbiano riuscì ad avere la meglio e si librò in volo, osservò Michelle seguirlo con lo sguardo, tenendosi con una mano i capelli agitati dal vento e riparandosi, con l'altra, dai raggi del sole. Quei capelli lunghi che, seppur in parte trattenuti, si agitavano selvaggi verso l'oceano, la facevano sembrare una creatura celestiale, irraggiungibile. James la guardava con occhi che brillavano e ad ogni suo gesto, lì, racchiusa in quel suo attimo di divertimento infantile, ebbe la netta sensazione del suo cuore che si dilatava. Era qualcosa di fisico, reale e incontrollabile. Era come se il suo cuore si contraesse per allargarsi. Doveva assecondare quei sussulti con respiri profondi che incamerassero quanto più ossigeno possibile, perché il suo pensiero in quel momento era uno e uno soltanto: avrebbe fatto qualsiasi cosa per renderla felice. Quando poi Michelle si girò a guardarlo da lontano, per salutarlo e sorridergli, si sentì come se lui, per lei, fosse l'unico essere vivente sulla terra. Il suo cuore continuava a chiedere spazio nel suo torace, e nient'altro ebbe più importanza. La raggiunse per stringerla a sé, abbracciandola da dietro. Michelle aveva tirato fuori il suo cellulare per cercare di rubare uno scatto di loro due insieme. Con un gesto istintivo, James, glielo strappò di mano e, scherzando, stava facendo finta di non volerglielo restituire. Lo teneva sopra la testa con un braccio alzato, trattenendole le braccia con l'altro. Michelle ridendo a sua volta, stava cercando di riprenderselo, ma lui era davvero troppo alto.

«No dai, non mi piace essere fotografato».

«Perché no?».

«Vengo sempre male, nelle foto».

Persino James credeva poco a quella scusa assurda, ma non riuscì a trovarne un'altra.

«Siamo solo noi due. Così ti posso vedere quando non sei con me».

Michelle lo guardava con quella speciale luce negli occhi, che sembrava volergli scavare dentro. James si sentì mancare un battito.

«Ma io *sono* con te».

«Intendo quando non sei qui, perché torni a casa tua, dalla tua famiglia».

Nel pronunciare quelle parole, Michelle abbassò lo sguardo, come se non fosse giusto pretendere l'esclusiva sul tempo che lui trascorreva con lei. Non che per James, Michelle non fosse diventata l'assoluta priorità. Dalla notte dopo la serata del ballo, la loro quotidianità si era trasformata in due vite unite in una sola. Facevano fatica a restare lontani. Pur vivendo in due appartamenti distinti, il più delle volte, James passava le giornate a casa di Michelle, e la maggior parte delle notti. Andavano insieme all'università se necessario, ma per lo più rimanevano in casa, ognuno impegnato nella stesura della propria tesi, in silenzio, nella stessa stanza dedicata allo studio. Che per Michelle altro non era che la parte di salotto in cui si trovava il bovindo che accoglieva un tavolo abbastanza spazioso da ospitare entrambi. Facevano colazione insieme, pranzavano insieme, cenavano insieme e trascorrevano le notti insieme. Ma soprattutto, era difficile che in tutte le varie fasi di quella nuova quotidianità, riuscissero a togliersi le mani di dosso. Spesso capitava che James preparasse delle lezioni da esporre, per acquisire dimestichezza nella docenza, e Michelle simulava la parte della studentessa all'ascolto. Talvolta la situazione degenerava, soprattutto quando Michelle, partendo dal presupposto che lui dovesse imparare a non perdere la concentrazione di fronte a qualsiasi situazione, si presentava in salotto indossando simpaticamente solo la biancheria intima. La lezione cominciava con lei seduta composta sul divano e lui, impeccabile, in piedi, ad esporre le grandiose imprese dei Padri Fondatori, ma erano più le volte che finivano sul pavimento o, più comodamente, in camera da letto con lei senza più alcuna biancheria, e lui con solo indosso gli occhiali, che non quelle in cui Michelle imparasse qualcosa di nuovo su quel grande Paese che era l'America. Qualcosa di nuovo lui gliela insegnava sempre, ma con la storia Americana, aveva molto poco a che fare.

Quando però James, ogni due settimane, tornava a casa dalla sua famiglia, Michelle sentiva quel distacco come qualcosa di inspiegabilmente doloroso. Perché sembrava che James volesse tenere quella parte della sua vita lontana da tutti, persino da lei. Provava ad accettarlo. Faceva fatica a credere che lui non tenesse a lei perché glielo dimostrava in continuazione. Non voleva cedere al timore che paure di infedeltà precedentemente vissute rovinassero quello che stava vivendo con lui. Con James si sentiva come se al mondo esistessero solo loro due. Lui la faceva sentire in quel modo. Relegò quindi il pensiero al fatto che, in fondo, si trattava solo di una stupida foto e non si oppose ulteriormente a che James cancellasse quel selfie. Sollevò lo sguardo verso di lui e gli sorrise. James ricambiò avvicinandosi nel contempo al suo viso, per scendere poi sulle sue labbra. Lo sciabordio delle onde stava accompagnando quel momento, mentre le loro bocche si cercavano, per ritrarsi e toccarsi di nuovo, prima di unirsi in un bacio che avrebbero voluto far durare per sempre. James aveva ancora il cellulare di Michelle in mano, e la strinse a sé in un abbraccio avvolgente. Fece scivolare delicatamente il telefono nella tasca posteriore della tuta, indugiandovi per un attimo, sempre avvolti in quel bacio lungo, caldo e stordente. La sentiva così vicina a lui da non riuscire a resisterle. E infatti non ci stava riuscendo un granché. Stringendola forte, la sollevò da terra e si spostarono più indietro, a qualche metro dalla riva, dove lui poté sedersi sulla sabbia e appoggiarsi ad una roccia messa lì, appositamente da Dio, per poter concedere loro una privacy maggiore. Il vento era meno forte, ma le onde si sentivano impetuose, infrangersi sulla riva. Si sedettero vicini rilassandosi per un istante in cui ripresero fiato. Michelle gli sorrise. James, dopo averle dato un buffetto sulla guancia, le coprì totalmente il viso con il cappuccio della sua maglia rosa. Sentirono la voce distante di qualcuno che si stava dirigendo dalla loro parte. Poteva essere facile che, a quell'ora del mattino, qualcuno decidesse di portare a spasso il cane, approfittando dell'altissima probabilità di non incontrare troppa gente. Michelle guardò in direzione di quella voce.

«Mi stavo dimenticando che al mondo non ci siamo solo noi» disse a un tratto.

«Già, i soliti guastafeste».

Michelle, che si era messa in ginocchio sulla sabbia, gli rivolse uno sguardo tenero, mentre lui con una mano le sistemava una ciocca di capelli che stava svolazzando senza controllo. Lo aiutò in quel gesto. Per toccare le dita con le sue, più che per una reale esigenza di sistemarsi quella chioma indomabile. Le loro mani iniziarono a giocherellare facendo incontrare le dita reciproche senza veramente intrecciarsi. Poi James la prese alla sprovvista. Le strinse la mano e con scioltezza l'attrasse a sé facendola sedere a cavalcioni su di lui. Un sorriso e il rossore improvviso sulle gote di Michelle, presa in contropiede, e il suo coprirsi con le mani il viso, per poi rifugiarsi nell'incavo del suo collo. Lui la abbracciò stretta ridacchiando. Poi ripresero a guardarsi, Michelle iniziò a giocare con il cordoncino del cappuccio della felpa di James.

«Sei comoda?».

Nel porle quella domanda, la strinse dolcemente sui fianchi, assestando il suo bacino contro il suo, azzerando le loro distanze. Il sorriso di Michelle scomparve. James sbatté le palpebre un paio di volte abbracciandola per sentirsela addosso totalmente. Nello stringerla mosse ancora il bacino contro il suo e il respiro le si spezzò. Attese un istante. Si sentiva solo il mare. Il respiro di Michelle tornò regolare, ma come sospeso. Sciolse per un solo secondo quell'abbraccio, perché potessero scrutarsi di nuovo. James guardava i suoi occhi che sembrava tremassero impercettibilmente. Era qualcosa di indescrivibile vederla emozionarsi così. Qualcosa di impagabile constatare che lo stava sentendo attraverso il sottile strato della tuta contro i suoi jeans. Volse lo sguardo nella direzione in cui gli era parso di sentire la voce di qualche momento prima, e poco dopo tornò su Michelle. Lo stava guardando come mai nessuna prima. Le avvicinò le labbra all'orecchio, perché solo lei potesse sentirlo.

«Credo che quel tizio ci metterà almeno dieci minuti ad arrivare dalle nostre parti». Percepì il suo viso annuire vicino al suo.

«Appoggiati a me».

Con delicatezza pose le mani sui fianchi di lei per accompagnare il suo bacino contro il suo. Si muoveva piano e con cautela, e lo avrebbe fatto per tutte le volte che fosse stato necessario. Iniziò a seguire lo stesso ritmo che avevano le onde mentre si infrangevano a riva. Lento, prolungato e continuo. Dal mare verso la riva e dalla riva di nuovo verso il mare. Da lei verso di lui e di nuovo da lui verso di lei. C'era il ritmo delle onde e quello del respiro di Michelle abbracciata a lui. Sentirla ansimare lieve, in un crescendo di estasi, solo per lui, in quella privacy a cielo aperto, non gli rendeva facile trovare parole per descrivere quanto si sentisse esplodere il cuore dentro. Poi sentì il suo corpo bloccarsi per un attimo, tremare leggermente tra le sue braccia e per un istante lunghissimo abbandonarsi contro di lui, travolta dall'onda che lui stesso le aveva procurato, nel più completo stato di gratitudine e di appagamento. Lentamente, cercando di riprendere fiato, con il viso sprofondato nel suo collo a inebriarsi di quel profumo che sapeva di mare e James insieme, Michelle percepì le sue braccia che la stringevano forte, e poi ancora di più. Poi il suo respiro ritrovò lento il suo ritmo, le dita di lui che le scorrevano tra i capelli. Sorrideva. Ancora con il viso nascosto, Michelle iniziò a ridacchiare. Prese poi un lungo respiro.

«Credo di non essere mai stata così comoda in vita mia».

James rise con lei e si sentì a sua volta stretto tra le sue braccia.

Distante da loro, presso la riva, James alzò lo sguardo e vide un uomo lanciare al suo cane, un ramo raccolto sulla riva, e nel contempo fargli un fischio per richiamare la sua attenzione al comando di riportarlo. Distrattamente volse lo sguardo verso di loro per poi riportarlo sul suo cane. James avrebbe giurato di vedere comparire un lieve sorriso di tacita comprensione, sul volto di quell'uomo. Di nuovo stretto in quell'abbraccio, anche lui concentrato nel riempirsi del profumo di Michelle, James tentò di contrastare il presagio di una paura nascosta. Quel fine settimana lo avrebbe trascorso dalla sua famiglia ed era molto dispiaciuto di non poterle chiedere di andare con lui. Si sentì soffocare al pensiero di non riuscire ancora a condividere tutto, gli sembrava ingiusto, ma nel contempo necessario. E quindi rimandava, non faceva altro che rimandare.

«Hey, James qualcosa non va?»

Fece finta che nulla gli fosse passato per la mente, mentre sentiva le carezze delicate di Michelle percorrergli il viso, affettuose e rassicuranti. Le sorrise con occhi tranquilli. Voleva trasmetterle solo serenità.

«Perché mai dovrebbe? Sono qui con te».

«Sembri con la testa da un'altra parte».

«Scusami, è solo che con te, seduta sopra di me, la mente mi viaggia altrove».

«Ah, capisco» rise regalandogli una finta faccia offesa «allora vedrò di trattenermi dall'assecondare questa irrefrenabile voglia che ho di te».

Ridere insieme aiutò James a distogliere la mente da qualsiasi altro pensiero che, insidioso, sembrava volersi puntualmente ripresentare.

Ascoltò Michelle che, con estremo entusiasmo, le stava raccontando di come fosse giunta ad una svolta, nel suo lavoro di scrittura e fosse prossima, proprio la settimana entrante, alla consegna di una bozza pressoché definitiva della sua tesi. Era così bello averla lì, a contatto del suo corpo, mentre spiegava nel dettaglio tutto ciò che aveva intenzione di esporre al suo relatore durante il colloquio che l'attendeva, mentre cercava le parole facendo vagare lo sguardo un po' in giro e un po' nei suoi occhi, sorridendogli e senza smettere di far scorrere le dita tra i suoi capelli o sul suo viso.

«Sono innamorato di te».

James si accorse di aver detto quelle parole ad alta voce, le sentì chiaramente scorrere dalla mente alle labbra e poi fuori dalla bocca in maniera evidente e chiara, perché Michelle aveva smesso di parlare, le sue mani si erano fermate e il suo sguardo girovago, anche. Gli occhi si bloccarono nei suoi e gli sembrò che diventassero acqua. Gli sembrò anche che stesse iniziando a tremare e fu come se, in quell'istante, il respiro le si bloccasse. Si sentivano solo l'oceano, il vento e i gabbiani in lontananza. Si preoccupò che quello che aveva appena detto, non fosse stato accolto nella maniera che avrebbe voluto. Si preoccupò che stesse bene.

«Hey, Michelle?».

«Sul serio?».

La sua esitazione nel volergli dare conferma di quelle parole, fu essa stessa una conferma assoluta.

«È così... E tu?». Lo chiese quasi temendo qualsiasi risposta. Vulnerabile come mai prima.

«Io... io non volevo dirlo».

«Che cosa non volevi dire?» le sorrise, posandole la mano sulla nuca perché non distogliesse lo sguardo da lui.

«Io, avevo paura di dirtelo».

«Che cosa? Che cosa, avevi paura di dirmi?».

«Beh, lo sai».

«No, non lo so».

Doveva ammetterlo, ci stava prendendo gusto a vederla arrossire.

Michelle nascose il viso nel suo collo soffocando le parole nella felpa di James.

«Che anche io sono innamorata di te».

La strinse più forte che poté, sentendo le loro risate liberatorie perdersi in quel momento che sentì essere meraviglioso.

«Non devi mai avere paura di dirmi niente, Michelle». La sua voce era seria, decisa come il suo abbraccio. Risoluto a non voler più permettere, non quel giorno, che i suoi fantasmi potessero rovinare quell'istante.

CAPITOLO NOVE

«Ciao *Scriccy*!».

Michelle, seduta davanti al PC, con le cuffie in testa e gli occhi rivolti alla piccola webcam posizionata di fronte a lei, rise. Sarebbero potuti passare ancora mille anni, ma quel soprannome, i suoi amici del cuore, non glielo avrebbero mai tolto di dosso. E a lei non dispiaceva.

«Ciao Brie! Che bello sentirti, e vederti soprattutto!»

Brielle Lynch, *Brie* per gli amici, una nuvola di boccoli biondi ad incorniciare un viso dai lineamenti marcati e al tempo stesso raffinati. Un sorriso radioso e due occhi celesti decorati da ciglia lunghissime. Lei e Michelle si erano conosciute diversi anni prima, quando Brie stava frequentando Andrew Wayne, suo amico fraterno. Brielle ed Andrew, invece, si erano conosciuti ad un concerto del loro idolo del rock, Jack Knight, naturalmente. Sotto al palco, sulle note di *Drown in Your Eyes*, capitati l'uno accanto all'altra per puro caso, dopo essersi studiati con qualche sguardo, si erano ritrovati avvolti in un bacio che avrebbe cambiato per sempre le loro vite. E da quello stadio erano usciti mano nella mano. Andrew era alto, biondo scuro, con occhi grigio-verdi e *bello come il figlio di Odino*, le aveva detto Brie, scherzando, una sera, quando avevano cominciato ad entrare maggiormente nel merito di una relazione più seria.

«Puoi ben dirlo! Ma di' un po', dove sei sparita?».

«Ciao, *Scriccy*!».

Andrew, nel mentre, aveva fatto capolino da un'altra stanza, presentandosi, come se niente fosse, a piedi scalzi, i capelli bagnati e con solo un asciugamano ad avvolgergli la vita. Il suo sorriso metteva in mostra una fila di denti bianchissimi e in risalto i suoi occhi brillanti. Da chilometri di distanza, chiunque, avrebbe potuto scorgere la spavalderia scanzonata del suo ego, di dimensioni non ancora ben definite, incedere insieme a lui con sicurezza, dall'alto del suo metro e novanta. La prestanza di quel fisico era dovuta non solo a Madre natura, che si era dimostrata sfacciatamente generosa nei suoi confronti, ma anche al suo lavoro, nonché grande passione. Da ex studente di punta nella squadra di atletica del College, in un momento successivo, si era dedicato anima e corpo al suo secondo grande amore, la pallavolo, ed era diventato, da qualche anno, coach della squadra della sua stessa università.

Brielle era titolare di un negozio di abbigliamento per l'infanzia. Lei ed Andrew si erano sposati non molto tempo dopo essersi conosciuti, sebbene lui ancora dovesse terminare gli studi. Ma l'amore che li aveva uniti era talmente importante e intenso, da averli portati a decidere di non voler attendere troppo. Andrew aveva trovato in Brie una *salvezza* per il suo cuore inquieto, sempre alla ricerca di un qualcosa che fosse stabile, ma che lo aveva portato ad avventurarsi in svariate relazioni senza né capo né coda, e con decisamente troppo sesso. Sconclusionato, Andrew, con Brie, si era sentito catapultato in una dimensione totalmente nuova. Ma solo dopo uno spudorato corteggiamento era riuscito a conquistarla. Brielle, nonostante avesse perso la testa per lui, temeva che i suoi comportamenti non proprio inclini alla fedeltà sentimentale, non fossero un buon segnale per potersi lasciare andare del tutto. Una volta, però, crollati tutti i muri di incertezze, Andrew aveva fatto del renderla una donna felice, la sua missione fondamentale. Brie era la prima di cinque sorelle, Andrew era figlio unico, ma entrambi erano accomunati dal desiderio di avere una famiglia numerosa e ciò si tradusse in lui che, fin da subito, dichiarò di volerla riempire di bambini. In sostanza, dopo appena sei anni di matrimonio, contavano all'appello già quattro splendide figliolette: Wendy, la primogenita, Lisa Marie, la seconda e le gemelline Dana e Lily.

Michelle iniziò a ridere nel vedere gli occhi di Brie roteare alla vista del marito in avvicinamento da chissà quale stanza.

«Ciao, Andrew!».

«Amore, ti potevi anche vestire, prima di presentarti a una videochiamata».

«Che vuoi da me? Sei tu che devi dirmi quando decidi di fare telefonate con la telecamera accesa».

«Non posso credere che tu me lo stia veramente dicendo».

Per tutta risposta Andrew incominciò a sollevare le sopracciglia un paio di volte. Il solito provocatore. E nel contempo, lentamente, prese a sciogliersi il nodo dell'asciugamano avvolto sui fianchi.

«Non posso credere che tu lo stia veramente facendo! Andrew!».

La voce di Brielle si era alzata di almeno due ottave, e nel contempo stava tentando, senza successo, di mettere una mano sulla telecamera per coprirla. Andrew glielo impedì, per tornare subito dopo al suo teatrino casalingo, consistente nel far ondeggiare, a destra e sinistra, davanti al bacino, l'asciugamano aperto, simulando uno strip-tease, neanche fosse un navigato professionista del settore.

«Oh mio Dio».

Brie si coprì gli occhi scuotendo la testa, tra il riso e la rassegnazione, unite alla consapevolezza di aver sposato, con ogni probabilità, il gemello clown del *figlio di Odino*. Michelle, nel frattempo, non riusciva a smettere di ridere. E non poté fare a meno di tenersi la pancia quando il suo amicone, all'urlo di *et voilà*, lasciò cadere l'asciugamano dalle mani, rivelando, con un'adorabile faccia da schiaffi dipinta sul volto, un corpo statuario, opportunamente corredato di boxer. Un attore nato. Sua moglie si scoprì gli occhi e cominciò a ridere con fare rassegnato. Indescrivibile quanto lo amasse. Michelle a stento, tentava di riprendersi dal dolore addominale che quelle risate le avevano procurato. Andrew, come se niente fosse, sorrideva facendo roteare la mano nell'aria per poi chinarsi di fronte ad un pubblico immaginario, ringraziando come un consumato showman.

«Hey ragazzi, non è che vi ho per caso disturbato?» Michelle tentò di riprendere il discorso, riportandolo ad un livello di accettabile serietà.

«Vuoi scherzare, *Scriccy*, tu non disturbi mai».

«In realtà stavamo per fare sesso, ma non sentirti di troppo, possiamo posticipare». Si intromise lui ridacchiando.

«Scusalo, tesoro, mi sa che, del *figlio di Odino*, ho sposato il gemello scemo».

«Mia moglie ha ragione, sono proprio scemo. Mi correggo, il nostro non è mai sesso, ma solo amore». Disse con ostentata aria languida, sedendosi dietro a Brie e iniziando a far viaggiare le mani con fare plateale per tutto il suo corpo. Michelle fece finta di coprirsi gli occhi, cercando di non farsi di nuovo prendere da ulteriori risate incontrollate. Brielle cercava di liberarsi dalle sciocche mani fameliche del marito che aveva trasformato quella finta scena di seduzione in solletico irrefrenabile.

Quando Andrew finalmente le diede tregua, continuò a tenerla stretta in vita, appoggiando la guancia alla sua per ritrovare, finalmente, la sua malcelata compostezza. Si rivolse poi a Michelle.

«Ciao *Scriccy*, ci manchi, sono secoli che non ci sentiamo o vediamo e io sono costretto, per ammazzare il tempo, a rilassarmi nell'unico modo che conosco. Di questo passo la tua amica Brie, metterà al mondo il quinto figlio, a brevissimo».

«Che ti posso dire, Andy, accendete il televisore».

Il trio di amici scoppiò a ridere all'unisono. Michelle stessa aveva ritrovato la sua postura riuscendo a contenere le risate e sentì nel profondo la sensazione netta e inequivocabile di quanto gli fossero mancati i suoi più cari amici al mondo.

«Dai amore, vai a preparare il caffè così ce lo beviamo mentre parliamo». Riprese Brie non prima di aver scoccato un bacio a stampo sulle labbra di Andrew.

«Agli ordini!».

Lo guardò dirigersi verso la cucina, in quella camminata così virile, che da sempre adorava. Si rivolse poi nuovamente a Michelle, stringendosi nelle spalle, e con un sorriso da una parte all'altra del viso.

«Allora Michelle, adesso spiegaci perché ultimamente sentirti è stato praticamente impossibile. Sempre quella dannata segreteria!».

Ne seguì un silenzio prolungato.

Il sorriso sognante, stampato sulla faccia della loro amica, con i suoi occhi scintillanti di entusiasmo, la tradirono all'istante.

«Ehm. Diciamo che sono stata impegnata».

Nel dirlo, Michelle si accorse che quasi si stava commuovendo.

Brielle se ne accorse. Si coprì la bocca con entrambe le mani in un'espressione di gioia assoluta.

«*Scriccy*, ti sei innamorata».

La sua non fu una domanda.

«Cotta, proprio. Temo di sì».

«Perché dici *temi*? È una cosa bellissima. Lui come si chiama, com'è?».

Nel frattempo Andrew era tornato a sedersi accanto a sua moglie, portando con sé due tazze di caffè.

«Già, *Scriccy*, racconta. Com'è questo tizio?».

Il suo tono indagatore, fintamente distaccato, mal celava l'atteggiamento protettivo che, da ormai diversi anni, dimostrava nei confronti di Michelle, che per lui era come una sorellina minore. Michelle conosceva benissimo l'importanza del ruolo di Andrew nella sua vita. Tra loro, ormai da tempo, si era creata una sintonia profonda. Un capirsi al volo, anche solo con uno sguardo. Sorridendo, con finta aria provocatoria, gli rispose.

«Si chiama James, ed è... alto».

«Ah! Ah! Detto da te, *Scriccy*, quella parola non ha alcun valore».

«È alto quanto te, mio caro».

A quelle parole vide l'espressione di Andrew farsi da beffarda a seria, nel giro di un secondo. Alzò persino un sopracciglio. Nel giro del secondo successivo, tuttavia, tornò ad essere beffarda.

«Naaa, non lo è».

«Ti assicuro di sì. Quando lo abbraccio, la mia testa, gli arriva appena sotto al torace. Esattamente come con te».

Brie, che faceva da spettatrice a quello scambio tra amici del cuore, iniziò a ridacchiare sotto i baffi.

«Mi sa, tesoro, che la nostra *Scriccy*, ne ha trovato uno *alla tua altezza*, come si suol dire».

«E... sentiamo, oltre ad essere alto, adesso non venirci a dire che è anche bello».

«Va bene, allora non te lo dirò. Se vuoi però ti potrà interessare sapere che è un ballerino fantastico».

«Pure!».

«Wow, *Scriccy*, lo dobbiamo assolutamente conoscere. Finalmente qualcuno che ti porta a ballare! Io con Andrew ci ho dovuto rinunciare».

«Chiedimi di renderti felice in tutti i modi che vuoi, piccola, ma non ballando. Un tronco avrebbe più grazia di me». Andrew la strinse a sé dandole un bacio sulla guancia. Tornò poi a rivolgersi a Michelle, questa volta con atteggiamento serio e sinceramente interessato a che stesse bene. Era davvero felice per lei, sentiva nel profondo del cuore, che si meritasse tutta la felicità del mondo, dopo tutto quello che aveva passato.

«E dimmi, *Scriccy*, invece, lui lo sa di...?»

«No». Secca e lapidaria come ogni volta che si toccava *quello* specifico argomento.

«Capisco. Non avete avuto occasione di parlarne?».

«No, Andy».

Brie ed Andrew non poterono fare a meno di notare come l'atmosfera si fosse un po' raffreddata.

«Beh» l'amica cercò di recuperare il momento, «magari avrete occasione di farlo. Sai, sono quelle cose che, anche se potrebbe non sembrare, avvicinano in un rapporto di coppia. Se dici che è un bravo ragazzo, che potrebbe capirti. Anche tu hai bisogno di buttare fuori, sai, *Scriccy*? Di aprirti un po'».

Brie parlava con voce dolce e premurosa. Sapendo bene di trovarsi su un campo minato.

«Sì, magari hai ragione. Ma per ora va bene così». Rispose Michelle, sbrigativa.

«Deciderai tu quando. Vedrai che il momento giusto ci sarà. Noi siamo qui se hai bisogno, ma se questo James se lo merita, lascia che ti conosca da tutti i punti di vista. Anche quelli che ti piacciono meno».

Brie terminò scrutandola attraverso lo schermo, come a volerla raggiungere in quella stanza.

Gli occhi di Michelle stavano diventando lucidi. Ma ricacciò tutto indietro, come da sua abitudine.

«Vi tengo aggiornati, ragazzi».

«Fai la brava, *Scriccy*». La salutò Andrew.

«Un bacione. Vi adoro».

E con un gesto rapido, Michelle cliccò sulla cornetta rossa dello schermo e chiuse il suo notebook. Si tolse le cuffie dalle orecchie e rimase a lungo immobile, a fissare il vuoto. A pensare a James e a cercare di mettere a tacere il buio più oscuro che trovava eco dentro di lei.

CAPITOLO DIECI

Alzare gli occhi di soppiatto e fermarsi a osservare Michelle, era qualcosa che James amava moltissimo fare. Specialmente quando lei non se ne accorgeva. Coglierla di sorpresa, nelle sue espressioni buffe, concentrata su ciò che stava scrivendo o leggendo, mentre si mordicchiava l'interno della guancia e talvolta il labbro superiore, lo facevano sorridere, eccitare e, se fosse stato possibile, innamorarsi di lei qualcosa in più del giorno prima. Ripose il cellulare nella tasca posteriore dei pantaloni.

Qualcosa lo preoccupava.

Nelle ultime settimane sentiva tornare la sensazione prepotente, che qualcosa di lei non gli sarebbe mai appartenuta. Spesso, di notte, la sentiva piangere, probabilmente scossa da chissà quali incubi. Lui non poteva fare altro che provare a calmarla, abbracciandola e tenendola stretta a sé. Amandola. A lungo. Tranquillizzandola con baci e carezze, scherzando sul fatto che, con i loro baci lunghi anche cinque minuti, avrebbero potuto partecipare ad un concorso e sicuramente vincerlo.

Ma la sostanza non cambiava. Michelle aveva come un segreto, un'ombra sul cuore, un lato di lei indurito, privato, inespugnabile. Lo percepiva quando spesso in casa, da soli, nei pomeriggi in cui si occupavano ognuno delle proprie cose, intento ad osservarla di sottecchi, le sembrava come se fosse in viaggio su un altro pianeta. Concentrata sulle sue ricerche, con la musica nelle orecchie, perché a lei piaceva così. Sempre con Jack Knight che scandiva il ritmo della sua ispirazione. James sentiva il cuore tranquillizzarsi solo quando, ogni tanto, lei alzava lo sguardo e gli sorrideva. O quando, stufi di studiare, bastava loro scambiarsi un'occhiata per capire che avrebbero passato le ore successive a sfogarsi ballando per tutta la casa. Michelle era una ragazza particolarmente divertente, e lui la trovava irresistibile quando, a turno, trasformava zucchine, carote o altri ortaggi dalla forma adeguata, in immaginari microfoni per cantare a squarciagola le sue canzoni preferite, vagando per la casa, insieme a lui, che si posizionava dietro di lei, simulando il tipico giro del trenino. La adorava a tal punto, da tollerare anche i suoi momenti ad alto tasso di monotematicità: quando nello stereo partiva il suo solito amato Jack e non ce n'era per nessuno. E allora si lasciava andare anche lui, in boxer o vestito che fosse, con in mano il manico di una scopa a fargli da immaginaria chitarra. Le loro coreografie erano esilaranti. Il loro tempo insieme era il migliore che potesse sperare di trascorrere. Tuttavia quell'ombra sul viso di Michelle rimaneva lì. E la tradiva, mostrandosi evidente, quando lei invece pensava di essere sola e inosservata. Quello sguardo dolce, ma fermo, indurito e fisso nel vuoto, forse arrabbiato o peggio, rassegnato contro qualcosa di invisibile che non riusciva a sconfiggere.

 E da tutto questo James veniva escluso come chi si trova dietro ad una porta blindata.

Michelle cercava in ogni modo di combattere quel senso di disagio e difficoltà, ma era un periodo difficile, ormai sempre in quei primi giorni di ogni anno, da tre anni ormai, lei lo sapeva. Occorreva solo aspettare che *quel giorno* passasse. E sebbene il suo cervello fosse risoluto e impavido, cuore e fisico si stavano ribellando. Era nervosa. Lo stomaco le faceva male, sempre stretto in una morsa. E l'appetito le stava passando. Presto gennaio sarebbe trascorso, e forse sarebbe tornato il sole, ma non c'era nulla di più lungo di quel freddo mese invernale.

Anche per suo padre non era un periodo semplice e lei amava molto rifugiarsi da lui in quei momenti. Era come se lui le concedesse di tornare la sua bambina per qualche ora e passavano volentieri molto tempo insieme. Quella sera Michelle sarebbe proprio andata a cena da lui. C'era qualcosa di strano in quella casa. Così grande, ma anche così intima e vissuta. Più che in passato, il Professor Kavanaugh, aveva fatto del suo studio il rifugio dei suoi momenti bui. Studiava, continuava a fare ricerche e ad approfondire argomenti. E tutto questo lo aiutava a non pensare. Michelle bussò alla sua porta ed entrò subito dopo. Quella sulla scrivania era l'unica luce accesa. Illuminava la stanza di un bagliore lievemente diffuso, molto caldo, che si rifletteva sulla libreria scura, piena di ogni sorta di libro.

«Ciao papà».

«Tesoro mio, entra».

«Stai ancora lavorando». Constatò Michelle davanti ad uno scenario che ormai conosceva.

«Vieni pure. Ho finito».

Michelle fece il giro della scrivania in legno scuro, si chinò verso di lui e lo abbracciò forte. Suo padre ricambiò con teneri buffetti sul viso. Sistemò la cornice sulla scrivania che ritraeva la sua famiglia al completo, si tolse gli occhiali e chiese:

«Com'è andata oggi?».

«Non c'è male».

Il padre, ancora seduto alla scrivania, osservò sua figlia nella penombra mentre cercava un libro sullo scaffale. Il suo sguardo si incupì.

«Tesoro, hai ripreso a non mangiare? La cosa è evidente, non mentirmi».

Alexander Kavanaugh non poté fare a meno di notare come Michelle apparisse stanca e come se fosse prosciugata da dentro. Il fatto che indossasse jeans e camicia nera non aiutava, certo. Ma gli era più che evidente che il dolore che le stringeva il cuore, la stesse ancora una volta consumando. Effettivamente la verità era che Michelle, negli ultimi tempi, stava mangiando il minimo indispensabile per far passare la giornata, ma non le entrava nulla di più. Era più forte di lei. Anche James lo aveva notato, e lei se ne era accorta, ma aveva scelto di non dargli spiegazioni. Era già abbastanza difficile così. Ecco perché con lui fingeva che andasse tutto bene, dissimulando serenità ogni volta che lui la toccava, per poi lasciarsi sfuggire un commento sul fatto che non stesse mangiando abbastanza. In quelle circostanze Michelle aveva imparato a fare come se niente fosse, trovando argomenti rassicuranti e convincenti per James che, a sua volta, riusciva a farla sentire unica in ogni carezza o in qualsiasi abbraccio. In quei momenti lei riusciva a chiudere tutto il buio fuori da sé stessa e trovava luce in James, nel suo farsi spazio dentro di lei, nel suo desiderio di diventare con lei una cosa sola. E questa sua intensità le anestetizzava il senso di dolore profondo che albergava in lei e che ciclicamente si ripresentava. E fino a quando lei non avesse smesso di fare finta di niente, lui non si sarebbe potuto accorgere di ciò che la stava consumando dentro, ne era sicura. Fu distolta da quei pensieri per tornare da suo padre, che ancora non aveva smesso di guardarla preoccupato.

«Papà, non crucciarti, e poi vedrai che prova costume quando andrò a vedere Jack Knight!».

Il Professore fece finta di non aver sentito.

«Andiamo, non dire sciocchezze! Ora ti preparo quello che preferisci. Se mangio io, mangi anche tu, sai che non amo mangiare da solo».

Si misero a tavola, in soggiorno. Le luci ancora basse, seduti uno accanto all'altra. Michelle cercò di accontentare suo padre facendo un'estrema fatica a mandare giù qualsiasi boccone, dati i fortissimi dolori di stomaco.

«Ho sentito Brie ed Andrew».

«Come stanno?».

«Molto bene. Ti salutano tanto. Anche le bambine, naturalmente. Soprattutto Wendy».

«Adoro quella pulce, è una bambina intelligente, dovresti vedere come si ricorda tutte le storie che le racconto. Ricambia sempre i saluti, mi raccomando».

«Certo. Magari, quando verranno qui, potremmo andare tutti insieme fuori, da qualche parte».

«Mi sembra un'ottima idea».

«Papà! Non vedo l'ora che arrivi giugno, e poi sarà Jack Knight!».

Michelle cercava in tutti i modi di rasserenare l'atmosfera, ma dopo aver detto quelle parole vide suo padre perdersi con lo sguardo chissà dove. Gli occhi rivolti lontano, in un luogo imprecisato della sua mente. Come a fissare un punto immaginario. Socchiuse gli occhi e rifletté a voce più o meno chiara:

«Knight... Knight ...»

Michelle non riusciva a seguirlo. Sorrise.

«Sì, papà... Jack, così fa di nome, ogni tanto gli do anche del *tu*». Ribatté ironica.

«Mi dice qualcosa questo nome».

«Lo credo bene che ti dica qualcosa, papà, è Jack Knight. Se ne è parlato spesso in questa casa».

Michelle non capiva la reazione di suo padre, ormai perso nella ricerca di chissà che cosa nella sua mente. Si preoccupò che stesse iniziando a non ragionare più.

«No, no, sono certo di aver sentito da qualche parte questo cognome».

Insistette lui con il pensiero sempre rivolto altrove. Ma poi con un gesto della mano lasciò stare e chiamò Michelle vicino a sé.

Con fare paterno la fece sedere sulle sue ginocchia. La sua bambina.

«Ascolta tesoro, tu sai che io sono qui, se hai bisogno».

«Lo so, papà. Non preoccuparti».

«Ti vedi ancora con quel ragazzo, come si chiama?».

«James, papà».

«Esatto, James. Va tutto bene? È un bravo ragazzo?».

«Sì, è adorabile. Siamo praticamente inseparabili. Sono certa che se lo conoscessi, ti piacerebbe molto».

«Ti accompagnerà a vedere… come lo chiamate voi, sì quello lì insomma, il vostro *amico* cantante?».

«Jack, papà» rise «No, lui non è molto interessato al genere. Gli piace un altro tipo di musica».

«Beh, è anche bello che abbiate gusti diversi».

«Trovo anch'io».

Suo padre iniziò a guardarla accarezzandole dolcemente il viso, in silenzio. Guardava Michelle, ma in lei, vedeva qualcun altro. Lei lo sapeva.

«Tu hai preso così tanto da lui. Siete così straordinariamente simili. Non posso fare a meno di notarlo, ogni giorno di più».

Trattenne a stento l'emozione, ma era così. Lui aveva ragione. Erano proprio simili.

«Pensi mai a lui, papà?».

«Penso a lui ogni giorno».

CAPITOLO UNDICI

Nel tragitto di rientro a casa, Michelle era assorta nei pensieri che da sempre l'accompagnavano ogni qual volta percorreva la strada che, dalla casa di famiglia, conduceva al suo appartamento. Da tre anni, il suo trilocale, aveva costituito il simbolo dell'inizio della sua *nuova* vita. Amava la compagnia di suo padre, ma quella casa era intrisa di troppi ricordi per poterli ignorare, e spesso si trovava a fare grossi sforzi per fare finta che vedere quelle quattro mura non le facesse più male che bene. Cercava di trovare argomenti di conversazione tra i più disparati, pur di non sentire il silenzio ingombrante che si faceva strada in maniera oscura su di loro, ogni volta che smettevano di chiacchierare. Parlare di niente, era il suo modo per prendere le distanze dal ricordo impresso in quelle pareti, e da ciò che non le consentiva di andare avanti.

E fu quel perdersi della sua mente, che non la fece accorgere di come i piedi l'avessero condotta nei pressi di un luogo che avrebbe destato in lei ancora più ricordi e che, più di tutti, aveva volutamente scelto di non frequentare più: la St. Mary's Church. Nonostante quella scelta, qualcosa la fece comunque fermare di fronte al portone. Il sagrato era esattamente come se lo ricordava: un ampio spazio ricoperto di ghiaia bianca e decorato da aiuole ordinate, con quattro alberi di ulivo collocati su ciascun angolo del piazzale. Non che nulla potesse davvero cambiare di quel posto, ma l'atmosfera di quella sera inoltrata, rischiarata dalla luna, la portò a stringersi con le braccia come per proteggersi. E non dal freddo. Poi, come se non fosse lei a deciderlo, si sentì spinta a varcare la soglia della chiesa. Non fu stupita di trovare ancora aperto a quell'ora. Sapeva che chi la gestiva, non era voluto scendere al compromesso di dover chiudere di notte. Se ci fosse stato qualcuno che avesse sentito il bisogno di *parlare con Dio*, fargli trovare la porta chiusa sarebbe stata una contraddizione in termini sul concetto che Dio, la porta in faccia, non te la chiude mai. Il consiglio parrocchiale, a supporto della questione di sicurezza, aveva avanzato l'argomentazione che il dialogo con Dio potesse avere luogo a prescindere dal tenere aperta o meno la porta di casa sua, ma il parroco non si era detto d'accordo. Non *quel* parroco, perlomeno.

Michelle distese le labbra in un sorriso triste, mentre quei pensieri le ritornavano in mente. Percorrendo la navata quasi come un automa, si fermò a metà della seconda fila di banchi posizionati a sinistra dell'altare. Si sedette senza avere un chiaro programma in mente. Appoggiando i piedi sull'inginocchiatoio antistante la panca, con i gomiti sulle ginocchia, appoggiò le mani sotto al mento e iniziò a guardare davanti a sé. Il leggio, l'altare, la croce sopra di esso, sospesa, sorretta da due fili sottilissimi, benché robusti, quasi trasparenti, attaccati alle estremità dei bracci, davano l'impressione che fosse sospesa nel vuoto. La contemplò a lungo, senza alcun pensiero. Perché si sentiva vuota. Fu in quell'istante che il silenzio assoluto che l'avvolgeva fu rotto da una voce dietro di lei che, per il contesto del luogo, la fece sussultare per un attimo.

«Ho pregato tanto perché questo giorno arrivasse».

Il cuore saltatole nel petto si calmò subito e il suo volto teso si rilassò in un sorriso rassicurato nell'aver riconosciuto la voce dietro di lei. Sempre con le mani sul mento si girò lentamente verso quella voce che le era assolutamente famigliare.

«Ciao, Jacob».

Il proprietario di quella voce si fece avanti rimanendo in piedi, di fianco alla panca su cui si era seduta Michelle. Attese che anche lei lo guardasse. Quando lo fece, incontrò un viso inclinato da un lato, con un sorriso ironico e gentile. Michelle capì che non era casuale e, alzando gli occhi al cielo, sorrise e si corresse.

«Ok, ok. *Padre* Jacob».

«Meglio, grazie. La vanità sarà anche un peccato, ma ci tengo al mio *titolo*». Sorrise con orgoglio. Michelle scivolò col corpo un po' più all'interno della panca per fargli spazio. Padre Jacob fu lieto di quel gesto di accoglienza da parte sua. Fianco a fianco rimasero in silenzio per qualche secondo. Michelle continuava a guardare davanti a sé con sguardo spento. Padre Jacob guardava nella stessa direzione, con le mani giunte davanti alla bocca, con occhi profondi e pieni di luce. Michelle volse lo sguardo nella sua direzione sentendosi in dovere di rompere quel silenzio. Lo fece con un mezzo sorriso.

«Quindi, sei tu l'addetto al *turno di notte*, oggi?».

«È quello che preferisco. Mi piace esserci, nelle ore più difficili».

Dopo una breve pausa rivolse nuovamente lo sguardo a Michelle.

«Non ci speravo quasi più di vederti qui dentro».

«Già».

«Non ci vediamo …».

«Dal giorno del funerale, lo so».

Il suo sguardo si irrigidì nuovamente e tornò a rivolgersi in direzione dell'altare.

«Mi fa piacere che tu sia qui. Vedo spesso tuo padre, ma non si ferma troppo a lungo e quando gli propongo di trattenersi giusto il tempo di due parole, mi dice di dover correre in Università. So che lavora più di quanto non gli venga richiesto, e che lo fa per non pensare, ma spero che prima o poi trovi modo di fermarsi, come un tempo. Mi manca la sua compagnia».

Michelle percepì un sentimento di sincera nostalgia nelle parole di Padre Jacob. Molte cose erano cambiate da quel giorno. In effetti troppe.

«Allora, Michelle, cosa ti porta da queste parti?».

«Non sono qui per confessarmi, se è quello che pensi».

Il suo mettersi sulla difensiva fece sorridere lievemente il sacerdote.

«Non penso niente» seguì una breve pausa «come stai?».

Il suo modo di chiederlo, il tono di voce che usò, conciliante e rassicurante, che da sempre lo caratterizzava, destabilizzò per un attimo il cuore di Michelle, perché sapeva che non era una domanda posta tanto per caso, quanto per un reale, genuino interesse su come realmente lei stesse.

«Dunque, vediamo, da dove cominciare? Non vengo più a messa regolarmente da tre anni, perché Dio mi ha fatto veramente incazzare e... ah sì, ho conosciuto un ragazzo, James, che mi piace parecchio, con il quale non mi guardo esattamente nelle palle degli occhi, se la metafora ti è chiara».

Il suo intento di provocarlo ebbe il sopravvento sul suo effettivo bisogno di aprirsi con qualcuno che, lei lo sapeva, avrebbe saputo davvero capirla.

«Non farò finta di non aver capito cosa mi hai appena detto. Che tu sia sessualmente attiva può interessare forse al medico che ancora è dentro di me. Ti ricordo peraltro che, prima della vocazione, ero un uomo come gli altri, dedito alle attività di qualsiasi altro uomo, se ti è chiaro il parallelismo».

Colpita e affondata. Michelle sapeva quanto fosse difficile competere con la schietta trasparenza di Padre Jacob. Rinunciò subito a provarci lei stessa.

«Quello che spero è che le scelte che tu operi, appoggino sempre un tuo desiderio di tenere al tuo bene. Dio vuole solo questo, in fondo. Che siamo felici e che il nostro cuore lo sia. Sono contento che tu abbia conosciuto qualcuno a cui permetti di starti accanto. A volte le vie di Dio sono misteriose e non sappiamo chi ci metta sul nostro cammino e perché. L'accoglienza è un dono. Sapersi donare con sincerità, altrettanto. Con anima e corpo, e non solo con il corpo. Spero che tra di voi coesistano entrambi gli elementi».

Michelle si domandò se, dopo essere colpita e affondata, una nave potesse riemergere nuovamente per essere colpita e affondata una seconda volta. Perché era esattamente così che si sentiva. Piacevolmente colpita e affondata, di nuovo, dall'ondata di amore sincero che sentì accompagnare le parole di Padre Jacob.

«Wow», con la mano chiusa a pugno gli diede un lieve colpo sul braccio «vedo che non hai perso il tuo tocco, *Padre*».

«Mi piace credere che sia merito dello Spirito Santo».

«Sì, beh, di chiunque sia la voce che senti nella testa, penso che quando vorrò fare pace con Dio, potrei riconsiderare la tua offerta di farmi da consulente».

«Si dice *confessore*. E, non sento alcuna voce nella testa, fai sembrare la fede in Dio come una sorta di follia».

«Dio, quanto sei pignolo!».

«Ti ho sentito! L'hai invocato!».

«Era un intercalare. Non fare finta di non aver capito».

«Beh, vuol dire che almeno ne riconosci l'esistenza. Diversamente avresti usato un'altra parola, che so, *banane!*».

«*Banane*?! Ma che razza di intercalari conosci, tu? E comunque, non ne ho mai negato l'esistenza, semplicemente non è più nella mia lista dei preferiti».

«Non importa. Se c'è qualcosa che negli anni ho imparato, è che a Lui non interessano le classifiche. Ci ama tutti allo stesso modo. Solo che la nostra presunzione ci fa credere che dovrebbe dimostrarcelo anche intervenendo sulle cose brutte della vita, impedendole, magari. Ma il suo non intervento fa parte di quel mistero che è la fede, per il quale forse avremo risposta solo al termine della nostra gita sulla terra».

«*Gita sulla terra*, hai detto?».

Padre Jacob rispose al sorriso ricevuto.

«Esatto. Dopo questa gita, ci riposeremo e potremo fargli tutte le domande che vogliamo. Tra un pisolino e l'altro, si intende».

Michelle sorrise all'occhiolino che le rivolse.

«Fai sembrare tutto meraviglioso, tu».

«Mi piace pensare che lo sarà, ad un certo punto».

«Non sono ancora pronta a darti del tutto ragione».

«Non ti preoccupare. Oltre a non badare alle competizioni, un altro Suo grande pregio è di saper aspettare».

Michelle gli sorrise silenziosa. Poi si alzò piano. Padre Jacob si alzò a sua volta.

«Mi ha fatto piacere rivederti, Jacob».

Gli porse la mano per salutarlo. Lui la attirò a sé per stringerla forte in un abbraccio che la colse di sorpresa.

«Ti ricordo sempre nelle mie preghiere». Le disse piano all'orecchio. Michelle per un attimo si sentì mancare il respiro.

«Grazie».

Si staccò da lui e si allontanò.

Sentiva il cuore gonfio, come se stesse per scoppiare, mentre ripercorreva la navata in direzione opposta all'altare, cercando di non dare ascolto all'eco dei ricordi della stessa camminata svoltasi esattamente tre anni prima. Padre Jacob la seguì con lo sguardo fino a che non la vide sparire dietro il portone. Tornò al posto che aveva occupato fino a pochi istanti prima, si inginocchiò, chiuse gli occhi e, con le mani giunte e il capo chino, continuò la sua preghiera.

CAPITOLO DODICI

Come in uno stato di trance, Michelle ripercorse la strada che dalla chiesa, arrivava verso casa sua. Camminava guardando per terra, facendosi trasportare dalle sue gambe e dal flusso di pensieri che le scorreva nella testa. I ricordi che la legavano a Padre Jacob risalivano a diversi anni prima. Lui era diventato parroco della St. Mary's quando lei aveva dodici anni e la famiglia Kavanaugh l'aveva accolto fin da subito come uno di casa.

Jacob Wyatt non era nato con l'idea di darsi al sacerdozio. Si poteva anzi affermare, con assoluta certezza, che prima della vocazione, fosse la persona più lontana dal concetto di *uomo di Chiesa* che si potesse immaginare. Nato a Chicago, in una famiglia di dottori, la sua strada era stata lastricata con una ed una sola tipologia di pavimentazione: quella che prevedeva di seguire le orme dei suoi genitori. E infatti ne aveva dimostrato subito la stoffa. Era riuscito, con una borsa di studio, a entrare nel College più prestigioso, laurearsi nei tempi previsti con ottimi voti, e a diventare medico nel giro di pochi anni. E amava il suo lavoro. Amava anche il prestigio sociale che la sua professione gli stava regalando: un ottimo gruppo di amici, una bella macchina, uno svariato numero di ragazze a disposizione, e tanto, tantissimo divertimento. Un divertimento non necessariamente sempre calato nei contesti migliori: non furono poche, infatti, le occasioni in cui fu superato più di un limite. Tra feste un po' troppo condite di alcol e serate un po' troppo condite di sesso creativo, elargito anche a più di una rappresentante dell'universo femminile alla volta, ad un certo punto, Jacob, era arrivato a credere di non avere nulla che potesse mancargli e nulla che non potesse realmente possedere. Fino al giorno in cui non incontrò Mary Worley.

Mary era una giovane pediatra al suo primo anno di esperienza nello stesso ospedale di Jacob. Ed era bella, la più bella di tutte. Fu questo il primo pensiero che attraversò la sua mente, quando la vide per la prima volta alla mensa dell'ospedale. Talmente bella da non poterla ignorare. E partendo dal presupposto di potere avere tutto, aveva deciso che non si sarebbe lasciato sfuggire l'occasione. Ma Mary non era la ragazza che lui credeva di avere davanti. Era ben lontana dal tipo di donna che si era abituato a frequentare fino a quel momento. Nel tempo libero amava trascorrere le ore che aveva a disposizione come volontaria presso una Comunità gestita da religiosi, dedicata al recupero di ragazzi affetti da vari tipi di dipendenze. E la sera in cui lui pensò di poterci provare con lei come se niente fosse, per tutta risposta, Mary, lo aveva invitato ad accompagnarla in una di queste giornate in Comunità. Se dapprima, Jacob, aveva accolto quello strano tipo di rifiuto al suo tentativo di sedurla, con un ghigno sarcastico sul volto, cambiò presto idea quando lesse una profonda serietà nei suoi occhi.

«Se vuoi che usciamo insieme, perché non passi un giorno con me e con quei meravigliosi ragazzi? E magari potrai andare più a fondo di questa inquietudine che ti porti dentro e che pensi di soffocare con sesso e alcol».

Trapassato da parte a parte con la stessa forza di un fulmine che spacca in due il tronco di un albero quando lo prende in pieno. Questo l'effetto che quelle parole ebbero su di lui. E al di là delle sue stesse aspettative, aveva accettato il suo invito. Dopo aver passato una giornata a contatto con quella realtà di salvezza per giovani apparentemente perduti, che però avevano tutto il futuro davanti, aveva sentito improvvisamente il suo cuore mutare e aprirsi verso una direzione che nulla aveva a che vedere con l'uomo che era diventato. Sconvolto da una misteriosa rivelazione, era andato a parlare con chi gestiva la Comunità, o meglio, con chi aveva dedicato la sua vita a fare solo del bene. E nel dialogo con quel sacerdote aveva sentito vibrare dentro di sé corde che non sapeva nemmeno di avere. E fu grazie a lui, e a Mary, con cui poi mantenne vivi i contatti nella più sincera delle amicizie, che scoprì quale fosse la sua *vera* vocazione. Non sarebbe mai più stato un medico del corpo, ma dell'anima. Quando fu nominato Parroco alla St. Mary's, non solo lesse quella straordinaria coincidenza come un segno divino, ma nel giro di pochi anni, ispirato da ciò che aveva visto in quella comunità, era riuscito a renderla la parrocchia più attiva e tra le più amate di New Haven.

Quella sera non era previsto che lei e James si vedessero. Con ogni probabilità lei avrebbe fatto tardi, quindi si erano messi d'accordo per sentirsi per telefono quando fosse rientrata. Da un lato pensò che fosse meglio così, aveva bisogno di restare sola con i pensieri che si erano risvegliati in lei e sentiva il desiderio di chiudersi finalmente tra le sue quattro mura. Per questo le parve quasi di scorgere un miraggio, quando ne vide la figura slanciata e prestante, in piedi, con le mani in tasca, intenta, col capo chino, a contarsi, probabilmente, le fibre delle stringhe delle scarpe. Quando lui alzò lo sguardo e la vide arrivare, le sorrise. Michelle pensava sempre che la luce di quegli occhi, piena di gioia nel vedere proprio lei, assomigliasse più a quella di qualcuno che si trova davanti a una visione. E ogni volta riusciva a farle saltare il cuore dentro. Pensare di voler restare da sola, e realmente mettere in pratica quella sua intenzione, erano due cose decisamente diverse. James la faceva sempre sentire al centro dell'universo, come la cosa di maggior valore. Quando lo vide muovere i primi passi verso di lei, non riuscì a trattenersi dal correre da lui per tuffarsi tra le sue braccia in cerca di un rifugio sicuro, lontana da tutti i ricordi più bui che desiderasse allontanare quella sera.

«Hai le guance fredde».

James iniziò a strofinarle i palmi delle mani sul viso. Passò quindi alle braccia, per poi stringerla di nuovo a sé. Michelle si lasciava cullare, cercando di non pensare alle parole di Padre Jacob. Frequentava James da abbastanza tempo da poter essere sicura di potersi aprire, ma trovava più semplice fargli credere che la sua vita non conoscesse oscurità. James si sciolse per un attimo dall'abbraccio per guardarla in viso. Qualcosa nel suo silenzio non lo convinceva del tutto.

«Stai bene?».

«Sì, certo».

«So che non era previsto che ci vedessimo, ma mi mancavi e quindi sono venuto ugualmente. Ma se non mi vuoi, vado via».

«Certo che ti voglio. Ti voglio sempre. Piuttosto, hai le chiavi, perché non sei salito e non mi hai aspettato al caldo?».

«Preferivo aspettarti qui».

Fece una breve pausa guardandola alzando un sopracciglio, e, con finta aria seria, riprese «non si sa mai chi frequenti il tuo pianerottolo».

Salirono in casa in un'atmosfera che continuava a non convincere del tutto la testa di James. Michelle aveva lo sguardo altrove, sia in ascensore, che appena varcata la soglia. Si tenevano per mano, ma lui era convinto che fosse lontana anni luce. Aveva intenzione di capire che cosa le passasse per la mente, sebbene stesse facendo fatica a indovinare da che parte della sua mente fare breccia.

«Com'è andata la serata?».

«Bene».

Laconica. E sempre troppo, troppo lontana.

«Hai mangiato qualcosa?».

«Perché siete tutti così preoccupati del fatto che io mangi o meno, Dio?!».

Esasperata, la sua voce si era alzata d'improvviso di due ottave. James rimase esterrefatto.

«Scusa».

Nel risponderle, rimase per un attimo sulla difensiva e abbassò lo sguardo su ciò che stava facendo, ovvero fare finta di guardarsi i piedi.

Nel mentre, Michelle si era spostata in cucina. E più che lontana anni luce, era proprio in un'altra galassia. James le si avvicinò piano, cercando di studiare con rispetto il suo spazio vitale. Mentre lei si lavava le mani, lui cercò uno strofinaccio perché se le potesse asciugare. Glielo porse in silenzio. Lei lo prese con un gesto automatico. Non si asciugò nemmeno le mani, ma lo posò accanto al lavandino e si prese un altro po' di spazio spostandosi verso l'isola della cucina. James continuò a osservarla con la coda dell'occhio.

«Ho voglia di un tè, tu ne vuoi?» le chiese.

«Sarebbe carino».

Accese il bollitore e, dopo pochi minuti, il tè era in infusione in due tazze appoggiate sull'isola. Michelle prese la sua restando appoggiata con i gomiti e lo sguardo sempre perso in chissà che universo. James fece altrettanto, senza perdere mai di vista i suoi occhi, che ancora non avevano incrociato i suoi. Inclinò il capo da un lato mentre si portava la tazza alle labbra e soffiò leggermente la nuvoletta di vapore bollente. Bevve un piccolissimo sorso e, delicatamente, appoggiò di nuovo la tazza sul bancone.

«Ho voglia di fare sesso acrobatico sulla tua nuova cyclette, ti unisci a me?».

«Sarebbe carino».

Alzando gli occhi al cielo, James fece il giro della penisola e la prese per un polso.

«Che c'è?!». Michelle fu scossa dai suoi pensieri.

«Michelle, pronto? Si può sapere dove sei? Non mi stai ascoltando!».

«Sì, che ti sto ascoltando!».

«Ma davvero?! *Sesso acrobatico sulla cyclette*?!».

«Di che parli? Io non ho mai avuto una cyclette!».

«Appunto! Non mi stai ascoltando, perché lo vedo che hai la testa altrove. Io sono qui, ma tu non ci sei. Mi piacerebbe che mi rendessi partecipe dei tuoi pensieri, se non ti dispiace!».

Michelle si sentì improvvisamente come se le stesse mancando l'aria. Nello starle dietro, si erano spostati in salotto, da dove era possibile vedere tutte le sue fotografie in ingresso. E quella sera, le foto che aveva su quella parete da anni, era come se le stessero urlando contro, più forte che mai. Distolse lo sguardo, James lo notò e guardò lui stesso verso la parete. Capiva che qualcosa non stesse quadrando, ma voleva che fosse Michelle a tirarlo fuori.

«Michelle, cosa sta succedendo?».

Per tutta risposta si allontanò da lui anche fisicamente, dirigendosi verso la sua unica possibile àncora di salvezza. Si avvicinò allo stereo e con un gesto automatico, lo accese. La sua unica intenzione era di perdersi nel suo mondo. Dalle casse incominciarono a uscire ritmate le note di *Room of Darkness*. Questo, sentiva dentro di lei. Un vuoto oscuro da cui voleva essere impossessata. Non c'erano vie d'uscita e lei neanche le voleva cercare, perché quel buio le piaceva, perché lo conosceva più della luce. James le si avvicinò e con rabbia spense lo stereo. Michelle con altrettanta rabbia lo riaccese. Lui lo spense di nuovo. Lei lo riaccese. Ripeterono quella scena per diverse volte, fino a che James le bloccò la mano impedendole di riaccendere la musica.

«Michelle, basta!».

«Lasciami stare!» gli stava letteralmente urlando contro.

«No, non ti lascio stare! Non lo farò fino a quando non mi dirai che ti succede!».

«Tu» Michelle si bloccò con la voce che le morì in gola «Tu non puoi capire». La direzione era sbagliata, ma non riusciva a fermarsi.

«Ah certo! Io non posso capire, ma questo stronzo qui appeso, invece può capire tutto, vero?!» disse quelle parole rivolte al poster di Jack Knight, mentre sentiva una rabbia incontrollabile crescere dentro di lui.

«Stanne fuori, James».

La guardò con occhi pieni di frustrazione e spalancò le braccia rassegnato.

«Quindi, funziona così? Mi hai fatto entrare dentro di te, ma vuoi tenermi fuori da tutto il resto».

«Vaffanculo, James!».

James desiderò che le parole che le aveva appena rivolto potessero magicamente ritornare indietro e dissolversi come se non fossero mai esistite. Ma sfortunatamente non aveva questo potere. Si avvicinò a Michelle con occhi lucidi, nel disperato tentativo di rimediare a quella scenata. L'ultima cosa che voleva fare era ferirla, o allontanarla ancora di più da lui. Michelle fece un passo indietro, incapace di reagire o di spiegarsi quella sua reazione irrazionale.

Ma come erano arrivati a quel punto?

«Ti prego, vai via. Voglio restare sola».

Ancora una volta, Michelle disse ciò che realmente non pensava. Ma da tempo la scelta della strada più semplice le aveva consentito di fuggire dal troppo che voleva evitare.

«Maledizione, Michelle, non mandarmi via. Ti prego».

James fece per prenderla tra le braccia, ma di nuovo la vide irrigidirsi, come per respingerlo.

Non insistette oltre.

Trovandosi nuovamente di fronte ad una fortezza inespugnabile, si diresse verso la porta sentendosi impotente. La socchiuse, e nel farlo, sentì Michelle che soffocava singhiozzi pesanti. Incurante di qualsiasi possibile rifiuto, cambiò idea e tornò sui suoi passi. Rientrò in casa per dirigersi immediatamente in salotto dove trovò Michelle, raggomitolata sul divano, stretta al cuscino. Piccola come uno scricciolo. La sollevò e la strinse forte a sé. Le sue braccia come ali di un angelo protettivo. Michelle non oppose alcuna resistenza.

«Scusami».

Affondò il viso nel petto di James, il suo adorato James, e per la prima volta dopo tre anni, pianse come se non avesse dovuto mai smettere.

«Sono qui, Michelle. Non me ne vado da nessuna parte. Sono qui. Parla con me». Sentì il suo respiro calmarsi e il suo corpo riprendere quel poco di spazio che le consentisse di restargli vicino, ma nel contempo di abbassare lo sguardo, mentre con calma cercava le parole.

«Questa sera, di rientro da casa di papà, mi sono fermata in chiesa. Pensa, non ci entravo da tre anni. Sono sempre stata una ragazza che andava a messa tutte le domeniche, ma soprattutto, ci andavo piena di gioia. Tu vai a messa, James? Ci credi in Dio?».

«Credo in Dio, sì. A messa ci vado meno di quanto dovrei, penso».

«Questa sera ho incontrato un mio amico sacerdote, Jacob, che non vedevo... anche lui da almeno tre anni. È un amico di famiglia».

Stretta tra le sue mani, Michelle, aveva una fotografia. Una di quelle che si tengono nel portafogli. La stessa che James aveva visto la prima sera, nella cornice tra quelle con i suoi amici e quel ragazzo al concerto di Knight. Quel ragazzo così simile a lei che l'abbracciava con tanta tenerezza, in un sorriso fermato nel tempo. Mentre Michelle parlava a James, che la guardava con occhi intensi e pieni di attenzione, lei non staccava mai gli occhi da quel ritratto che teneva tra le dita. Era quasi come se stesse trovando in esso tutto il suo coraggio.

«Padre Jacob dice che a volte noi incontriamo delle persone e non sappiamo perché avvenga, ma fa tutto parte di un disegno che vuole Dio».

Rise tra le lacrime.

«Credimi, lui questa faccenda del disegno, te la sa spiegare molto meglio di me». James sorrise lievemente e le accarezzò un braccio, in silenzio. Poi, sfiorando con le dita quella fotografia, porse la domanda che da tempo voleva farle.

«Chi è questa persona? Chi è questo ragazzo, piccola? Me lo puoi dire?».

Michelle tremava, scossa dall'agitazione e dal pianto. Guardandola fissa negli occhi, poteva scorgere evidente l'ombra che lei aveva cercato spesso di nascondere dietro un'inevitabile apparenza di normalità.

«Lui è Nicky, il mio fratello maggiore. Il più bravo, premuroso, dolce fratello che si potesse mai immaginare di avere».

James scosse la testa, quasi temendo un seguito crudelmente ovvio. Michelle lo guardò finalmente negli occhi e James la sentì nuovamente tornare da lui. La strinse forte, come se quasi la volesse far sparire dentro di lui.

Gli spiegò come fosse stato suo fratello a portarla al suo primo concerto di Jack Knight. Aveva appena compiuto sedici anni e quello era stato il suo regalo per lei. Spiegò come lui fosse sempre stato un accanito fan di Jack e di come l'avesse fin da subito educata alla sua musica. Avevano dieci anni di differenza. Tutto quello che Michelle sapeva di Jack Knight e della sua musica, glielo aveva insegnato lui, che le canzoni del suo idolo le sapeva tutte a memoria. Aveva persino provato ad insegnarle a suonare la chitarra, la *Gibson* rossa che ora lei conservava nella sua stanza, ma i risultati non erano stati dei migliori. Al college era stato un ottimo studente e membro della squadra di atletica. Era proprio lì che aveva conosciuto il suo migliore amico,

Andrew Wayne. Due corridori eccellenti, due amici inseparabili. Raccontò come, una mattina di tre anni prima, in una giornata crudelmente piena di sole, Nicky non si era più svegliato.

«Se n'è andato così. Non l'ho nemmeno salutato. Ero ad una stupida festa di un'amica che oggi non so neanche più dove abiti. Capisci? Sono stata alla festa di una che credevo essere un'amica importante e per colpa di questa stupida convinzione, non ho più rivisto l'unico fratello del mio cuore».

«Non puoi darti la colpa per questo. Non puoi darti la colpa per nulla di ciò che è accaduto, amore mio».

Michelle si sentì tremare dentro, ma nel contempo al sicuro. Una strana, contrastante sensazione che non aveva mai provato prima.

«Nessuno ha saputo mai realmente dire cosa fosse successo. Era un ragazzo pieno di vita, faceva un sacco di sport. Correva ogni giorno e si allenava con regolarità e, soprattutto, con estrema prudenza e attenzione».

Prese un lungo respiro, prima di continuare.

«Mio padre ha chiesto ad Andrew di venirmi a prendere a casa della mia amica mentre lui rimaneva con mia madre. È stato lui a dirmelo. Eravamo fermi in un parcheggio non distante da casa dei miei. Ricordo solo che ero seduta al posto del passeggero e sentivo l'eco della sua voce che mi raccontava quella che per me era un'assurdità. Non potevo rendermi conto, in quel momento, quanto fosse difficile anche per lui dovermi dare una notizia del genere. Non esiste oggettivamente un modo giusto per comunicare una cosa simile. La dici e basta. Quando poi mi ha portato a casa, fuori dal portone, si era riunita una folla di persone. Di quel giorno ricordo solo una me stessa che si osservava da fuori e ascoltava le sue urla disperate mentre guardava una barella con sopra una sagoma nera portata via dai paramedici. Non ho fatto che sognare quella scena per tutti gli anni successivi. Io e Nicky eravamo legatissimi. E lo so che sembra stupido e illogico, ma quando io ascolto Jack Knight, rivivo tutta la vita vissuta con lui. Dovevamo tornare insieme al prossimo concerto. Non è giusto che sia andata così. Ci sono alcuni giorni in cui non riesco a darmi pace».

Guardò il suo enorme gattone.

«Era un cucciolo quando lo ha preso come regalo per me. Ricordo che gli stava a malapena in una mano. Io ero in una specie di crisi amorosa e lui mi è stato tanto vicino. *Lo chiamiamo Jack, ti va?* Così mi ha detto. E ha anche aggiunto che sarebbe stato un amico fondamentale per me. Che i suoi occhi mi avrebbero parlato ogni qualvolta ne avessi avuto bisogno. Dicendomi cose del genere, Nicky sapeva sempre come tranquillizzarmi».

Michelle si rese conto, solo in quel momento, che ancora una volta, le parole di Padre Jacob avevano fatto breccia dentro di lei e si sentì grata all'universo, per avere lì con lei James, in quel momento.

James ascoltò di come, a seguito di quella perdita, un po' tutto era andato disfacendosi. Sua madre Skye aveva deciso di allontanarsi da suo marito e sua figlia. Troppo distrutta dal dolore, e troppo disperata per restare. Nessuno dei due, né lei né suo marito, era riuscito a trattenere l'altro. Nessuno dei due era bastato all'altra, per affrontare e superare quel dolore. Ognuno aveva deciso di staccarsi e viaggiare su binari distinti. Ascoltò di come il padre di Michelle si fosse buttato a capofitto nel lavoro come fosse la migliore fonte di evasione possibile. Forse anche l'unica. E di come fossero state rare le occasioni in cui Michelle e sua madre avessero avuto modo di sentirsi.

«Io sono viva solo grazie a ciò che Nicky mi ha lasciato dentro. Paradossalmente, se ascolto Jack che canta, trovo sempre un modo per andare avanti, come se fosse Nicky a dirmi come fare. Ma mi manca, mi manca in un modo che non riesco a spiegare. E quando ogni anno ritorna il giorno in cui lui se n'è andato, a me manca ancora di più. A volte mi sento terribilmente sola. Ma nel contempo *sento* questo bisogno di *stare da sola*, per avere la possibilità di piangerlo in pace. Mi capisci, James?».

«Credo di sì, piccola. Credo di sì. E sai cosa penso? Penso che sarà importante per te andare a questo concerto. Lo penso veramente. E Nicky, comunque, sarà lì con te».

Nel riabbracciarla, James si sentì improvvisamente vulnerabile. Lei si era aperta con lui, totalmente. Lui invece no. E si sentiva ancora schiacciato da un peso che però non riusciva a togliersi dal cuore, e in quel momento gli sembrò il momento peggiore in assoluto per liberarsene.

L'amore che quella notte li vide unirsi fu seguito da un momento in cui James rimase dov'era, a lungo dentro di lei. Per non lasciarla andare, per farle sentire che lui gli era vicino più di quanto non avrebbero potuto fare tutti gli abbracci, i baci o le carezze che si stavano scambiando. La sentì tremare nel pianto e la strinse forte a sé. Continuò a confortarla anche quando riuscì finalmente ad addormentarsi, sperando, pregando, di lasciarle dentro la parte migliore di lui, quella desiderosa di proteggerla per sempre e di liberarla dalla sua oscurità.

CAPITOLO TREDICI

Per quel finesettimana James aveva già pianificato di tornare a casa in Rhode Island, dalla sua famiglia. Dopo quella sera difficile, lui e Michelle si erano avvicinati da un lato ancora di più, ma paradossalmente sentiva forte anche il bisogno di qualche giorno di distacco dalla vita di New Haven, per riflettere su ciò che lo poneva da tempo di fronte a un bivio. Quale strada percorrere gli sembrava una decisione inafferrabile. Complice anche il fatto che lei, in quel finesettimana, sarebbe stata con Andrew e Brie, decise di dare ascolto alla necessità di stare da solo per raccogliere le idee.

Ciononostante, isolarsi a casa sua era impresa alquanto ardua, dato che tra famigliari e amici in transito, rifugiarsi da qualche parte risultava sempre più difficile. Si era chiuso in camera sua per la maggior parte del tempo, a leggere e a cercare di non farsi sopraffare dai troppi pensieri. Non fu difficile per nessuno dei membri della sua famiglia accorgersi che qualcosa non andava.

«Hey, mangi?».

Sua sorella fece capolino nella stanza, i capelli lunghi castano-ramato raccolti in una coda alta.

«No, grazie, mangio dopo».

«Che hai?».

«Ho da fare. Dai, evapora!».

«Che palle!».

«Che succede?» la madre, passando di lì aveva assistito alla scena.

«Non so, fa lo strano. Dice che mangia dopo».

Che suo figlio dichiarasse di non avere fame, aveva del fantascientifico. Decisamente stupita da quel tipo di reazione, decise di indagare.

«Tesoro, c'è qualcosa che non va?».

«No, mamma, semplicemente adesso non ho fame. Mangio dopo».

Alzò lo sguardo per non lasciarla andare via così, senza nemmeno un sorriso. Era sempre così bella e rassicurante, con quei capelli di seta e lo sguardo di chi ti comprende perfettamente.

Quella sera in cucina, nel riordinare le ultime cose, la mamma di James non riuscì a tenersi dentro il suo pensiero.

«Sono preoccupata».

Suo marito la guardò con un sorriso premuroso.

«E quando non lo sei, quando si tratta dei nostri figli?».

«Tesoro, dico sul serio. Si è chiuso in camera, non parla, non mangia. Non mi piace, non mi sta bene. Non è che per caso avete di nuovo discusso?».

«Amore mio, quando ti prometto una cosa, sai che la mantengo, e ho promesso di lasciarlo stare fino alla fine del prossimo impegno lavorativo, e così ho fatto. No, la risposta è no, non ho più tirato fuori la nostra discussione».

Nonostante le parole inizialmente usate per sdrammatizzare, anche lui aveva notato lo strano comportamento del figlio, che nulla aveva a che vedere, a suo parere, con le recenti discussioni che si erano innescate tra loro due.

«Credo tu debba andare a parlargli». Concluse la moglie.

«Sai bene che sei molto più brava di me in queste cose».

Lo guardò socchiudendo gli occhi a fessura in uno sguardo di amorevole rimprovero.

«D'accordo, d'accordo, non preoccuparti. Stasera gli parlo, promesso». Capitolò il marito.

«Posso?».

Entrato in camera, si sedette in fondo al letto dove James era semi-sdraiato a leggere.

«Tua madre ed io pensiamo che ci sia qualcosa che non vada».

James alzò gli occhi verso suo padre, si tolse gli occhiali, lo guardò con un mezzo sorriso e uno sguardo che lo indusse a riformulare quanto appena detto.

«Ok… tua madre pensa sia il caso che ti parli, e io sono perfettamente d'accordo con lei».

«Già».

James sentiva da troppo tempo il bisogno di confidarsi, ma non sapeva da che parte cominciare. E suo padre, in quel preciso momento, gli sembrava l'ultima persona con cui parlare di ciò che gli passava per la testa. Sebbene mai prima, in quel momento se ne rese conto molto chiaramente, gli avesse negato un appoggio. Ma come avrebbe potuto aiutarlo, in quella specifica circostanza?

«Ho conosciuto una ragazza che mi piace moltissimo».

Lì per lì, spiazzato da una dichiarazione così spontanea, il padre non seppe cosa dire. Ma ci provò.

«È una cosa bellissima. E... questo è un problema? Lei lo sa?»

«Sì, certo che lo sa» rise «ci frequentiamo da qualche mese, si può dire che sia una cosa seria. Anzi, è assolutamente seria per me. Anche per lei, credo. Siamo molto presi". James sorrise nel dare quella spiegazione.

«Ah! Bene... bene». Il padre sembrava in parte imbarazzato e in parte desideroso che suo figlio continuasse ad aprirsi come stava facendo.

«Le cose, però, non sono così semplici».

«Avete litigato?».

«No, no papà, non abbiamo litigato. È solo che c'è una cosa... a cui non so come porre rimedio».

Suo padre si avvicinò maggiormente a lui, iniziando a desiderare ardentemente che ci fosse anche sua moglie a dargli sostegno in quella particolare occasione. Esitò per un momento, poi, sfregandosi le mani guardando verso il pavimento come per raccogliere i pensieri, gli parlò.

«Posto che probabilmente tua madre in queste cose sarebbe di gran lunga più brava di me, quello che posso dirti è che se ci si vuole bene, se c'è rispetto reciproco e soprattutto confidenza e sincerità, non c'è nulla a cui non si possa porre rimedio».

«L'hai detto, pa'... il problema è proprio quello». Disse James con un sorriso amaro.

«Hai detto che questa ragazza ti piace moltissimo, quindi non posso pensare che tu abbia fatto qualche cazzata del tipo, frequentarne più di una per volta». Lo guardò alzando un sopracciglio, forse ricordandosi cosa significasse essere ventenni, quando lui stesso lo era stato.

«Giusto? Non si tratta di questo?» Chiese per avere una maggiore conferma.

«No, non la tradirei mai» ribatté James deciso «è questo il punto. Da quando sto con lei, le altre per me non esistono».

«Da come ne parli sembra essere una persona speciale. Io parlavo così quando ho conosciuto tua madre, se vuoi saperlo».

«Lo so, nessuna è come lei».

«Bè, al mondo ci sono milioni di donne e alcune decisamente attraenti, e io rimango sempre un uomo, ma alla fine di ogni giornata, senza dubbio alcuno, l'unica che ho in mente è sempre tua madre. Il punto è questo, figliolo. Di qualunque natura sia la cosa che ti preoccupa, affrontala. Vuota il sacco. Aiutala a capirti».

James si domandò se il suo stesso padre sarebbe stato in grado di capirlo, se avesse saputo di che cosa si trattava. Lui, che, nonostante il suo carattere spesso severo, era sempre stato comunque saggio e comprensivo nei confronti dei suoi figli. Furono quelli i pensieri con i quali quella notte spense la luce per provare a riposare. Lasciando che il sonno lo aiutasse a distendere i nervi fin troppo tesi e, magari, a fare chiarezza tra le sue idee confuse. L'ultima cosa che vide, prima di chiudere gli occhi, fu il sorriso di Michelle che portando una mano alle labbra, gli faceva arrivare un bacio con un soffio leggero.

Il padre di James spense la luce sul comodino e si infilò sotto le coperte. Con un braccio attirò sua moglie a sé per abbracciarla, e lei lasciò subito perdere la rivista che stava leggendo, spegnendo a sua volta il suo abat-jour. Ad illuminare la stanza, la sola luce della luna lasciata filtrare dalla finestra.
«Allora?».
«Niente di grave. Tuo figlio è innamorato».
«Hey!» lo guardò lei con un sorriso di sfida, «com'è che quando i nostri figli sono incasinati, improvvisamente diventano solo miei?».
La strinse forte ridacchiando.
«No, intendo dire» si fece serio «forse gli farebbe comodo un consiglio femminile. Tu sei più brava di me in queste cose».
«Eh, con questa scusa...» disse ridendo «ma che succede? Non è ricambiato, forse?» Guardò suo marito con aria allarmata.
«No, non credo si tratti di questo. Anzi, pare che questa ragazza sia davvero quella giusta. Ci deve essere qualcos'altro, ma non me l'ha voluto dire».
«Senti... tesoro».
«Dimmi».
«Stavo pensando...».

«Lo so a cosa stai pensando». L'anticipò lui sapendo benissimo quale sarebbe stata la sua proposta successiva.

«Sarebbe un problema se per questa volta...».

«Sì...?».

«Sarebbe un problema se io non venissi? Così sto un po' con lui, vedo se riesco a non lasciarlo proprio da solo».

«Sapevo che lo avresti detto».

«È il mio bambino, non lo posso lasciare tutto solo proprio ora».

Il marito rise intenerito.

«Ha più di vent'anni! Non è esattamente un bambino!».

«Lo so, lo so, ma non è questo il punto. Quando avevi la sua età, non avresti voluto un appoggio, nei momenti di difficoltà, se te ne fosse stata data l'opportunità?».

«Sto scherzando, tesoro. È chiaro che mi dispiace che tu non venga, ma in fondo è l'ultimo impegno che ho in trasferta, per qualche tempo. Poi per un po' sarò più presente. Mi spiace solo di non poter mancare».

«Ci mancherebbe anche che nemmeno tu ci andassi! Come hai detto tu, è una cosa che una donna sa fare meglio, quindi, tu vai a fare l'uomo che si guadagna da vivere per la famiglia e io farò l'investigatrice emotiva».

Entrambi risero di gusto stretti forte in un abbraccio. Lui sapeva che gli sarebbe mancata moltissimo, ma era un professionista e conosceva ormai da tempo l'importanza di separare l'ambito professionale da quello personale.

CAPITOLO QUATTORDICI

Michelle non stava più in sé dalla gioia. A breve Brie, Andrew e le bambine, sarebbero arrivati, e lei aveva preparato il conseguente *piano di guerra*. Aveva spostato in maniera strategica tutti i mobili del suo salotto. Il divano era finito sulla parete di destra, lontano dalla finestra del balcone. La luce esterna avrebbe illuminato quella porzione di pavimento che le serviva per posizionare lo striscione da decorare. La credenza, il tavolo, e tutto ciò che le era sembrato a rischio di schizzi, lo aveva ricoperto di cellophane. La stanza, così riorganizzata, sembrava molto più ampia. Al centro aveva posto barattoli di vernice dei colori più belli: verde, azzurro, blu, giallo, rosso. Pennelli e bombolette spray erano altrettanto presenti e schierate. Aveva preparato anche il caffè, pronto a scendere nella caraffa e, per l'occasione, si era addirittura cimentata in una ricetta trovata in un vecchio quaderno. Una classica torta di mele e cannella. Il profumo era delizioso. Sperò lo fosse anche il sapore.

Puntuali come sempre, ovvero con i consueti quindici minuti di ritardo accademico, Andrew e Brie suonarono al campanello. Fu una gioia immensa vederli. Michelle saltò al collo di Brielle mentre, appena dietro a lei, Andrew faceva il suo ingresso con due bambine in braccio, una nel marsupio a zainetto sulle spalle, e l'ultima, la più grandicella, attaccata ai suoi jeans.

«Che bello! Finalmente siete arrivati!».

«Ciao zia!».

«Ecco, tienitene un paio!» le disse Andrew accompagnando il gesto di Dana, una delle due gemelle che aveva in braccio, di passare alle braccia di *zia* Michelle. Nel contempo il papà le schioccò un baciò sulla guancia, si trascinò la gamba con attaccata Wendy, che non ne voleva sapere di mollare il suo papà, e tra borsoni carichi di pannolini di ricambio, pappe adatte ad ogni età e qualche giocattolo, tutta la famiglia Wayne al completo si accomodò in casa Kavanaugh.

«Caspita, come stai bene! Sei bellissima!» le disse Brie guardandola sorridente. «Si vede che quel James si sta comportando bene. A proposito dov'è? Ce lo farai finalmente conoscere?».

«No, è dai suoi in questi giorni. Però anche tu sei troppo bella! Mi devi dire che cosa fai per avere sempre questi capelli fantastici».

«Eh ...» sospirò Brielle.

«Eh...» sorrise Andrew.

«Che c'è?»

«No dico, sarà l'incremento dell'attività ormonale». Fece Brie.

«In che senso l'increm... NO?!». Michelle fece tanto d'occhi.

«E invece sì, porca miseria!».

«NO!».

«Per la miseria, ti dico di sì!».

Michelle guardò Andrew, che ridacchiava in disparte facendo finta di non aver preso parte alle loro discussioni.

«Vuoi dire che?».

«Esattamente quello: diventerai *zia* per la quinta volta».

Michelle non stava in sé dalla gioia. Brielle proseguì.

«Sì, guarda, lui e le sue malsane idee di volere il maschio! E guarda che se anche questa nasce femmina tu non ti avvicini a me per il resto dei miei giorni di fertilità!».

In verità Brie non stava in sé dalla gioia. Andrew era un marito splendido e con le bambine magnifico. La prospettiva di una nuova gravidanza, non la lasciava del tutto tranquilla, eppure c'era sempre una gioia rinnovata in ogni nuova attesa.

«Ragazzi, sono troppo contenta per voi. Chissà i tuoi, Brie. Come l'hanno presa?».

«Ah beh, papà ha subito colto la palla al balzo per strapparci una concessione».

«Vale a dire?».

«Semplice» intervenne Andrew «se davvero dovesse arrivare il maschio, mi ha fatto promettere di chiamarlo come vuole lui».

«Spara».

«Beh, lui è un fan della DC Comics, quindi trai le tue conclusioni, Scriccy».

«E tu, Brie, cosa dici?».

«Era così su di giri per la notizia che non so se riuscirò a dirgli di no».

Michelle, Andrew, le bambine e Brie, passarono le successive ore in allegria. Volevano preparare lo striscione da portare al concerto per esibirlo al momento opportuno. Quel fantastico istante in cui, Jack Knight avrebbe iniziato a raccogliere quelli dei più fortunati tra il pubblico, con scritta sopra la loro richiesta musicale specifica. Tra bambine con i piedini immersi nel colore che zampettavano su quella che stava diventando un'opera d'arte, e le manine di Wendy che, ormai grandicella, riusciva a pitturare piuttosto bene, ne stava uscendo davvero un bel lavoro.

Michelle lo guardò. Le si strinse un po' il cuore nel farlo. Quasi le stava venendo da piangere. Andrew e Brie le si avvicinarono. Anche loro si stavano commuovendo.

«Credete che sia una buona idea? Insomma, potrebbe anche non vederlo, non degnarlo nemmeno di uno sguardo. Saremo migliaia, laggiù».

«Questo non ti deve importare. Se lui non lo vedrà, Nicky però sì. Noi lo facciamo per lui. Jack è solo il nostro tramite».

Michelle si asciugò un tantino gli occhi.

«Avete ragione. E male che vada, me lo porto a casa e me lo appendo in camera».

«Ben detto!».

CAPITOLO QUINDICI

Non un giorno come gli altri, ma il *giorno*, con la G maiuscola, era finalmente arrivato. E tutto sembrava essersi trasformato. Lasciate le bambine dal papà di Michelle, lei, Andrew e Brie erano partiti per il loro attesissimo *pellegrinaggio*. È esatto: nel corso degli anni, dopo tutti quei concerti, l'impressione che se ne poteva trarre era che la riunificazione di quella massa di fan sotto al palco fosse paragonabile solo alla riunione di un'eterogenea orda di *fedeli* radunati in attesa di osannare il loro dio. Sotto qualsiasi cielo e sotto qualsiasi manifestazione atmosferica. Non avrebbe fatto alcuna differenza. Sarebbero stati pronti, come sempre. Andrew: bandana in testa, zaino in spalle, jeans, t-shirt a tema, con Knight ritratto durante una delle sue innumerevoli performance. Brielle: capelli trattenuti in una coda super voluminosa, occhiali da sole, zainetto in spalle, jeans e maglietta del primissimo concerto della sua vita, quello di Knight in cui aveva conosciuto Andrew. E per fortuna era ancora abbastanza comoda. Michelle indossava, oltre ai jeans e alle sue amate sneaker, la maglia ufficiale del suo album preferito, *Run in the Sun*.

Ormai la storia la conoscevano bene: se volevano essere nel posto migliore si sarebbero dovuti muovere per tempo. *Molto* per tempo. E infatti erano partiti il giorno prima e si erano piazzati seduti fuori dalle porte dello stadio insieme ad altri fedelissimi come loro. Le occasioni per chiacchierare e conoscersi erano sempre moltissime e di tempo per parlare ce n'era in abbondanza, tra un appello e l'altro, per dare prova della propria fedeltà e quindi meritarsi un posto d'onore proprio lì, sotto al palco. Dopo diverse ore che aspettavano, Brie aveva appoggiato la testa sulla spalla di Andrew e chiuso gli occhi. Era serena, solo un po' stanca.

«Stai bene? Come va?». Le chiese dandole un bacio sulla tempia.

«Mai stata meglio. Credo che il nostro, qui dentro, sia lo spettatore più piccolo mai stato presente ad un concerto di Knight». Andrew rise prendendole la mano.

«Me lo dirai se sei stanca, vero? Non voglio in alcun modo che tu faccia più di quello che non riuscirai a reggere».

Brie, sempre con la testa appoggiata alla spalla di Andrew, alzò lo sguardo verso di lui, con occhi lucidi.

«Credimi, non vedo l'ora di essere là sotto di nuovo, con te».

Quello scambio di battute aveva suscitato la curiosità dei presenti seduti insieme a loro. Furono tutti ancora più premurosi nei confronti di Brielle, ogni qualvolta stessero notando che si doveva muovere per sgranchirsi le gambe.

Nel bel mezzo delle varie chiacchiere che seguirono, nemmeno si erano accorti del tempo trascorso. L'alba era passata piacevolissima. La temperatura era ideale. Era una giornata magnifica. I ragazzi si erano portati nello zaino thermos con caffè bollente che condividevano tra i vari presenti. Ad un certo punto la loro attenzione fu distolta da un avvenimento che fece loro spalancare gli occhi e voltare la testa verso le porte dello stadio. Si guardarono poi tutti insieme con un sorriso di gioia e incredulità.

«Ma era ...?».

Sì, la chitarra di Jack Knight, probabilmente tra le braccia del suo proprietario, che faceva il sound check. Eccitatissimi, sembrava che le lunghe ore passate lì non fossero mai state tali. Nuove energie pervasero tutti i presenti. Le stesse che poi, dopo altre ore, li portarono al momento in cui poterono varcare di corsa, con il braccialetto dei *prescelti*, gli ingressi per raggiungere il posto più ambito: quello ad un passo da lui. Michelle si ricordava bene il suo primo concerto. E anche Andrew si ricordava il primo concerto di Michelle. Capì cosa potesse vagamente esserle passato per la mente in quel momento, quando a varcare la soglia erano stati lei, lui e Nicky. Si girò e rapidamente con un sorriso la prese per mano.

«Andiamo Scriccy, che lui ci aspetta dentro».

E Michelle corse insieme a loro, lasciando fuori da quello stadio qualsiasi rancore, rimpianto o tristezza.

Quando la melodia di qualche cd mandato a ripetizione continua cessò di suonare, quello fu il segnale. La musica si fermò, le luci si abbassarono, ormai il sole era quasi tramontato. L'attesa aveva reso l'atmosfera più elettrica. Dai posti più lontani, sugli spalti, giù dalle gradinate per poi scendere fino al prato, iniziò a serpeggiare un solo ed unico inno.

"Jack! Jack! Jack! Jack! Jack! Jack! Jack! Jack! Jack!"

Michelle si guardò in giro per un attimo. Adorava quell'atmosfera di adrenalina pura che la stava pervadendo. Non vedeva l'ora di vedere Jack, finalmente dopo un sacco di tempo. Aveva un disperato bisogno di sentirlo dal vivo. Quando, uno ad uno, i membri della Band salirono sul palco, furono acclamati tutti come degli eroi. Ma quando uscì il loro *condottiero*, il boato fece quasi crollare lo stadio.

E la canzone con cui dette inizio a tutto sembrava una diretta lettura del pensiero di ciò che Michelle voleva sentirsi dire. In qualunque circostanza, fosse crollato il cielo, non li avrebbe mai delusi. Lei, Brie ed Andrew sembravano regrediti di mille anni. Gridavano come ragazzini, invocavano, inneggiavano a chi si stava totalmente prendendo possesso della loro anima senza alcun dolore. La sua voce e il suo carisma avrebbero steso Ercole. Michelle non riusciva a non notare, ancora una volta, quel fantastico sorriso che esprimeva quello che aveva subito pensato sin dal suo primo concerto: Jack era felice di essere lì almeno quanto loro. Quanto ancora potevano avvicinarsi? Erano sotto al palcoscenico, stipati insieme a centinaia e centinaia di altri fan disposti a qualsiasi cosa pur di sfiorarlo anche solo per un istante. E Jack non sembrava volersi sottrarre a tutto quel desiderio d'amore. Iniziò a correre su e giù per le corsie, come d'abitudine costruite perché lui coi suoi fan ci potesse stare davvero. Erano mani che si allungavano per afferrare le sue, per aggrapparsi alle sue braccia, per quanto il pezzo che stava suonando gli permettesse di porgerle, come se fosse l'àncora di salvezza da un naufragio inevitabile. Erano i suoi fan, la sua energia e li amava tutti, nessuno escluso. Un brivido percorse il cuore di Michelle da parte a parte quando nella sua corsa che sembrava non avesse intenzione di arrestare, si diresse verso di loro. Andrew, Brie e Michelle iniziarono a chiamarlo come se nessun altro al mondo avesse potuto *salvarli*. Durante la sua corsa continuò a ritmo di musica a porgere il microfono al coro più immenso che la terra avesse mai potuto vantare. E quel coro non perse mai un attacco dato dal suo maestro.

Una canzone seguì l'altra, senza mai una pausa, senza mai un segno di stanchezza. Solo scandite una ad una dal ritmo del leggendario Jack Knight.

Nell'intervallo tra una canzone e l'altra, accompagnato dagli strumenti che scandivano il ritmo della sua corsa, iniziò a raccogliere gli striscioni dei fan con le loro richieste. Qualcosa che Jack amava moltissimo fare. Si era girato poco prima verso i suoi ragazzi con un sorriso complice come a dire *siamo pronti?* Mentre correva tra i suoi fan raccoglieva, con il loro stesso aiuto, tutti i cartelloni, piccoli, medi o grandi che le sue braccia potessero contenere. E correva, continuava a correre e a raccogliere quante più richieste possibili. Con fan che ne aiutavano altri a porgere le loro.

E finalmente Jack arrivò anche da loro: Michelle, Andrew e Brie, che si sporse in avanti con tutta la forza che aveva in corpo, come se stesse fuggendo da dei nemici e di lì per caso passasse casualmente proprio *Superman*. Andrew la aiutò a sporgersi. Insieme a Michelle, in tre allungarono la loro opera frutto del lavoro di un giorno intero. Jack li vide, tutti e tre e il loro cartello, sembrò anche leggerlo con attenzione: sembrò proprio così. E sembrò anche che con un gesto della mano chiedesse loro di farglielo arrivare. Era lì, ad una mano di distanza da loro, si sporse, fece un ulteriore cenno di passargli quel cartello. Andrew, che aveva le braccia più lunghe obbedì. E riuscì pure a stringergli la mano. Ma non si limitò a questo. Con una prontezza inaudita, prese in braccio Michelle che era rimasta lievemente dietro di loro. In tutto questo, accaduto in pochi istanti, Jack aiutò nello sforzo Andrew prendendo la mano di Michelle che sentì una stretta dalla forza impareggiabile e con l'altra mano riuscì a fargli una carezza sul viso sudato. Knight restituì un buffetto di ringraziamento e Michelle, tenuta stretta da Andrew, tornò al suo posto, estasiata, elettrizzata, con le gambe quasi pronte a cedere e circondata dall'abbraccio dei suoi amici, nonché dei fan intorno che si sentivano come se nell'impresa ci fossero riusciti loro stessi. Andrew la strinse in un abbraccio fortissimo con Brie che si unì gridandole nelle orecchie

«Grande! Grande Scriccy! Però la prossima volta, sul sedere quella mano! Sul sedere, sorella!».

Le tremavano ancora le gambe dall'eccitazione, quando Jack pose il loro cartellone ai suoi piedi, alla base dell'asta del microfono, a conferma del fatto che *quella* sarebbe stata la canzone che avrebbe scelto come successiva; e diede l'attacco alla band.

Il cartello l'aveva letto. E anche bene. Michelle lo capì quando nel microfono urlò alla folla:

«*Run in the Sun, Nicky*»

La folla impazzì. Letteralmente. E Michelle era felice, le lacrime pizzicavano agli angoli degli occhi e per un attimo volse lo sguardo al cielo. Il trio di amici non avrebbe mai potuto chiedere nulla di più bello a quella serata. Nulla di più. E dopo quello fu un susseguirsi di successi. Uno dopo l'altro. Lui, con la sua chitarra, lui, con la sua inseparabile armonica e la sua voce roca, profonda e sensuale. Momenti in cui l'adrenalina non faceva che salire. Altri in cui la commozione chiedeva il permesso di uscire, liberatoria. Compensata da tutta l'energia d'amore che le successive ore di rock 'n roll continuarono a regalare ad una folla di persone, che si sentiva sempre più vicina al loro *dio*. Sembrava un amplesso infinito tra Jack e un popolo di fan in balia dei suoi gesti. E Michelle pensò a quale magia fosse il rock 'n' roll: quel messaggio per cui un uomo, forse in quel momento il più desiderato del pianeta, pregasse, supplicasse le varie donne, protagoniste immancabili delle sue canzoni d'amore, di fuga, di vita e di cuori infranti, semplicemente di amarlo, anche solo per quella notte, perché lui non le lasciasse mai più.

Quando Jack e gli altri portarono a termine anche l'ultimo bis, fu come se un'ondata di positività fosse scesa da quel cielo, su quello stadio affollato. Si era come innescata una trasformazione nel cuore di tutti i presenti accorsi da ogni parte per vederlo. La folla iniziò piano piano a disperdersi. I vari gruppi, un po' barcollanti, divisi tra stanchezza ed eccitazione, salutavano le nuove conoscenze e cercavano di trasmettersi a caldo le loro prime impressioni. Anche Michelle, Brie e Andrew stavano preparandosi a tornare alla loro vita, che mai, come sempre, sarebbe stata la stessa per i successivi mesi a venire. Brie, dopo qualche passo, sentì la necessità di andare in bagno.

«Hey, tutto bene, amore?».

«Sì, ho solo bisogno di andare un momento alla toilette, ti dispiace venire con me?».

«Vuoi scherzare? Certo che ti accompagno. Scriccy, senti...».

Michelle lo anticipò.

«Io non devo andare, vi aspetto qui. Esattamente in questo punto. Sono troppo stanca per seguirvi».

Sorrise, quasi inebetita dal post adrenalina e si sedette per terra sul prato a gambe incrociate.

Vide Andrew e Brie allontanarsi fino a che sparirono tra la folla. Socchiuse per un secondo gli occhi sorreggendo il mento con le mani. Era davvero stanca e se ne rese conto solo in quel momento.

Aprì gli occhi all'improvviso convinta che fosse passato molto tempo. Si scosse come spaesata. C'era ancora gente in giro che si spostava verso l'uscita. Si alzò chiedendosi perché Andrew non fosse ancora tornato e si mosse nella direzione verso cui li aveva visti dirigersi. Nell'alzarsi in piedi, così di scatto, sentì improvvisa una fitta alla tempia e un brusco giramento di testa. Effettivamente non mangiava nulla da quasi ventiquattro ore: nonostante l'eccitazione per il concerto i suoi problemi di stomaco non sembravano attenuarsi e lei, in generale, non si sentiva per niente in forma, ma ciò che le interessava più di tutto era trovare Andrew e Brie. Decise di chiamarli. Compose il numero di Brie, ma risultò irraggiungibile. Provò quello di Andrew, stesso risultato. Irraggiungibile. Forse tutta quella massa di gente stava sovraccaricando i ripetitori, pensò Michelle. Quando però decise di riprovare, il suo cellulare si spense.

Per la prima volta in quella serata, provò un senso di panico totale. Dove si trovava? Vedeva sui volti di molti, troppi, quelli di Andrew e Brie, ma non erano mai loro. Si riguardò intorno e la gente incominciò a darle fastidio. Rappresentavano solo un ostacolo tra lei e il senso di sollievo che i suoi amici le avrebbero dato in quel momento. Ma perché non erano tornati? Perché non riusciva a trovarli? Continuò a camminare senza un ordine logico insinuandosi anche nei corridoi che correvano sotto le gradinate dello stadio. Sentiva il vociare della gente che usciva allontanarsi sempre di più. Si guardava avanti e indietro per cercare punti di riferimento che però non riusciva a trovare. Lo stomaco, dall'ansia, continuava a farle male togliendole quasi il respiro. Le girava la testa e non sapeva cosa fare. Iniziò a correre fino alla fine di un corridoio che finalmente sfociò in un'uscita, chissà quale, e di chissà quale parte dello stadio. Si guardò nuovamente intorno scoprendosi ancora più sperduta. Iniziarono a salirle le lacrime dal panico e cominciò a sentire freddo. Oltre tutto lì, dove si trovava, la luce era pressoché inesistente.

Il cuore le batteva forte e nuovamente ebbe un capogiro. Poi d'improvviso, i fari di una macchina la fecero saltare. Doveva essere di grossa cilindrata, a giudicare dalla prima occhiata, sebbene al buio non se ne riuscissero a distinguere i dettagli. Fu accecata all'improvviso e si coprì gli occhi con un braccio. Di nuovo le mancò il respiro e sentì solo una voce in lontananza pronunciare parole attutite, forse provenienti dall'abitacolo. «Fermati!».

Un ultimo giramento di testa, poi non sentì più nulla.

CAPITOLO SEDICI

Il ronzio dell'eco di un frastuono che l'aveva assordata per tre ore di seguito le impediva di orientarsi in quel luogo buio, in cui ancora i suoi occhi non si erano aperti. Sentì, indistinte, voci diverse. Tutte maschili.

«*...non è che ha preso qualcosa?*».

«*... ma no, chissà da quanto tempo era là fuori!*».

«*Bè, chiamiamo qualcuno, no? Non è meglio? Un medico, la polizia*».

«*Aspetta un po'...*»

Michelle sentì la schiena appoggiata su qualcosa di morbido. Il letto di casa sua, probabilmente. Voleva aprire gli occhi, voleva James. Le sue braccia che la stringevano, come in quel momento... quel momento in cui si stava sentendo di nuovo al sicuro, con il suo adorato James.

«*Guarda, si sta svegliando*».

«*Vammi a prendere un altro cuscino, per piacere*».

«*Vado, capo*».

Aprire gli occhi, e trovare gli occhi di James dentro ai suoi, fu il sollievo più grande. Non distingueva nulla, tutto era sfuocato e indistinto, la testa le pulsava incessante, ma quegli occhi rassicuranti li avrebbe riconosciuti ovunque. Il suo adorato James era lì, e si sentì pervasa d'amore e conforto. Si tirò su con fatica, aiutata dalle sue braccia forti. Da quella bocca uscirono parole a lei incomprensibili.

«Ci siamo svegliati, vedo».

La voce di Jack fu zittita subito da un abbraccio decisamente inaspettato.

«James, amore mio. Meno male che ci sei, ho avuto un incubo orrendo. Stringimi forte».

«Ehm» non fu semplice staccarsi da quell'abbraccio pieno di entusiasmo «non so chi sia questo James, ma qui non abbiamo nessuno che si chiami così. Io sono Jack». Disse sorridendo.

«Mi chiamo Jack. Ok?».

Nel ripetere quelle parole scelse di scandirle più chiaramente.

Gli occhi di Michelle si aprirono. Un istante dopo si spalancarono. E le braccia strette attorno a quell'uomo, che chiaramente non era James, rimasero appese a quelle spalle forti, solo per una momentanea paralisi da shock.

Fu un balzo in una realtà totalmente diversa: non era la sua stanza, non era il suo letto, e decisamente non c'era James. La testa continuava a pulsarle, ma i sensi primari tornarono tutti.

«Oddio!».

Portò entrambe le mani alla bocca, e con un gesto istintivo attrasse le ginocchia al petto quasi a coprire, per un qualche senso di pudore, il suo corpo sdraiato sul divano di una stanza non sua.

«Hey, disturbo?».

Larry Hogan, rientrato nella stanza sollevando in aria il cuscino che aveva recuperato, aveva assistito alla scena.

Jack si voltò e arrivò al punto saliente di tutta la faccenda.

«Si è svegliata!».

«Mm, vedo». Ribatté a denti stretti Larry mal celando una punta di ironia.

Michelle era senza parole. Guardò prima l'uno, poi l'altro. Poi di nuovo l'uno. Poi di nuovo l'altro. I suoi occhi rimbalzavano da uno all'altro senza capacitarsi di niente.

Jack la guardò con un sorriso gentile.

«Ciao!».

Nessuna risposta.

«Ho un altro cuscino!». Larry ruppe il ghiaccio alzando il guanciale come un trofeo.

«Signor Knight...» nel sentirsi pronunciare quelle due parole, in un'atmosfera che percepì come totalmente irreale, Michelle si rese conto che la salivazione le si era improvvisamente azzerata. Mentre cercava di riprendere il controllo di sé stessa, vedeva davanti ai suoi occhi, come in colpi di flash intermittenti, scene confuse. Un uomo su un palco, molto sexy, con una chitarra. Un uomo identico a quello sul palco, sempre molto sexy, davanti a lei. Senza chitarra. Dove aveva messo la chitarra? Perché non c'era il palco?

«Signor Knight, io ho visto...» Michelle cominciò a farfugliare parole che sperava potessero magicamente unirsi in una frase di senso compiuto. Il susseguirsi di quelle immagini flashanti la stava disturbando.

«Jack», specificò lui.

«Ho visto una macchina, Signor Knight, stavo cercando...»

«Jack», ribadì lui, forse non aveva capito.

«I miei amici, li stavo cercando, poi ho visto una macchina, li ho persi. Mi sono spaventata, ho perso il senso dell'orientamento. Signor Knight...»

Le sue spalle furono strette da mani forti intenzionate a porre fine a quel delirio. Quel viso e quello sguardo buono. Un po' paterno e, non poté non notarlo, molto attraente, incominciarono a farle martellare il cuore dentro.

«Jack. Jack e basta. Nessun *Signor Knight*, ok?».

«Sissignore, Signor Knight... Signor Jack... Knight. *Solo* Jack».

Jack rise. Larry pure.

Michelle si sentiva morire dall'imbarazzo.

Jack la guardò. Era disorientata, nervosa e stava anche tremando.

«Hey, ti senti bene? Vuoi un'altra coperta?».

«No grazie». Rispose Michelle, continuando a tremare come una foglia al vento.

Jack fece un cenno con la testa a Larry, che prontamente procurò un'altra coperta. Gliela avvolse attorno con fare premuroso.

«Ora andrà meglio».

«Grazie Signor...».

«AH!». La fermò con un gesto della mano.

«Jack». Rispose Michelle con un filo di voce e con fare ben poco disinvolto.

«Bene. Allora, vediamo un po' di stare tranquilli, che questa cosa si risolve. Come ti chiami?».

«Michelle».

«Molto piacere, io sono Jack».

Michelle sorrise «lo so chi sei», replicò sentendosi all'improvviso un po' più presente a sé stessa.

«Ah sì? Bene, era un test per capire se fossi ubriaca. Sai, Larry pensava questo quando ti abbiamo raccolta».

«Raccolta?».

«Sei svenuta come un sacco di patate davanti alla nostra macchina».

«Che figura, mi dispiace!».

«Niente di cui dispiacerti, ma non rispondevi a nulla. Larry ti ha pure schiaffeggiata!».

«Hey, non dire stronzate! Erano buffetti. Devi credermi, Michelle erano buffetti, delicati buffetti. Non mi sarei mai permesso».

Jack le strizzò l'occhio. Michelle sorrise. L'atmosfera sembrava distendersi un po' e lei cominciò a percepire un sincero senso di accoglienza. Complici forse anche le due coperte, che la avvolgevano e proteggevano.

«Bene» riprese Jack «dicevi che eri con degli amici».

«Sì sì, li cercavo dopo il concerto di Knight … il suo concerto». Lo indicò con un gesto della mano.

«Suo di chi?» fece Jack con finto tono serio.

«Tuo, intendevo».

«Ah, mi pareva. Continua».

«Li ho persi di vista, lei doveva andare in bagno, è incinta, va in bagno continuamente, e suo marito, l'altro mio amico, l'ha accompagnata».

Michelle non fu convinta che quel dettaglio fosse rilevante, ma mentre rifletteva su questo aspetto osservò come, mano sul mento, Jack la stesse ascoltando con estrema attenzione e un sorriso garbato.

«Ho poi cercato di chiamarli, ma prima nessuno dei due era raggiungibile, poi il mio cellulare si è spento».

Michelle stava cominciando ad agitarsi nuovamente. A conti fatti, effettivamente, non aveva idea di dove fossero, i suoi amici, né di come raggiungerli.

«Ho capito. Hey, non ti agitare, vuoi un bicchiere d'acqua?».

«Prova con questo». Intervenne Larry.

Senza pensarci Jack prese, senza guardare, ciò che Larry gli stava porgendo. Poi guardò cosa aveva in mano.

«Dico, ma sei scemo? Whisky?! Me la vuoi mandare all'altro mondo?».

«Magari si tira su, invece. È di ottima qualità».

Jack ne prese un sorso dando il suo segno di approvazione con un breve cenno del capo. Restituì la bottiglia al collega e tornò poi a concentrarsi su Michelle.

«Hai fame, hai mangiato? Da quanto tempo sei in giro?».

Per un attimo Michelle si sentì come se stesse parlando con suo padre. Ed ebbe in effetti quasi paura a rispondere.

«Da ieri mattina». Disse esitante, stringendosi nelle spalle.

Jack sorrise. Era fiero, molto fiero. Ma scosse la testa, non poté evitarlo.

«Voi siete pazzi».

«Volevamo essere certi di vederti bene!». Disse pronta Michelle in sua difesa.

«Bè, direi che ci sei riuscita!»

«Sì, eravamo proprio sotto al palco».

«Già, senti, scommetto che sei a stomaco vuoto da ore».

«Non ho fame».

«Questo è irrilevante. Con tutte quelle ore fuori, occorre immagazzinare zuccheri, qualcosa di solido. Per forza che poi uno si sente male».

Potevano essere le parole che suo padre le avrebbe detto nella medesima circostanza, ma di fronte aveva, chi? Jack Knight? La situazione aveva del surreale.

«È possibile avere un tè caldo?».

Jack la guardò tra l'ironico e il perplesso e alzando un sopracciglio le fece eco.

«Un tè caldo... Ma sì, diamoci questa botta di vita! Te lo faccio portare subito. Con anche dei biscotti».

«Anche senza».

«I biscotti ci saranno. È deciso!».

La zittì lui con dito alla bocca, mentre prendeva il telefono e chiedeva esattamente quello che aveva in mente. Già in comunicazione con il servizio in camera, mise una mano sulla cornetta e chiese a Michelle:

«Che tipo di tè?».

«È indifferente uno vale l'altro».

«È indifferente, uno vale l'altro». Disse al telefono. Poi tornò a rivolgersi a Michelle.

«Ne hanno trentaquattro tipi».

Michelle si trovò spiazzata, non sapeva cosa dire.

«Uno normale nero». E sussurrò anche un *mi dispiace* sentendosi terribilmente di troppo.

«Uno nero di quelli normali!». Ripeté alla cameriera all'ascolto.

Fece per rivolgersi nuovamente a Michelle, ma poi ci ripensò e tornò a parlare nella cornetta.

«Senta» disse al telefono «potrebbe portarmi tutti i tipi normali di tè nero che avete tra i vostri trentaquattro tipi? Grazie. Gentilissima. Ah, e dei biscotti. Di qualunque tipo, vanno bene tutti».

Jack rimase un attimo in silenzio ad ascoltare quella che Michelle dedusse essere un'ennesima domanda da parte della cameriera fin troppo zelante.

«Quelli al cioccolato andranno benissimo! E ne porti tanti. Abbiamo fame». Chiuse così la telefonata. Strizzando l'occhio a Michelle la quale rispose con un sorriso.

«Fra un po' si mangia!». Disse Jack soddisfatto sfregandosi le mani.

Michelle iniziava a sentirsi meglio. Tè e biscotti, un conforto assoluto. E ringraziò Jack mille volte per la cortesia e ospitalità.

«Come va?».

«Meglio, grazie».

Si era fatto davvero molto tardi. Tra una cosa e l'altra erano quasi le quattro del mattino. Si chiese se Jack stesso e Larry non avessero sonno. Sembravano così intenti a prendersi cura di lei, che non pareva affatto che fossero reduci da una fatica di tre ore abbondanti. Pensò fosse il caso di ricomporsi, ringraziare, cercare di fissare ogni istante di quei momenti nella sua memoria e ritornare alla sua vita. Si alzò in piedi. O almeno ci provò.

«Cosa fai?».

La interpellò allarmato Jack, che si alzò di scatto seguito a ruota da Larry.

Michelle fece un passo e vide tutta la stanza girare intorno a sé. La mobilia assunse forme oblunghe, distorte e in ondeggiante movimento.

«Ecco, vediamo di starcene un po' brave, qui, sul divano!» Disse Jack che la prese al volo prima che ricadesse a peso morto.

«Oddio».

«Appunto. Si può sapere che intenzioni hai? Prima hai sbattuto la testa. Stai tranquilla qui seduta un altro po', che fretta c'è? Hai altri impegni per stasera?».

Michelle era perplessa, tutta quella premura non se la sarebbe mai aspettata.

«Non vorrei disturbare oltre il dovuto, posso prendere un taxi e andare a casa».

«Tu non sei in grado di fare nulla. Guardati, non stai in piedi. E quei biscotti: li devi finire tutti!».

«Okay». Michelle non aveva certo voglia di contraddire un indiscusso idolo del rock.

«Dai, raccontami un po', tu e i tuoi amici, vi siete divertiti?».

«Oh, è stato epico!».

«Ne sono contento. Anche io mi sono divertito. C'era un sacco di gente! Uno spettacolo! Vero, Larry?».

«Puoi ben dirlo!».

«Ogni pubblico è diverso. E noi facciamo sempre come se fosse il nostro ultimo concerto».

«Spero che quel giorno non arrivi mai».

La voce di Michelle uscì dolce in quella dichiarazione di assoluta devozione.

Jack fu toccato nel profondo da quelle parole. Non seppe cosa rispondere a quella ragazza giovane, eppure così riflessiva. E in quel momento, pensò, assai sperduta. Un sorriso, le palpebre che sbatacchiarono imbarazzate e Michelle si chiese dove avesse già visto quella stessa espressione, forse in un sogno. O chissà dove.

«Grazie, Michelle. Cercheremo di fare del nostro meglio per durare in eterno».

«Io però credo che voi siate stanchi».

«Lo siamo. Ma avremo tempo per riposarci».

«E forse il fatto che io stia qui non vorrei fosse, sì insomma, inopportuno».

«Non ti preoccupare per questo» aggiunse poi ridendo «posso sempre dire che sei l'amante di Larry, se dovessero chiedermi qualcosa. Hey, sei maggiorenne, vero?». Pronunciò quell'ultima frase con un sopracciglio alzato e ironicamente sulla difensiva.

«Sì, certo». Michelle sorrise stando al gioco.

Larry capitolò alzando le braccia.

«Allora è deciso, posso immolarmi per la causa, come sempre!».

Tra una battuta e l'altra era spuntato il sole e per un attimo Michelle aveva chiuso gli occhi, davvero esausta. Anche Jack si era appisolato in qualche parte di quella suite enorme. Larry era tornato in camera sua. Il primo a svegliarsi fu Jack. Era sfinito, ma ritrovò presto la sua lucidità quando mise a fuoco la figura di Michelle raggomitolata sul divano della sua suite, avvolta in due coperte. La guardò a lungo. In silenzio. Tutta la situazione era decisamente assurda. Nemmeno ai tempi della sua gioventù carrieristica, quando lui e i ragazzi suonavano un po' dappertutto, era capitata loro una cosa del genere. Sembrava ancora più piccola mentre dormiva. E ancora più bellina. Avrebbe potuto essere sua figlia. E doveva amare moltissimo come si chiamava? Ah sì, quel James, a giudicare dall'abbraccio che gli aveva dato e da come aveva pronunciato il suo nome. Inavvertitamente si scoprì a ripensare per un secondo, una frazione di secondo soltanto, al ricordo di quei bellissimi occhi innamorati, nei suoi, e gli sembrò di tornare indietro di trent'anni. Poi anche Michelle si svegliò. E tornò sulla terra.

Entrambi lo fecero.

«Buongiorno!».

«Buongiorno a te!».

«Che ore sono?».

«Le... dieci passate!». Disse Jack guardando l'orologio.

«Accidenti, devo andare».

«Sempre questa fretta».

Jack, al risveglio aveva decisamente bisogno di molto più tempo per carburare, e data la notte insonne, per lui le dieci del mattino erano appena l'alba. Michelle invece, mattiniera come sempre, si sentiva piena di energie. Che si trovasse nella stanza di Jack Knight, era una cosa che forse, lì per lì, non le era entrata in testa del tutto. Che lui poi si fosse addormentato in jeans e canottiera saltò alla sua attenzione solo quando entrambi si alzarono in piedi. Lo guardò. Lo ricordò anche sul palco. I muscoli delle braccia tesi e così ben definiti, mentre imbracciava la sua chitarra. Lo guardò una volta di più, e nuovamente pensò come fosse *davvero* un uomo attraente. Lievemente rossa in viso, distolse lo sguardo, quasi presa da un riflesso incondizionato, e si avvolse nella prima coperta delle due che aveva abbandonata sul divano. Jack non poté non trattenere un sorriso. Prese la camicia e la indossò. Michelle, che era già vestita di tutto punto si rese conto di aver appena commesso una sciocchezza che portò lei stessa a sorridere.

«Signor Knight».

«Sono sempre Jack, ma dimmi».

«Ok, chiedo scusa. Ma devo assolutamente rintracciare i miei amici. Sono preoccupata e sono certa che loro lo saranno per me».

«Certamente, hai ragione. Li vuoi chiamare? Fai pure».

Michelle prese il telefono dalla borsa e si ricordò in quel momento che era scarico.

«Accidenti. Posso usare il telefono della stanza?».

«Tieni, usa il mio».

«Non ho capito». Incredula.

«Prendi».

Le porse il cellulare. Michelle lo prese esitante, lo guardò quasi come se avesse in mano un gioiello prezioso. Sapeva il numero di Brie ed Andrew a memoria, lo appoggiò all'orecchio e le parve di sentire un leggero profumo di delizioso dopobarba. Ignorò quella sensazione e attese che squillasse. Squillava. Finalmente libero e raggiungibile.

«*Pronto?*».

«Brie?».

«*Oh mio dio, Scriccy! Ma dove diamine sei andata a finire?! Dove sei? Abbiamo cercato ovunque, siamo tornati mille mila volte dove ti abbiamo lasciato, ma tu non c'eri! Dove ti trovi? - È Michelle*». disse Brie rivolgendosi ad un terzo interlocutore «*Grazie a Dio!*» rispose il terzo interlocutore, ovvero Andrew, attaccato al telefono di Brie. Michelle sentì Brie parlare ad Andrew lì vicino a lei, che prese subito il telefono dalle mani di sua moglie.

«*Scriccy, dove sei? Stai bene?*»

«Sto bene, ragazzi sto benissimo. Ieri è successo... Mi sono sentita poco bene, mi son persa, ma poi mi hanno dato una mano e ...»

«Sei stata male? Ma che ti è successo?».

«Ma nulla, un giramento di testa».

«E lo credo, non mangi un cazzo!»

«Ma ora sto bene, davvero. Mi dispiace, mi dispiace tanto, ragazzi. Non volevo farvi preoccupare».

«Non sai che sollievo ci dai. Non riuscivo più a tenere Brie dall'agitazione! Ma dove ti trovi?».

Michelle esitò. Non sapeva davvero se fosse il caso di rivelare dove si trovasse. Guardò Jack, poco distante.

«Sono ...»

«Waldorf-Astoria Hotel». Suggerì pronto in un sussurro, Jack.

«Waldorf-Astoria Hotel». Riferì Michelle con ben poca naturalezza.

«Aspetta, Waldorf che?!».

«...Astoria Hotel». Ripeté Michelle in attesa di una qualche reazione.

«E come cacchio ci sei finita al Waldorf?!» si unì Brie che aveva sentito Andrew.

«Io, bè» Michelle non sapeva che pesci pigliare e guardava Jack sperando in suggerimenti validi. Jack fece cenno con la mano sussurrando.

«Di' loro di venire qui, che poi glielo spieghi».

Michelle non era certa di aver capito bene.

«Ma con chi sei lì? Scriccy, ma chi diavolo ti ha rimorchiato? Jeff Bezos?».

«No. Però se venite qui possiamo parlare con calma, anche perché il cellulare non è il mio». Tagliò corto Michelle e sorrise in silenzio a Jack, che nel contempo aveva alzato il pollice e strizzato l'occhio in segno di totale approvazione.

«*Va bè, dacci il tempo di arrivare. Prendiamo un taxi. Stanza numero?*».

«Stanza numero?» chiese a Jack con una mano sul telefono.

«Stanza numero?» chiese Jack rivolgendosi a sua volta a Larry che nel frattempo si era unito alla compagnia.

«E che cacchio ne so! Suite 'qualcosa'. Di' loro di chiedere in reception, cognome *Knight*».

Michelle non sembrava molto convinta. E sempre con la mano sulla cornetta replicò.

«Scusate, non è per essere disfattista, ma se si presentano qui due tizi che in reception chiedono *suite-qualcosa-cognome-Knight*, credo che verrebbero internati».

«Ma come cacchio si chiama questa suite?!» si chiese Jack cercando un indizio da qualche parte. Puntò al più semplice. Aprì la porta della stanza e guardò la targa affissa in alto al centro».

« 'Suite of the King' Ecco fatto! E se mi dai i loro cognomi avverto la reception di dirci quando sono arrivati!».

«Grande idea!».

Michelle spiegò tutto ad Andrew e Brie, che presero il primo taxi che trovarono, e andarono esattamente dove fu loro detto. Entrambi erano ancora vestiti come i due giorni precedenti, con l'unica differenza che, in quei vestiti, ci avevano dormito due giorni e sudato per una nottata intera. E sebbene avessero avuto il tempo di una piccola rinfrescata, si sentivano decisamente due pesci fuor d'acqua in quel posto di lusso. Arrivati in reception, tuttavia, sembrava che li stessero davvero aspettando.

«I Signori Wayne?».

«Esatto. Io sono Andrew Wayne e lei è mia moglie Brielle. Le serve un documento?».

«No, non occorre» sorrise gentile la receptionist «venite, vi faccio strada».

Tenendosi per mano, osservavano gli intarsi dorati e rimiravano il grondante sfarzo di quel posto. Ed erano solo in ascensore. Uscirono e furono accompagnati alla suite di riferimento.

«Ecco, entrate pure. Il Signor Knight vi aspetta».

Non fecero nemmeno in tempo a rendersi conto di quello che avevano sentito. Con gli occhi spalancati, si voltarono di scatto verso la dipendente che li aveva accompagnati, poi subito dopo verso la porta che si aprì.

Ad accoglierli: Jack Knight.

«Brie ed Andrew?».

Imbambolati non dissero una parola.

Jack allungò una mano e strinse prima quella di Brie, e poi quella di Andrew. Sul suo volto un ampio sorriso.

«È un vero piacere!».

Da dietro sbucò Michelle.

«Ciao, ragazzi!».

Saltò loro al collo, abbracciandoli strettissimi. Ancora di una consistenza simile a due statue di sale, non reagirono, se non con un lieve abbraccio, che Michelle quasi non percepì. Lo sguardo fisso verso chi aveva aperto loro la porta.

«Coraggio, entrate!» li invitò Jack con il fare accogliente di un amico di vecchia data. Brie ed Andrew entrarono sempre tenendosi per mano. Guardarono Michelle. Sembrava radiosa. Come dopo una ... no dai. Brie si rifiutò di credere che la sua amica fosse una da 'botta e via'. Anche se magari, con Mr. Knight, qualunque donna avrebbe potuto fare un'eccezione. Brie decise di uscire dal film che si stava girando in testa e di scacciare subito quel pensiero. Jack li invitò a sedersi e, nel farlo, Brie notò con quanta cura le stesse sistemando un cuscino dietro la schiena.

«Così starai più comoda, magari».

«Grazie». Brie era in uno stato di trance. Il suo sguardo su di lui pareva quello di chi sta parlando con dio.

Michelle li relazionò sulle varie vicende.

«... E così il Signor Knight e gli altri mi hanno soccorsa, mentre io ero nel panico e mi sono risvegliata qui. Non vi pare assurdo?».

I suoi amici, ancora parzialmente increduli, la osservavano con tenerezza, mentre spiegava loro quanto accaduto. Guardarono il loro idolo del rock che li stava osservando. Con una mano sul mento annuiva. Sorrise loro e facendo l'occhiolino sussurrò una battuta.

«Sì. Non ce la fa a chiamarmi *Jack*».

Proseguì quindi con l'intento di rompere il ghiaccio ulteriormente.

«Allora, Michelle mi diceva che è stato un gran concerto, siete d'accordo?».

Ad Andrew sembrava incredibile, Jack Knight in persona gli stava chiedendo un feedback? Decise di fare finta che quell'esperienza fosse qualcosa di assolutamente normale.

«Assolutamente. Il migliore che ricordi».

«Ne hai visti altri?».

«Parecchi. Questo è stato il mio dodicesimo».

«Caspita!» Rispose con entusiasmo Jack, al quale dopo poco venne una splendida idea.

«Sentite ragazzi, già che siamo qui. Vi va di rimanere per colazione, pranzo, quello che preferite? Così ci facciamo due chiacchiere in compagnia».

Andrew continuò a fingere di non pensare di stare sognando.

«Volentieri!».

All'allegra brigata si unì poco dopo anche il resto della Band. Gli occhi di Michelle si aprirono di un entusiasmo incontenibile quando a varcare la soglia fu lui, il sassofonista della band, protagonista di assoli indimenticabili. Amico di Jack da una vita intera. Alto, imponente. Un'entrata da vero leader e un sorriso super cordiale.

«Signor Clem!» Michelle saltò sull'attenti.

Chester Clem rise e con circospezione si guardò intorno.

«Dove? Chi? Chi sarebbe costui?».

«Lascia perdere» intervenne Jack «questa ragazza dà del *Signore* a tutti».

Michelle rise imbarazzata. In effetti era più forte di lei. Fatte le presentazioni mancanti, si sedettero tutti attorno al tavolo, dopo che un impeccabile servizio in camera aveva predisposto sulla tavola ogni possibile leccornia, dal dolce al salato. Non che la fame non fu soddisfatta, ma l'eccitazione di Michelle, Andrew e Brie nel trovarsi dove si trovavano, li fece badare a ben altra priorità.

«Allora Brie, mi diceva Michelle che, sotto mentite spoglie, hai portato un futuro mio piccolo fan al concerto». Disse Jack.

Brie si sfiorò la pancia lievemente colta di sorpresa.

«Ehm, sì ... sai, non mi è stato possibile lasciarlo a casa».

«A quando il lieto evento?».

«Il termine dovrebbe essere a fine novembre».

«Sarete di certo emozionati. La nascita di un figlio è un evento unico».

Andrew giocherellava con le dita e i capelli di sua moglie sorridendo.

«Sì sì, lo sappiamo».

«Ah, non è il primo?».

«Nossignore!».

«Ah bene, il secondo. Bene, bravi».

Brie sorrise sventolando la mano ben aperta. Jack la guardò. Dopo un breve istante capì. Spalancò occhi e bocca.

«Il quinto?!».

«Signorsì!».

«Per la miseria! I miei complimenti».

Jack si alzò per andare a stringere la mano ad Andrew, che incontrò a metà strada per una stretta e un solidale abbraccio tra padri.

Michelle guardò divertita Brie, che ironicamente si accigliò.

«Hey, dico io! Come se qua, le cose, le avesse fatte in solitaria!».

Jack si ricompose e, con gesto plateale, si inginocchiò davanti a lei prendendole la mano.

«Tu, sei la mia eroina!» Disse facendole il baciamano.

Brie si sentì profondamente emozionata.

Michelle fu ad un tratto presa dal desiderio di parlare con James. Se solo fosse stato lì con lei, se solo avessero potuto condividere quel momento. Presa da impulso si rivolse a Jack con un po' di timidezza nella voce.

«Jack».

«Sì, sono io!» Si voltò verso di lei.

«Potrei chiederti una cosa un pochino infantile?».

«Se non è illegale, sì».

«Potrei chiamare il mio ragazzo, così lo saluti?».

«Ah, il famoso James!».

«Proprio lui».

«Ma certo. A proposito, come mai non si è unito a voi?».

Michelle, preso in prestito il telefono di Brie, si sentì quasi imbarazzata nel giustificare che lui non era un suo fan. Fu ancora più dispiaciuta nel constatare che il telefono di James fosse staccato.

Dopo qualche altra ora trascorsa insieme, a malincuore, ma contenti per la splendida giornata, Michelle, Brie e Andrew salutarono tutti.

«Mi raccomando, piccolina, fai la brava. Ci vediamo presto».

«Farò del mio meglio». Rispose Michelle che quasi aveva le lacrime agli occhi dall'emozione.

«Ci conto!». Rispose Jack che la riabbracciò con vigore affettuoso.

Salutò poi Andrew e Brie.

«E tu, mi raccomando» disse rivolto a Andrew «dai un po' di tregua a questa povera ragazza!».

«Certo, capo».

Brie non si trattenne più e saltò al collo di Jack.

«Sono già in astinenza da concerti! Rimettiti subito al lavoro, ti prego!».

«Sarà fatto».

CAPITOLO DICIASSETTE

Jack si rigirò nel letto. Quell'ultima data e tutto quello che ne era seguito, l'avevano caricato, da un lato, di splendide, fantastiche, rinnovate energie, ma nel contempo lo avevano stremato. Aveva un disperato bisogno di dormire per riprendersi, ma il vociare, o per meglio dire le urla, provenienti dal piano di sotto glielo stavano impedendo.

Uscì dal letto sbattendo con violenza le lenzuola sul fondo, determinato a scendere e vedere cosa diavolo stesse succedendo nel suo salotto. Constatò una volta di più, scuotendo la testa rassegnato, che sebbene fosse mezzogiorno passato, si svegliava sempre troppo presto, per essere una rock star.

Scese al piano di sotto, i capelli non del tutto ordinati, i boxer come unico indumento addosso. Trovò sul corrimano la felpa della sera prima e se la infilò in maniera approssimativa.

«Si può sapere che succede qui?» sbraitò irrompendo in salotto.

Nella stanza c'erano suo figlio E.J. e sua figlia Jennifer che discutevano animatamente. Non appena lo videro si zittirono immediatamente con fare intimorito.

«Beh?» Jack non era intenzionato a mollare la presa «Sto aspettando una risposta».

«Io non c'entro niente, pa'» Jennifer guardava verso il basso, lanciando sguardi a suo fratello con aria di chi si aspetta un intervento immediato.

«Questo lo vedremo, dov'è vostra madre?».

Si guardò attorno, sperando in una mistica apparizione. Quando si trattava di gestire i suoi due figli in fase di litigio, specie dopo una nottata e una giornata passate su e giù dal palco e su e giù dall'aereo, sentiva quanto mai necessario il supporto di sua moglie.

«Che succede?».

Le urla incalzanti e la voce tonante del marito, che aveva oltrepassato le mura della stanza, le fecero sentire forte l'obbligo di intervenire.

«Non lo so, Penny, in questa casa mi sembra che ogni tanto si perda il senno!».

«Non è colpa mia, papà, è E.J. che non capisce un cazzo!».

«Hey!».

Se la voce del padre si era sentita per tutta la casa, quella della madre non fu di minore intensità. Corredata poi, dal suo sguardo severo nei confronti della figlia, aveva decisamente battuto il record di perentorietà.

«Diamoci tutti una calmata e vediamo di abbassare i toni e di migliorare la proprietà di linguaggio».

«Sì, mamma».

La voce di Jennifer si era trasformata in un sussurro. Ma durò poco, perché la sua intenzione di potersi al più presto tirar fuori da quella situazione, stava diventando alquanto urgente.

«Però è la verità. Io non c'entro niente. È E.J. che...»

«Chiudi quella cazzo di bocca, Jenn».

«BASTA COSÌ!»

L'urlo che ne uscì vide le voci di entrambi i genitori unite in un unico imperioso comando.

«E.J., non rivolgerti a tua sorella in questo modo. Non lo fare con nessuno che abiti in questa casa! Sono stata chiara?».

E.J. decise di non ribattere, ma la mascella contratta gli stava tremando.

«Adesso ci sediamo e con calma ci spiegate, parlando uno alla volta. Cosa diavolo vi è preso?».

Jennifer ubbidì e si sedette sul divano in silenzio. E.J. fece per farlo, subito dopo che anche i suoi si erano accomodati. Ma non durò a lungo. Si alzò di scatto in piedi, con i pugni chiusi e lo sguardo rivolto verso il pavimento.

«E.J. hai sentito tua madre? Siediti. E parliamo».

«Dai, E.J....».

Questa volta fu sua sorella, che con voce più dolce cercò di convincerlo.

«Stai zitta Jenn, fatti gli affari tuoi. Fateveli tutti».

E per tutta risposta lasciò la stanza e uscì di casa sbattendo la porta.

Jennifer alzò gli occhi al cielo e seguì lo sguardo dei suoi genitori rimasti a bocca aperta ad assistere a quella scena per la quale non riuscivano a darsi alcuna spiegazione plausibile. Approfittando del fatto che gli occhi dei suoi non erano più su di lei, si alzò di soppiatto dal divano e iniziò a dirigersi dalla parte opposta, pianificando di uscire da un altro dei quattro ingressi del loro salone.

«Dove credi di andare?».

La voce inflessibile dei suoi genitori, che evidentemente amavano parlare all'unisono, la fece sussultare e chiudere gli occhi dandosi della sciocca per aver anche solo pensato di farla franca così facilmente, andandosene alla chetichella. Con fare rassegnato si voltò verso papà e mamma che si erano alzati in piedi e la stavano aspettando. Guardò prima uno e poi l'altro. Era evidente che aspettavano che fosse lei a parlare.

«Di che si tratta, Jenn?».

«Ve lo dico se mi consentite di dire una parolaccia».

Vide entrambi i genitori alzare gli occhi al cielo e concederle il permesso con un gesto delle mani e un blando sorriso.

«Coraggio».

«È ufficiale: vostro figlio si è rincoglionito».

CAPITOLO DICIOTTO

James era convinto che certe decisioni fosse necessario prenderle senza il consiglio di anima viva. Quando si arriva ad un punto in cui si è da soli con sé stessi e ci si guarda allo specchio, ciò che si vorrebbe vedere è la persona che si vuole realmente essere. E quando lo specchio di fronte al quale ci si trova, sono gli occhi della ragazza che ami, non puoi permetterti di mandare tutto a puttane rischiando di darle una versione mediocre di te, facendole credere che sia quella vera. A questo pensava, poco prima di riporre quella fotografia nel portafogli e mettere in moto la sua auto. Per questo aveva deciso di rientrare prima, senza fornire spiegazioni alla sua famiglia. Di fatto non riteneva che fosse necessario informarli. Ma più si accorciavano le distanze da percorrere, più quella notte buia, in strada, lo stava avvolgendo nel panico più oscuro. Panico che scavava dentro di lui come un serpente insidioso, che si faceva largo fino alla gola riempiendolo del suo veleno che sapeva di verità.

Una verità che si stava trasformando in certezza nella sua testa: lei non avrebbe capito e non lo avrebbe perdonato.

Era una cosa semplice da dire, ma lei non lo avrebbe capito. E tutto questo gli stava facendo battere il cuore dentro come se volesse schizzare fuori dal petto e abbandonarlo così, senza un cuore, privo di anima, solo come un idiota che per una stupida omissione aveva gettato le basi della cosa più bella che gli fosse mai capitata, su un terreno ricoperto di fango, sabbie mobili e assoluta instabilità.

Prima di essere divorato dalla sua stessa paura decise di fare una sosta al White Horse Pub, un locale lungo la strada. Doveva assolutamente riprendere contatto con il suo cervello e darsi una calmata. Le mani gli sudavano, il respiro non si calmava.

Nel bagno del pub si buttò diverse manciate di acqua fredda in faccia. Da un vecchio jukebox, la voce di Elvis cantava *Separate Ways*. Si guardò allo specchio, si sistemò i capelli, inspirò profondamente e uscì per sedersi al bancone per un attimo. Con i gomiti appoggiati, le braccia distese e le dita incrociate, guardava davanti a sé scrutando il nulla assoluto.

«Hey, ragazzo. Ti porto qualcosa?».

«No, la ringrazio, devo guidare».

«Hai l'aria di uno che non ne è molto in grado».

James rise di un sorriso amaro. Era vero quello che diceva suo padre, a volte ti siedi ad un bar e ti senti più capito da un perfetto estraneo, di quanto non accada quando parli con un parente stretto.

«Cosa mi può offrire, di legale, che possa farle cambiare idea sulla mia possibilità di rimettermi alla guida?».

Il gestore, con le mani impegnate ad asciugare un boccale, lo guardò da sotto i baffi con aria compassionevole. Posò il bicchiere e da sotto il bancone tirò fuori una lattina di Coca-Cola.

«Non dire in giro che spaccio questa roba nel mio locale, se no mi rovini la reputazione».

James prese la lattina con un sorriso più disteso del precedente. Fece per cercare il portafogli nella tasca posteriore dei jeans. Fu fermato da un gesto della mano dal barista.

«Offre la casa!».

«La ringrazio».

«Quanto è seria, ragazzo?».

James lo guardò con uno sguardo sorpreso. Sua madre gli aveva sempre parlato di quanto i suoi occhi fossero trasparenti, difficile ingannarla su ciò che gli passava per la mente. Ma non pensava che fosse così semplice anche per gli altri. Per un attimo si domandò se con Michelle fosse stato davvero così bravo a nascondere la verità, e se quindi sua madre non avesse poi così ragione a riguardo della sua trasparenza. Si sentiva un essere meschino in quel momento. Il suo sguardo si fece serio.

«Quanto basta per sentirmi una merda».

«Una ragazza?».

«La migliore».

«È nei guai?».

James sorrise scuotendo la testa.

«Forse lo sarò io tra qualche ora, perché probabilmente non vorrà mai più vedermi».

Il gestore del locale cessò di occuparsi del bancone, posò lo straccio con fare risoluto e gli puntò un dito contro.

«Ascoltami bene, ragazzo. Non so quale sia il problema e nemmeno lo voglio sapere, ma se non si tratta di malattie mortali o dannazioni del genere, è tutto risolvibile. Va' da lei e apri quella cazzo di bocca. Se le devi dire qualcosa, digliela. Se devi fare qualcosa, falla. Se dovrai strisciare, striscerai! Sono certo che ti perdonerà».

James aveva improvvisamente assunto una posizione eretta sulla sedia. Gli sembrava di aver appena parlato con suo padre. Perlomeno la portata della bordata ricevuta era molto simile. Suo padre, così saggio e fiero, gli avrebbe detto esattamente quelle parole. Aveva proprio avuto ragione sulla faccenda degli sconosciuti al bar. E mentre dal jukebox uscivano le note di *Tough Love*, James si alzò come se quello sgabello fosse all'improvviso diventato bollente. Ringraziò il gestore del locale di cui nemmeno aveva chiesto il nome, e riprese la strada verso di lei.

Giunto sul pianerottolo, davanti alla porta di Michelle, fece per suonare, ma la mano gli si bloccò nell'aria. Aveva le chiavi, ma preferiva sempre annunciarsi, prima di entrare. Quella sera, però, non riusciva a fare nulla. Si appoggiò con la fronte alla porta e chiuse gli occhi per un momento. Voleva pensare. Pensare a come entrare, a cosa dire, a come fare. Ma più di tutto aveva bisogno di stringerla tra le braccia, perché il panico lo stava di nuovo assalendo e lui aveva un disperato bisogno che lei lo calmasse. Finalmente suonò il campanello, due piccoli colpetti in rapida successione sul bottone, e dall'interno sentì la sua voce.

«*È aperto!*».

James sorrise. Non avrebbe mai risposto così, se non fosse stata certa che fosse lui. Anche dal modo di suonare il campanello, aveva imparato a riconoscerlo. Entrò con fare circospetto, come se si trovasse su un campo minato. Non poteva farsi sopraffare dal panico. Superato l'ingresso e giunto in visuale della cucina, la vide di spalle, intenta a sciacquarsi le mani. Nell'aria le note di *Cry to Me* provenienti dallo stereo. Indossava una felpa di quattro taglie più grande di lei, sicuramente parte del guardaroba di Nicky, con la bandiera del Canada sul retro in formato gigante e un paio di leggings neri appena sotto il ginocchio. Era a piedi scalzi e con i capelli raccolti in una coda morbida e disordinata. Mentre riponeva il piatto asciutto nella credenza, sollevandosi leggermente sulle punte, James sentì il panico trasformarsi in adrenalina e l'adrenalina in desiderio, e il desiderio nell'assoluta certezza di non volerla perdere. Michelle si voltò impercettibilmente e i suoi occhi si aprirono in un sorriso radioso quando lo vide. Aveva contato i minuti che la separavano da lui, c'erano così tante cose che voleva raccontargli. Lo vide avanzare lentamente, quasi esitante, verso di lei. Bloccò per un attimo i suoi passi, incerta ed emozionata.

Poteva ogni volta farle quell'effetto, il rivederlo dopo un periodo di lontananza, seppur breve? James le sorrise, con lo sguardo intenso che lei adorava, e non lo distolse nemmeno quando si liberò del borsone facendo passare la tracolla da una parte all'altra della spalla. Lasciò che cadesse a terra e in due falcate la raggiunse per spalancare le braccia verso di lei e lasciare che lei gli si tuffasse contro. Respiravano come se avessero appena smesso di correre. Iniziarono a baciarsi come se di lì a poco si fossero di nuovo dovuti salutare. *Lui*, la stava baciando come se di lì a poco se ne fosse dovuto andare. E non voleva andarsene, non prima di lasciarle il ricordo della sua bocca sulla sua, della sua lingua che cercava la sua, delle sue mani calde che le tenevano il viso premuto contro il suo, come se andare da qualche parte non potesse essere contemplato. Michelle sentiva qualsiasi cosa. Le stava arrivando tutto e non riusciva, né voleva fermarsi. Sentiva la sua bocca aprirsi nella sua, le loro lingue muoversi insieme, capendosi alla perfezione, e le mani di James, ovunque sul suo corpo, le stavano facendo perdere ogni contatto con la realtà. Pensò che forse, quello che lei aveva da raccontargli, avrebbe anche potuto aspettare. Le dita di James le sfioravano il collo in una carezza piena di dolcezza che si stava trasformando in elettricità nel suo corpo e in gemiti nella sua bocca. Le mani che poi scesero sui suoi fianchi e si insinuarono sotto la felpa, la attirarono a lui con decisione e inequivocabili gesti. Si sentì spinta contro la parete e sussultò, si sentì toccare sul bordo dei leggings e le mancò il respiro, alzò le mani per accarezzargli il viso coperto da una barba leggera e si sentì afferrare le cosce, sempre più schiacciata contro il muro.

«James».

Non riuscì a dire molto altro. Non sapeva neanche se ne avesse voglia, ma quello che stava capitando la stava portando dove ancora non era stata. Ne aveva paura? Forse. Voleva fermarsi? Non ne era certa.

La teneva stretta a sé, le gambe allacciate attorno ai fianchi, le sue dita come piume leggere sul suo viso, James rallentò per un attimo il ritmo, baciandola con dolcezza, senza alcuna intenzione di lasciarla andare via. Si spostò verso la cucina e la fece sedere sulla penisola. Michelle sentì il cuore in accelerazione crescente. Una parte di lei lo voleva calmare, perché aveva come la sensazione che James fosse diverso dal solito, ma più lo sfiorava, più il suo sguardo su di lei diventava incandescente.

«C'è un problema qui, Michelle».

«Che problema, c'è James?».

E chissà perché sentì che non stava per farle un commento sulla disposizione dei mobili della cucina. Lo vide sfilarsi la maglietta, lasciarla cadere, prenderle con un unico gesto l'orlo dei leggings e toglierglieli di dosso.

«Sei sempre troppo vestita, per i miei gusti».

Se Michelle pensava che stare sotto al palco di Knight e svegliarsi nella sua suite regale per bere tè caldo e biscotti in piena notte potesse aver scalato l'apice della sua classifica delle cose più belle della vita, quell'atto di seduzione plateale di James nei suoi confronti stava riscrivendo la sua definizione di classifica dei preferiti. James la attirò contro di sé per guardarla. Solo guardarla e spogliarla con gli occhi. Michelle vide tutto nel suo sguardo, il deserto e la tempesta, la notte e il buio, il desiderio e l'amore. Ma scorse anche un acceso timore. Di qualcosa che non riusciva a spiegarsi, eppure lo vedeva, nei suoi occhi che la guardavano e nel contempo tremavano. Lo accarezzò dicendo il suo nome, cercando di calmargli il respiro e il cuore, tentando di capire, senza riuscire a chiedere.

«James...».

Gli accarezzò i capelli e lui chiuse gli occhi e rifugiò il viso contro di lei. Risollevò lo sguardo e sembrava diverso, più serio, più forte, più determinato a non far capire cosa gli passasse per la testa. La guardò ancora, poco prima di spostarsi dal suo viso alle sue gambe. Sentì la sua mano accompagnarla dolcemente per farla stendere lì dove si trovava. Le sue dita toccare il bordo degli slip e sfilarglieli nel secondo successivo. Il calore della sua bocca appoggiarsi sul suo ventre. Il suo respiro caldo soffermarsi lì, mentre il cuore di entrambi martellava dentro di loro. Sentì la sua voce chiederle se le desse fastidio e la sua rispondergli di no. E poi le sue mani prenderle delicatamente le cosce per spostarla più vicino alla sua bocca.

Il soffitto della sua cucina non le era mai sembrato che fosse così pieno di stelle, né che quelle stelle si muovessero come in un vortice continuo. Né che quel vortice stesse prendendo fuoco sopra e dentro di lei. Chiuse gli occhi cercando quanta più aria possibile. E più ne cercava, più il fuoco aumentava e si ritrovò sospesa, tra cielo e terra, non pensando che ciò che lui le aveva fatto poco prima sulla sua bocca, potesse essere ancora migliore, fatto dove glielo stava facendo in quel momento, e percepito sotto quel cielo di stelle. Quando quel cielo di stelle si riversò dentro di lei, in una cascata di piacere che non aveva ancora avuto modo di sperimentare prima, strinse le mani di James pronunciando il suo nome quasi senza fiato, e lui subito tornò sopra di lei e sulla sua bocca, per riempirla di un bacio che sapeva di lei e di loro insieme, stringendola al suo corpo quasi come se dovesse assorbirne l'intera anima.

Michelle ansimava contro di lui, James contro di lei. Tenendola in braccio la fece scendere dalla penisola per portarla in camera. In tutto ciò Michelle non voleva aprire gli occhi, sentendosi fluttuare tra le sue braccia. Capì di essere arrivata in camera quando sentì la schiena appoggiarsi sulla morbidezza del suo letto. Percepì James staccarsi per un attimo da lei, il rumore di jeans che venivano sfilati e lasciati per terra.

James la guardò lì distesa, silenziosa e con il respiro non ancora rallentato, che le sollevava il petto a ritmo costante. Si stese sopra di lei e tutto il desidero di dirle la verità si annientò nel bacio con cui la travolse. Si divorarono di baci incalzanti, che Michelle sentì su di sé irruenti. James si sentì schizzare il cuore nel cervello: che valore poteva avere la sua verità taciuta, quando si trovava tra le mani una realtà del genere? Così viva e vera? Sentì le mani di Michelle scorrergli lungo la schiena nell'esatto istante in cui si spinse dentro di lei. Muovendosi lento e forte. Fino in fondo. Sentiva di non averla mai voluta così tanto. La strinse a sé con disperazione. Un desiderio reciproco incontenibile. Finché tutta quella passione li sconvolse, abbandonandosi dentro di loro.

CAPITOLO DICIANNOVE

James le accarezzava il viso e la guardava. I suoi occhi a perdersi dentro di lei. Michelle si sentiva serena, le piaceva essere tenuta stretta in quel modo, ma nell'osservare come lui la stava guardando si sentì per un attimo anche destabilizzata. Come se lui stesse andando con la testa da un'altra parte. Non le stava dicendo nulla a parole, ma i suoi occhi le stavano parlando in mille modi diversi. Gli accarezzò a sua volta il viso, dandogli un bacio sulla fronte, come per tranquillizzarlo, non sapeva bene da cosa, però.

«James. Stai bene? Ti senti bene?».

«Certo. Con te, sto sempre bene».

Michelle non ne capì il motivo, ma quella frase non le sembrava così rassicurante, e il suo cuore iniziò a trasmetterle un segnale di agitazione incomprensibile. James se ne accorse e cercò di riportarla lì con lui.

«Sai cosa facciamo?».

«Che cosa?».

I suoi occhi erano tornati a sorriderle, e anche l'espressione di James era di nuovo serena.

«Vado a prenderti la colazione. Cosa preferisci? Ciambelle? Muffin? Tu ordina e io eseguo».

Michelle sorrise strizzando leggermente gli occhi, compiaciuta come una bambina che sta per essere viziata senza un limite.

«Vediamo, potrei avere una ciambella e un muffin? Entrambi al lampone».

«Accidenti, se abbiamo fame!».

«Ho consumato un sacco di energie sia al concerto, che da quando sei tornato, quindi devo recuperare».

«Messaggio ricevuto, vado e torno».

Michelle lo sentì sciogliersi dall'abbraccio e saltar giù dal letto in un batter d'occhio e lo osservò raccogliere velocemente i jeans rimasti abbandonati da qualche parte sul pavimento. Decise quindi di non dar peso al movimento delle sue sopracciglia che per un attimo le sembrò si fossero aggrottate.

Dopo che lo ebbe sentito entrare in bagno per darsi una sistemata prima di uscire, si alzò anche lei, infilandosi la felpa di Nicky che recuperò dal fondo del letto. Nella fretta di infilarsi i calzoni, James, non aveva evidentemente fatto caso a qualcosa cadutogli dalle tasche e Michelle sorrise chinandosi a raccogliere il suo portafogli, che, nel cadere, si era aperto, lasciando uscire quella che aveva tutta l'aria di essere una fotografia. Quelle classiche che hanno proprio la misura perfetta per essere tenute lì, e portate sempre con sé. La raccolse per metterla al suo posto e sorrise quando l'occhio le cadde su una frase scritta a mano sul retro.

Home is where your family is.
Mom &Dad

Le si scaldò il cuore per quelle parole così dolci e si apprestò a inserirla nella tasca trasparente, posta all'interno del portafogli. La voltò dalla parte frontale e il respirò le morì nel petto.

«Piccola, credo di aver lasciato il portafogli qui, da qualche part...».

La voce gli si bloccò nell'istante in cui la vide con in mano il suo portafogli e *quella* fotografia. Andò verso di lei, muovendosi con la cautela di chi sa di camminare su una sottilissima lastra di vetro appoggiata sull'orlo di un precipizio. Spezzato dentro.

«Michelle...».

Quando la distanza tra lei e lui fu tale da poterla sfiorare con una mano, lei, istintivamente, fece un passo indietro per non essere raggiunta.

Ciò che passò per la mente di James, non riuscì ad arrivare alla sua bocca. Per spiegarle, per poterle dire qualsiasi cosa potesse dare un senso al suo sguardo confuso e restituire serenità a quel cuore che lei stava sentendo impazzire nel petto e che le rimbombava persino nella testa. Non era ancora riuscita a staccare gli occhi da quella fotografia. Una foto di famiglia. Una famiglia di quattro persone sorridenti. Sicuramente una famiglia felice, lo si vedeva dai loro sguardi. Non era una foto recente, forse di qualche anno prima. C'era una ragazzina poco più che adolescente, carina, con i capelli lunghi sul castano rossiccio, c'era James, con il sorriso che lei aveva imparato a conoscere anche fin troppo bene. Lui e sua sorella sedevano uno accanto all'altra e alle loro spalle c'erano i loro genitori che cingevano le spalle dei figli in un abbraccio che avvolgeva entrambi. Mamma e papà: Penny e Jack Knight.

"Michelle, ti prego. Ti posso spiegare. Ti *voglio* spiegare. Ti prego." Scelse e scandì ogni parola con la massima cura. Enfatizzando quelle parole con i gesti delle mani giunte in un moto di speranza. La vide finalmente sollevare lo sguardo, ma non le sembrò di vedere la sua Michelle. I suoi occhi erano freddi, scuri, estranei. Vide il suo petto sollevarsi in un respiro come di chi sta cercando di contenere un'esplosione. Ma la cosa peggiore era che ciò che stava leggendo in quegli occhi: panico. Il panico di chi non sa chi si ha di fronte. Non avrebbe mai voluto vederla così. Non avrebbe mai voluto che tutto gli si sgretolasse tra le mani in quel modo.

«Chi diavolo sei, tu?».

James tentò di aprire bocca per rispondere, ma non uscì alcun suono e venne subito prontamente interrotto.

«Perché hai questa foto nel portafogli e perché... ti chiedo *perché* diavolo, in questo portafogli, hai la patente di uno che ha la tua faccia, ma che si chiama *Ethan J. Knight*?» la voce di Michelle sempre più rabbiosa nel pronunciare quelle parole.

«Michelle, io...».

Nel vederlo avvicinarsi, Michelle fece un altro passo indietro impedendogli di toccarla. James sentì un groppo in gola e fece uno sforzo immane, perché la voce strozzata fosse abbastanza chiara perché lei la sentisse.

«Ho fatto uno sbaglio enorme, Michelle. Ti prego di ascoltarmi e soprattutto di credermi quando ti dico che mai, mai nella vita avrei voluto non dirti la verità, se solo avessi saputo...».

«Se avessi saputo *cosa*? Se avessi saputo *cosa*, di preciso?».

James abbassò la testa, cercando di trovare il coraggio lontano da quegli occhi che lo stavano lacerando dentro.

«Non ti conoscevo, Michelle. Non sapevo chi fossi o cosa avresti detto e io ... tu...».

Fece una pausa, convinto che quello che stava dicendo non avrebbe mai potuto sortire alcun effetto su di lei in quel momento.

E forse mai più, ormai.

«Non avrei mai pensato che tu fossi così... così come sei. Così *speciale* per me. Ma voglio che tu sappia, che per me non è cambiato niente, tra noi non è cambiato niente. Sono solo stato un idiota a pensare di non potermi fidare di te».

Risollevò lo sguardo, pronto a tutto. Privo di qualsiasi possibile difesa. La vide immobile, ad un passo da lei, ma non osava avvicinarsi. E non lo fece. Vide i suoi occhi riempirsi di lacrime, quel verde infinito, improvvisamente diventare acqua che scorre su una maschera di delusione e rabbia. La vide stringersi nelle spalle come ogni volta l'aveva vista fare cercando protezione. Ma si era ormai rasserenato nel constatare che non era da lui che voleva proteggersi. In quel momento era tutto diverso. Ogni cellula del suo corpo lo stava allontanando e le corde della sua anima si stavano spezzando.

«Dimmi qualcosa, Michelle. Qualsiasi cosa. Dimmi cosa vuoi che faccia e io la farò».

I suoi occhi ancora umidi si strinsero in una fessura gelida. La voce che uscì dalla sua bocca era sottile e affilata come un pugnale.

«Ti ho fatto entrare dentro di me e tu mi hai tenuta fuori da tutto il resto».

James chiuse gli occhi e nel farlo li strinse forte, come per impedire a quelle parole di penetrargli l'anima come una lama affilata.

«Voglio che tu te ne vada».
«No... aspetta Michelle, ti prego...»
«Vattene!».

CAPITOLO VENTI

Quando la porta dell'appartamento di Michelle si chiuse davanti ai suoi occhi, non ebbe la percezione della sua mano che fece l'azione di chiuderla. Lei era rimasta ferma immobile, a braccia conserte, mentre lo guardava andare via.

James rimase un lungo istante fuori da quella porta chiusa, il suo corpo era lì. Con una mano appoggiata allo stipite e la fronte alla porta, ad occhi chiusi. Solo il corpo. Perché anima e cuore li aveva lasciati per terra, prima di andarsene. Non se li sentiva più addosso, o dentro, o in nessuna altra parte del corpo. Non sentiva niente, come se il suo cervello avesse comandato che tutto in lui venisse anestetizzato. Poteva camminare, respirare, vedere e udire. Ma non sentiva assolutamente niente. Scese giù per le scale, non voleva prendere l'ascensore. Avrebbe significato troppa attesa prima di poterci entrare, e troppa attesa nel percorrere i piani in discesa senza che lui potesse fare nulla per accelerare la sua uscita da quel palazzo e il suo andarsene. E l'ultima cosa che voleva fare, era non essere in grado di fare nulla senza poterlo decidere. Doveva, senza alcuna interferenza, poter *decidere* razionalmente cosa fare. Quindi scendere le scale, un piano dopo l'altro, per non ricordare il suo profumo in ascensore o la loro immagine mano nella mano, la prima sera in cui erano usciti insieme, e uscire da quel palazzo. E lasciarselo alle spalle, il più velocemente possibile. Il suo cervello gli stava mandando messaggi estremamente chiari, e lui non aveva intenzione di ignorarli. Con le mani in tasca, si diresse verso casa senza voltarsi indietro.

Immobile nella sua posizione, Michelle attese fino a che la figura di James sparì dietro alla porta chiusa. Era risoluta a non volersi scomporre, prima che potesse sgretolarsi in troppi pezzi sul suo pavimento. E nel silenzio di un appartamento diventato improvvisamente vuoto, rimase diverso tempo a fissare il nulla. Si guardò attorno e, compiendo gesti automatici, come se non fosse lei a compierli consapevolmente, ma solo il suo corpo, sistemò la sua camera. Fece un mucchio delle lenzuola disordinatamente distribuite per terra, e le mise nella lavatrice. Si vestì dopo aver fatto una doccia lunga, durante la quale aveva lasciato che l'acqua le scrosciasse su collo e capelli mentre lei, appoggiata alla parete, aveva passato il tempo a guardare i suoi piedi. Uscì dal bagno avvolta nell'accappatoio, con un turbante di spugna in testa, e si diresse in cucina. I suoi occhi caddero sulla penisola posta al centro, e di colpo distolse lo sguardo. Si voltò verso la macchina del caffè e vide che era accesa, sicuramente era stato lui ad accenderla prima di entrare in doccia, pensò. Prese una tazza, collocata nella credenza soprastante la macchinetta del caffè, alzandosi sulle punte dei piedi, ma qualcosa andò storto nella sua presa e la tazza le scivolò dalle mani cadendo a terra, frantumandosi ai suoi piedi. Il rumore dei cocci la fece sussultare come se destata da un sogno. Si guardò attorno come stranita, in un appartamento che era il suo, ma che non riconosceva come un ambiente a lei amico. Le girava la testa e sentiva anche fitte forti. Guardò di nuovo i cocci e con un gesto della mano nell'aria, mandò al diavolo l'idea di raccoglierli. Strinse i pugni e tornò nella sua stanza, ma anche quel luogo le sembrava ostile. Trovò il suo portatile e si spostò in salotto. Si sedette sul divano e lo aprì. Concentrarsi sulle sue ricerche, su quanto aveva scritto, le sarebbe sicuramente stato di aiuto, ne era certa. Trovò il file della tesi e lo aprì, lo lesse. Lo rilesse. Ma si accorse di trovarsi di fronte alle sue pagine senza riuscire a leggerne nemmeno una parola. La testa continuava a dolerle. Lo stomaco iniziò a seguire lo stesso andamento. Chi erano gli eroi di cui era andata raccontando? Eroi ed eroine che cercano nella corsa una ragione di vita. Speranza. Fuga. Esistevano veramente o erano solo uno scherzo perverso della sua mente? *Suo* padre. Il *padre* di *James*. James... *Ethan*. *Ethan James, E.J.* La testa continuava a girarle, la stanza in cui si trovava continuava a girare. Chiuse gli occhi strizzandoli fortissimo e li riaprì guardando dritta davanti a lei. Davanti a quel poster sovrastante tutte le fotografie. Jack Knight, *suo* padre, che la guardava dall'alto. Gli stessi occhi. Lei li aveva visti. E d'improvviso il suo cuore che incominciò a gonfiarsi, sempre di più, fino a che si sentì sopraffatta e in totale bisogno di aria. Si alzò di scatto lasciando il suo Notebook dov'era e corse in camera. Indossò la prima tuta che trovò e le sneaker verde scuro che usava da sempre per le sue corse, e uscì da quella casa. E così passò il primo giorno.

E.J. entrò nel suo appartamento e buttò le chiavi per terra. Era ormai così abituato a trascorrere la sua vita a New Haven insieme a Michelle, che il suo appartamento non gli sembrò minimamente famigliare. Ma forse quell'aspetto poteva tornare a suo vantaggio. Era come iniziare una nuova vita. *Una nuova vita?* Doveva essere il suo cervello a parlare, di sicuro. Perché non sentiva di avercela nemmeno più, *una vita*. Si muoveva per quelle stanze come un automa. Nella testa gli si affollavano mille pensieri confusi che cercava di scacciare strizzando gli occhi, oppure stringendo con forza e rabbia ciò che gli capitava a tiro. I bordi dei mobili del salotto. Lo schienale della sedia. Lo stipite della porta alla quale ad un certo punto si appoggiò. Eppure era un continuo spostarsi da una parte all'altra di quella casa senza un ordine logico. Senza un piano preciso. Si sorprese ad essere rimasto per una buona mezz'ora con lo sguardo fisso fuori dalla finestra, appoggiato con la fronte al braccio, contro il vetro. Se ne rese conto perché le ore erano trascorse così: un po' vagando avanti e indietro per casa sua e un po' con i suoi occhi fissi sulla strada sottostante. Intravide il suo riflesso nel vetro e sbatté forte le palpebre un paio di volte. Si portò una mano alla bocca e la tolse subito, perché ancora sapeva di lei, e avrebbe fatto bene a non rievocare quella sensazione. Si sedette alla scrivania, indossò gli occhiali e iniziò a scorrere le pagine della sua tesi sul suo PC. Quello lo riusciva a fare. Concentrarsi sul suo lavoro. Immaginare sé stesso davanti ad un'aula gremita di studenti con gli occhi rivolti a lui, in piedi di fianco alla lavagna. Lo riuscì a fare fintanto che non scorse tra quegli studenti il viso di Michelle. Lo riuscì a fare fintanto che non sentì la sensazione delle sue mani tra i capelli. Lo riuscì a fare fino a quando non fu in grado di leggere più nulla, perché gli occhi avevano incominciato ad essere offuscati da un velo di lacrime. Non lo riuscì a fare più. Non riuscì più ad immaginare niente che non contemplasse i suoi occhi dentro ai suoi, il suo sorriso in risposta al suo, la sua bocca sulla sua, e il suo cuore dentro di lei.

E le ore passarono, e fu di nuovo quasi buio.

Fu allora che decise di anestetizzarsi il cervello con l'acqua scrosciante della doccia. E quando in automatico allungò la mano per prendere lo shampoo e si rese conto che accanto alla bottiglia dello shampoo c'era anche quella di un bagnodoccia, il cuore che aveva lasciato da Michelle si ripresentò prepotente nel suo petto e il suo sorriso al nulla, si trasformò in un pianto incontrollato. Acqua e lacrime si mescolavano all'eco dei suoi singhiozzi che rimbombavano nella doccia. E tutto il dolore per ciò che non era riuscito a gestire, gli si sciolse in mano senza che fosse in grado di trattenerlo.

Michelle aveva corso per le strade di New Haven, da casa sua, percorrendo tutta Temple Street. Passando di fianco alla St. Mary's, aveva raggiunto Edgewood Park. Da sempre possedeva una straordinaria capacità di estraniarsi da tutto e tutti. Poteva essere al mondo senza accorgersi di nessuno che la circondasse. Ed era così, mentre l'unica cosa che sentiva era il rumore dei suoi passi a contatto col terreno. Sentire la terra sotto ai piedi: una sensazione unica. E aveva trascorso così tutto il giorno, fino a quando si era fatto di nuovo buio e fu ora di rientrare.

E andò avanti così per le quattro settimane successive.

Tuttavia, ogni notte, quando ognuno andava a dormire, si coricavano uno sul lato destro del suo letto, e l'altra sul lato sinistro del suo, stretti ciascuno al proprio cuscino, a soffocare le lacrime e i pensieri. Lei, nel tentativo di allontanare il ricordo. Lui, nutrendo forte la speranza che non andasse sul serio tutto perduto. Al risveglio, lui cercava di guardare il suo telefono il meno possibile. Perché la verità era che non voleva fare altro che prenderlo, comporre il suo numero e telefonarle, anche se conoscendola, lei, non avrebbe risposto. Michelle aveva deciso di non portarlo con sé durante le sue corse, né di guardarlo quando fosse rientrata. Fu tentata di bloccare il numero di James. Non lo fece solo perché, una delle sere in cui ci provò, si sentì chiamata da gatto Jack che reclamava acqua fresca, nonostante la ciotola ne fosse piena, un'altra sera, mentre era seduta sul divano a tormentarsi le unghie di una mano e a tenere il telefono nell'altra, pronta ad agire nella sua azione eliminatoria, veniva interrotta dal balzo del suo micio che, una volta di più, pareva non poter attendere oltre le sue coccole serali. Sembrava proprio che gatto Jack fosse sempre nei paraggi quando si trattava di impedire di eliminare umano James dalle loro esistenze.

E poi se ne dimenticò. Concentrarsi nel pensare di ignorarlo era peggio che ignorarlo senza pensarci. Detestava il fatto che le mancasse così tanto. Detestava il fatto di sentirsi così arrabbiata. Detestava il fatto di voler restare esattamente così: infuriata. E un giorno dopo l'altro, che splendesse il sole o stesse piovendo, Michelle si alzava e riprendeva a correre. Cercando risposte che non trovava e ponendosi domande che non avevano un senso, per arrivare alla sola conclusione che, forse, non le stava ponendo alla persona giusta. Che diamine era successo? E perché? In quel momento le fu chiaro dove quella corsa l'avrebbe portata. Senza perdere il ritmo, deviò verso la St. Mary's Church, e senza preoccuparsi del luogo in cui stava per entrare, spinse con forza il portone di ingresso e corse dritta, con le lacrime che le pungevano gli occhi, diretta tra le braccia di Padre Jacob.

Quello stesso giorno, Ethan, ritornò alla caffetteria dell'università, e rimase per ore al tavolo in cui avevano bevuto il loro primo caffè. Stava lì, ad osservarsi le mani intrecciate, cercando di razionalizzare, di capire come tornare indietro e riscrivere la loro storia, magari. Se mai fosse stato possibile. Fu in quel momento che si alzò di scatto con un pensiero, un'idea che gli sembrava folle ma, chissà, forse avrebbe potuto essere quella giusta. Non importava se avrebbe funzionato o meno, perché gambe e piedi lo portarono in automatico dove stava pensando di andare, e senza quasi accorgersene, si ritrovò davanti alla porta del suo relatore, il Professor Kavanaugh.

Non era orario di ricevimento, né aveva naturalmente fissato un appuntamento, ma la sua mano si mosse in automatico chiusa a pugno nel gesto di voler bussare, e così fece, pochi istanti dopo, con colpi leggeri sulla porta di legno. Dall'interno, una voce a lui famigliare, diede il permesso di entrare. Con delicatezza e il cuore in gola, aprì la porta ed entrò. Il professor Kavanaugh aveva già gli occhi rivolti verso l'ingresso dello studio, in senso di accogliente attesa come da sua abitudine, e sebbene non avesse appuntamenti con il suo tesista, il vederlo non lo sorprese del tutto. Lo sguardo che gli rivolse, però, non era quello accademico e professionale, ma quello di un padre. Del padre di sua figlia, per la precisione. Ethan si sentì, per un attimo, un po' meno coraggioso dell'istante precedente in cui aveva bussato, ma non aveva intenzione di tirarsi indietro, non più. Non sapeva come esattamente avrebbe gestito quell'incontro, ma non voleva rinunciarvi. E dallo sguardo che gli era appena stato rivolto, non ebbe dubbi che il suo professore preferito fosse stato ampiamente aggiornato sulle recenti novità.

«Professor Kavanaugh, sono venuto perché avrei bisogno di parlarle, se ha tempo per me».

Seguì una breve pausa durante la quale il professore, dopo essersi tolto gli occhiali, si alzò, andò verso la porta facendo segno a Ethan di fare un passo avanti, la chiuse e tornò alla scrivania.

«Si sieda, Sig. Knight. O preferisce che la chiami Sig. Riverfield?».

«Professore, io...» lo sguardo basso.

«Si sieda».

Ethan obbedì, senza perdere il contatto visivo con il docente, che si sedette a sua volta quasi in contemporanea, e si mise all'ascolto con le dita delle mani incrociate davanti alla bocca. Ethan però non riusciva a proferire parola. Fu quindi il padre di Michelle a rompere il ghiaccio.

«Sa Sig. Knight, per mesi ho avuto tra le mani le pagine della sua tesi con il suo nome in bella vista. Sento parlare di Jack Knight da ben prima che lei ne possa aver memoria e una delle sere in cui io e mia figlia abbiamo cenato insieme, dopo che se n'era andata, sono rimasto diverso tempo a scervellarmi su dove altro avessi potuto sentir nominare quel cognome al di là della passione dei miei figli. A volte hai le cose davanti agli occhi e non c'è verso che tu riesca a vederle».

Un sorriso malinconico accompagnò la fine di quella riflessione.

«Professor Kavanaugh...».

«Come mai si trova qui, Sig. Knight?». Il tono calmo, ma deciso.

«Ecco, professor Kavanaugh, non so esattamente perché sono qui, ma quello che so è che vorrei potermi scusare anche con lei, perché so che quello che ho fatto... sì, il mio comportamento nei confronti di sua figlia e anche nei suoi confronti, non ha scusanti. Ero confuso. Lo sono ancora, credo. Ma sono certo che se potessi tornare indietro non ripeterei mai l'errore che ho fatto, di non essere sincero fin dal principio, perché sua figlia è una persona meravigliosa e non si merita niente di ciò che posso aver fatto per ferirla come ho fatto. Tengo a lei più di ogni altra cosa. E questa è l'assoluta e semplice verità».

Parlò tutto d'un fiato, quasi senza respirare, ma quando anche l'ultima parola fu detta, si sentì improvvisamente sollevato. La stima nei confronti del suo relatore era tale, da non voler lasciare alcuna ombra in nessun aspetto del rapporto che lo aveva portato ad entrare in contatto con i membri della famiglia Kavanaugh. In tutto questo, il professore, non aveva smesso di fissarlo, rimanendo nella stessa posa iniziale. Lo aveva ascoltato dalla prima parola all'ultima e nel trovarsi di fronte quel ragazzo, privo ormai di qualsiasi scudo di protezione, sentì i suoi occhi fare da specchio ad un'anima addolcita e più serena. Quasi commossa e in parte anche intenerita.

«Sig. Knight... Ethan...».

«Sì... Professor Kavanaugh?».

«Credo sia il caso che mi chiami Alex».

«...come ha detto, prego?».

«Credo tu abbia sentito benissimo, Ethan. Chiamami Alex, credo sia più consono al tenore di questa conversazione».

«Lei crede?».

«Mia figlia, quando parla di *tuo* padre, lo chiama *Jack* in innumerevoli occasioni. Anzi, a volte lo nomina anche un po' troppo spesso, a mio modesto modo di vedere, non credi, Ethan?».

Ethan abbassò lo sguardo con un sorriso, colpito dalla frecciatina ironica e indolore, appena scoccata dal suo relatore.

«Credo di sì».

«Siamo d'accordo quindi, Ethan?».

«Siamo d'accordo... Alex».

«Molto bene. E adesso arriviamo al punto saliente di questa conversazione».

«Certo». Ethan sentiva il cuore battergli decisamente troppo vicino alla gola.

«Penso che non debba dirti io com'è fatta mia figlia. Né, tantomeno, sarò io a fare ciò che voi dovrete fare da soli. Siete entrambi abbastanza grandi. Un fatto è certo: lei è ferita e arrabbiata. Ma non mi sento di darle torto. Gli aspetti più interessanti, però, li ha presi da mia moglie Skye. E per interessanti intendo quelli che ti divertirai maggiormente a gestire, se deciderai di andare avanti con questa storia».

Fece una pausa per studiare lo sguardo di Ethan e percepirne la risposta. Negli occhi scuri e buoni di quel ragazzo lesse la conferma che stava cercando. Quindi riprese.

«Parlo di cocciutaggine, orgoglio e anche un pizzico di suscettibilità».

Il professore rise inclinando la testa da un lato, nel pensare alla sua adorata figlia, così simile alla sua amata moglie, e Ethan, a sua volta, sorrise con dolcezza, nel ritrovare la sua Michelle in tutte le parole che stava usando suo padre per descriverla e, straordinariamente, gli si strinse il cuore nel constatare quanto ne sentisse una mancanza ancora più intensa.

«Quello che sto cercando di dirti, figliolo, è che non è me che devi riconquistare, né me a cui devi chiedere scusa. Io credo che, prima di ogni cosa, tu debba farti da parte, fare chiarezza nella tua testa e cercare di capire che *cosa*, esattamente, ti abbia portato a fare la scelta che hai fatto. Di omettere una verità, in apparenza banale, ma evidentemente alquanto importante, su chi tu realmente fossi. Ma non chiarirlo a me, né a mia figlia. Chiariscilo innanzitutto a te stesso. Perché l'uomo che impara a capire di chi fidarsi oggi, nella vita quotidiana, sarà l'insegnante che capirà che tipo di aula si trova davanti, un domani. Non so se sono stato chiaro».

«Chiarissimo, oserei dire... Alex».

«Molto bene».

Il professore si alzò e Ethan, capendo che stava per essere congedato, si alzò a sua volta, passando le mani sopra camicia e pantaloni come per ricomporsi. Con cautela si spostò dalla sedia per dirigersi verso la porta dove Alexander lo raggiunse, con un gesto della mano lo accompagnò verso l'uscita, ma non appena ebbe aperto la porta subito la richiuse. Si bloccò chiudendo per un istante brevissimo gli occhi, come se stesse riflettendo su qualcosa. Subito li riaprì e si rivolse a Ethan che era vicinissimo a lui, in rispettosa attesa.

«Solo un pensiero, come padre di Michelle».

«L'ascolto».

«Mi auguro che voi appianiate le vostre divergenze e quando lo avrete fatto, ti consiglio di stare molto attento a come tratterai mia figlia da quel momento in avanti. Perché se ancora le spezzerai il cuore, dovrai renderne conto a me personalmente».

Gli mise una mano sulla spalla stringendo lievemente in senso di saluto e nel contempo per accertarsi che il messaggio fosse arrivato chiaro e preciso. Porse quindi la mano a Ethan e gliela strinse per salutarlo. Ethan si congedò con gratitudine, sentendosi più leggero di qualche istante prima e sapendo esattamente dove andare.

Chiusa la porta, il Professor Kavanaugh tornò a sedersi alla scrivania, prese la fotografia che ritraeva lui, sua moglie Skye e i suoi due figli. La contemplò con profonda attenzione. *Direi che è giunto il momento*, si disse dopo un istante di riflessione. E preso il telefono, compose un numero che conosceva a memoria.

«*Pronto?*» una voce femminile, dall'altro capo dell'apparecchio, gli fece mancare un battito. Risentirla dopo tanto tempo, quasi lo commosse.

«Ciao, Skye».
«Ciao, Alex».
«Come stai?».

CAPITOLO VENTUNO

Non c'era alcuna funzione in corso, e forse fu meglio così. In chiesa non c'era nessuno a quell'ora del mattino, tranne Padre Jacob, naturalmente. Diversamente, chiunque avrebbe potuto manifestare lecita perplessità, nel vedere la scena che si era appena svolta in quel luogo, di una ragazza che, di corsa e senza porsi alcun problema, si era letteralmente gettata in lacrime tra le braccia del parroco.

Lui era come se la stesse aspettando, perché il suo senso di accoglienza non conosceva orari, stagioni o momenti inopportuni. Padre Jacob riusciva ad essere sempre al posto giusto, al momento giusto, e Michelle gli fu grata per quello. Gli fu grata per l'affetto, riconoscente per la possibilità di poter finalmente dare libero sfogo a ciò che la stava tormentando da troppe settimane. Rabbia, nostalgia, incredulità, dubbio e, sebbene facesse fatica ad ammetterlo a sé stessa, tanto, di quell'assurdo insieme di emozioni che evidentemente si chiamava amore. Ma la paura era troppo soverchiante, perché riuscisse da sola a mettere ordine nella sua testa.

Si sedettero su una delle panche di legno. Michelle gli raccontò ogni cosa, dal principio alla fine. Non tralasciò alcun dettaglio di tutti i mesi trascorsi con James. Dal primo istante in cui si erano visti, all'ultimo. E Padre Jacob la ascoltò, in silenzio, senza mai interromperla. La ascoltò senza mai distogliere lo sguardo dal suo viso, anche se lei rivolgeva gli occhi verso il basso, sulle sue mani nervose o sui suoi piedi appoggiati all'inginocchiatoio. Man mano che si stava avvicinando al termine del suo racconto, sentì giungere una sincera calma e serenità nel suo respiro e, notò, anche nella sua postura. Attese ancora, prima di dire qualsiasi cosa, perché conosceva il motivo per cui Michelle si era precipitata da lui. Ma voleva sentirselo dire da lei.

«Jacob. *Padre* Jacob. Io ho bisogno di capire... ho bisogno di capire cosa stia succedendo. Perché mi sento così? Perché sono arrabbiata? E perché mi sento come se mi trovassi di fronte a qualcosa di davvero troppo grande per me? Questa cosa è totalmente assurda! Una volta mi hai parlato di un disegno che Dio avrebbe per ciascuno di noi, giusto?»

«Giusto.»

«Bene, allora ti prego, spiegami. Quale sarebbe questo *disegno*, perché il mio sembra più uno di quei quadri astratti in cui non ci si capisce un cazzo!» la voce ancora rotta da qualche singhiozzo residuo.

Padre Jacob assunse una posizione eretta, mentre gli angoli della bocca si distesero in un sorriso leggero che si irradiò su tutto il volto. Trattenne anche una lieve risata posando l'indice sulle labbra.

«Michelle, posto che ho sempre pensato che Dio, più che un *pittore*, fosse un ingegnere, preciso e mirato nella progettazione del suo Universo, io credo che tutto abbia una logica e un senso. A noi esseri umani ha fregato con il dono del libero arbitrio: siamo liberi di fare ciò che ci aggrada e di credere quello che vogliamo. Lui non ce lo impedirà di certo, ma ciò che è sicuro è che Lui ci ama e alla fine farà di tutto per fare in modo che noi siamo felici. Ora la mia domanda a te è questa, Michelle. Tu, credi che Dio non voglia che tu lo sia? Felice, intendo. Credi che ti voglia *male*?».

«Non saprei, Jacob. Con tutto il rispetto, nel momento in cui mi ha strappato Nicky dal cuore, se me lo permetti, mi ha un po' confusa in merito al suo concetto di amore».

«Tu credi quindi che ciò che ti ha, come dici tu, *portato via*, sia stato soltanto questo: un *portarti via* qualcuno che ami?».

«Non lo so, lo sto chiedendo a te, che mi pare che le cose le sappia meglio di me».

«Molto bene. Ecco cosa credo io, Michelle. Io credo che Dio non ci tolga nulla, di fatto, senza che la sua intenzione non sia di donarci qualcosa di ancora più grande».

«Vai avanti. Mi interessa».

Padre Jacob notò distintamente come il suo atteggiamento da arrogante e cinico stesse iniziando a farsi più attento e pronto all'ascolto.

«Dimmi, Michelle. Tu, Nicky, dove credi che si trovi, esattamente?».

Michelle sembrò non aver ben compreso quella domanda, le sopracciglia aggrottate in un'espressione di incredulità e sconcerto.

«Quando cerchi di immaginarlo, quando pensi a lui, dove te lo immagini?».

Dopo un istante di esitazione Michelle tentò di rispondere.

«Se vuoi ti posso dire dove sono certa che *non* sia. Io non vado al cimitero. Non ci vado. Non ci sono mai andata, non sopporto di andarci, perché mi riporta indietro a quel giorno infernale. E sin dall'inizio, se proprio vuoi saperlo, non sono mai stata certa che lui fosse lì. So solo che non era più in casa quando ci sono rientrata. Non era più in cucina quando facevo colazione e non è mai più stato in nessun posto in cui io andassi prima con lui. È come se si fosse spenta la luce in una stanza, fossimo piombati tutti nel buio più totale, e non ci fosse alcun modo di azionare una luce di emergenza. Quindi, *Padre* Jacob, per rispondere alla tua domanda, io non so dove sia. So solo che non è qui con me. Non è qui con noi. Non c'è e basta».

«Eppure, mi pare di aver inteso, che quando ascolti il tuo *idolo* del rock, che era anche il suo, in qualche modo qualcosa cambi. Ho capito male?».

Michelle lo scrutò con occhi chiusi a fessura e l'ombra di un sorriso sul viso ancora umido di pianto.

«Non hai capito male».

«Beh, lascia che ti dica una cosa che ho sentito dire da uno dei *miei* più grandi *idoli*: *Coloro che amiamo e che abbiamo perduto non sono più dove erano, ma sono ovunque noi siamo*».

Michelle fu scossa da un inspiegabile tremore interiore. Quasi come se le fosse mancato un battito, ma nulla che potesse crearle disagio. Qualcosa di incontrollato che per un attimo non la fece sentire padrona di ciò che provava. Notò come quella sensazione le stesse dando una serenità inspiegabile.

Si era già sentita così. Se lo ricordava. Ed era sempre stato in compagnia di James.

«Non mi pare di ricordarla tra le citazioni del mio Jack Knight, quindi chi l'ha detta questa? Un altro pezzo grosso del rock? Che so... Bruce Springsteen, magari?».

Padre Jacob scosse la testa rivolgendo lo sguardo verso il basso e lasciandosi andare in una risata trattenuta a stento.

«Nessuno dei due, Michelle. Seppur a modo suo, in ambito spirituale, è decisamente annoverata nella schiera delle rock star dello spirito. Si tratta di Sant'Agostino».

«Ne ho sentito parlare, se vuoi saperlo!» era fiera e sorridente «mio padre ne è un grande estimatore!».

«Lo so bene. Anche in questo siamo molto affini io e lui».

Poi tornò serio, ma con la sensazione di essere nella direzione giusta verso un importante passo avanti per il cuore infranto di Michelle.

«Quello che sto cercando di dirti, Michelle, è di guardare tutto ciò che ti è capitato in questi mesi. Nell'ottica di quello che le parole di Sant'Agostino ci dicono».

«Ti ascolto».

«Io credo fermamente che, da bravo ingegnere, Dio utilizzi tutti i mezzi a disposizione perché il suo progetto volto al bene sia perseguito. E non ti parlo di miracoli, ma di veri e propri mezzi concreti. Dal telefono, alla televisione, dal treno, all'aereo, dalla radio ad un concerto Rock, passando da tuo fratello

Nicky, per arrivare al ragazzo che, se vogliamo, *per puro caso*, entra nello studio di tuo padre per chiedergli di fargli da relatore».

Padre Jacob fece una pausa per studiare lo sguardo di Michelle. Non era rivolto a lui ma, ne era certo, era pieno di attenzione a quelle parole.

«Oppure che, *sempre per caso*, si presenta in biblioteca nell'esatto posto in cui ti eri seduta tu. Purtroppo, però, noi esseri umani siamo spesso distratti e non riconosciamo i segnali che Dio ci manda. Ed ecco che tu quindi continui a rimanere chiusa nel tuo mondo in cui *credi*, ti *illudi*, attraverso la musica del tuo idolo, di ritrovare un contatto con Nicky, ma non è così. Perché Nicky, esattamente come Dio, non vuole che tu ti chiuda, ma che ti apra al mondo, alla vita. All'amore. E per fartelo capire ti parla attraverso l'unica lingua che tu, apparentemente, sembri comprendere. La musica di questa tanto apprezzata rockstar che vi teneva uniti. E non solo tramite la sua musica, bensì attraverso quanto di più importante, l'autore di quella stessa musica, ha donato al mondo. Suo figlio. Un figlio che, a quanto mi hai raccontato e per quanto mi pare di aver capito, tiene a te davvero moltissimo».

Michelle si sentì improvvisamente sopraffatta. Sconfitta da un'ondata di consapevolezza che si tradusse in un fiume di lacrime che, come una diga improvvisamente aperta, iniziò a riversarsi inarrestabile, dal suo cuore ai suoi occhi. Si rese conto di non riuscire a fermarlo. Più respirava, più uscivano lacrime, e più ne uscivano più le sembrava, inspiegabilmente, di riuscire a sentirsi più libera da un peso che fino a quel momento le aveva dato solo un senso di oppressione. Echi lontani, voci confuse, si susseguivano nella sua testa. Chi la portava in una direzione di speranza: il sorriso di Nicky. Chi la portava verso un tunnel di comfort, ma anche di cieca disperazione: sé stessa. Uscire dal tunnel voleva dire affrontare una realtà troppo grande per lei. Per anni la sensazione di vuoto e abbandono che aveva sentito dopo la morte di Nicky, l'avevano convinta che solo attraverso la musica che li aveva da sempre legati, avrebbe avuto modo di sentirsi eternamente vicina a lui, per poi rivederlo un giorno, come se non ci fosse stato mai quell'assurdo e ingiustificato distacco. E poi James, o Ethan o come aveva detto di chiamarsi, che si presenta a lei come qualcosa di vero, reale, terreno. E che improvvisamente porta quel suo mondo interiore, custodito così gelosamente, fatto di musica privata per la sua anima, fuori da lei, a portata di mano. Non più solo fatto di un ricordo tragico, ma di amore vivo e reale. Tangibile. Da affrontare. Da vivere. Si sentiva pronta per tutto questo? Si sentiva pronta a continuare a vivere, lasciando andare Nicky e il suo mondo interiore, fatto di un dolore conosciuto, in cambio di una speranza di vita senza più quel dolore, ma che rimaneva un'incognita assoluta?

Padre Jacob lasciò che si sfogasse. Poi le appoggiò una mano sulla spalla. Sentì il ritmo del suo respiro, squassato dal pianto, a poco a poco, calmarsi per ritrovare il giusto equilibrio.

«Mi stai forse dicendo che James me lo ha mandato Dio tramite Nicky?».

«Non ti sembra una cosa tipica di Dio?».

«Sì, sembra il suo stile».

«Fidati, Michelle, con me e Mary ha fatto di peggio».

«Già».

Ridevano entrambi, con gli occhi e tutto il viso.

«Capisci, Michelle? Ciò che per noi è un caso, una coincidenza, per Lui... non lo è. È tutto così ben delineato e preciso, se solo fossimo in grado di indossare gli occhiali giusti».

«Ma perché non mi ha detto subito chi fosse? James, intendo. Perché mi ha trascinata in un assurdo gioco in cui io gli ho detto tutto di me, ma lui non mi ha detto praticamente nulla di sé?».

«Questo lo dovrai scoprire da sola, mia cara. Chiediglielo. Ponigliela tu questa domanda, arrabbiati con lui e tiragli fuori tutto quello che vuoi dirgli. Ma non lasciare che la tua paura di vivere e di affrontare la verità, diventi la scusante e il tuo alibi per non concederti l'opportunità di essere felice. Nicky non vorrebbe questo. Te lo posso garantire».

Michelle finì di asciugarsi il viso con entrambe le mani e con un sorriso disteso, rivolse un nuovo sguardo al Padre.

«Lasciatelo dire, Jacob. Sei schifosamente bravo in questo lavoro. Te la cavi davvero da Dio».

«Non esagerare, o il mio ego potrebbe esplodere. Ricordatelo, ero un medico prima di vedere la luce. E non ero particolarmente noto per essere un esempio di umiltà. Ricadere in tentazione è un attimo» rise.

«Beh, Dio ha capito cosa intendo» concluse facendogli l'occhiolino.

Michelle si alzò dalla panca seguita subito da Padre Jacob.

Era come se in quella chiesa, da una delle finestre, fosse penetrato un raggio di sole insolito per quell'ora del giorno. Padre Jacob si schermò gli occhi con la mano, prima di apprestarsi a salutare Michelle. Sentì come se dentro di lei stesse battendo un cuore nuovo. Diverso. Forse ancora timoroso, ma sicuramente più leggero.

«Tornerai a trovarmi, Michelle? Posso aspirare a chiedere così tanto?».

«Diciamo che penso di riuscire a venire più spesso di quanto non abbia fatto negli ultimi tre anni. Quando fate la vostra riunione, voi?».

«Se ti stai riferendo a quella che *noi* chiamiamo Messa, come da sempre, ce n'è una ogni ora a partire dalle otto del mattino fino a mezzogiorno».

«Molto bene».

«Michelle...».

«Sì?».

«Il nostro coro sente la mancanza di una voce solista».

Michelle gli sorrise e rispose con sincerità.

«Ti prometto che ci penserò su».

«Ci conto. E adesso, invece, cosa pensi di fare, oggi?».

Notò un guizzo di luce negli occhi della ragazza.

«Prima di tornare a casa, avrei in mente una cosa che devo assolutamente fare. Ma non te la dico, per adesso».

«Allora non ti trattengo. Buon rientro».

Si abbracciarono e Michelle si incamminò verso l'uscita. Padre Jacob si ritirò nel suo studio, in sagrestia con un sorriso di gratitudine rivolto al cielo, dipinto sul volto.

CAPITOLO VENTIDUE

Una volta fuori dalla Chiesa, Michelle si incamminò con in mente una meta precisa. Qualcosa era cambiato, dentro di lei, anche se ancora non era pronta a pronunciarsi su cosa potesse essere. Quello che era certo, era che si sentiva come se le avessero tolto un macigno dal cuore. Camminava sentendosi leggera, come se stesse fluttuando sopra una nuvola. E sul suo viso non se ne voleva andare un sorriso disteso, nuovo, sereno. Qualcosa stava vibrando dentro di lei, come le corde di una chitarra lasciata muta per troppo tempo, e che in quel momento stava suonando una musica nuova, che sapeva di speranza e di nuovi inizi. E quel suo nuovo inizio suonava come un accordo perfetto dove le note a formarlo erano lei, James e la loro anima.

Questo stava provando, nel momento in cui arrivò dove aveva pianificato di andare.

Incurante del fatto di essere in tenuta totalmente sportiva, dopo una mezz'oretta di camminata veloce, si fermò davanti alla vetrina del *Rebel Hair Salon*, al 285 di Nicoll Street. Ci pensò su giusto il tempo di estrarre il cellulare e far scorrere alcune immagini che aveva salvato nella sua Galleria. Non appena varcò la soglia, si trovò di fronte ad un open space ampio e luminoso, probabilmente un ex capannone industriale rivisitato in chiave moderna. I toni dominanti erano quelli del marrone, le sedie dei clienti erano in pelle rigorosamente nera. E gli specchi posti su tutte le pareti, lo rendevano agli occhi di tutti, ancora più spazioso. Michelle oltrepassò una vetrata e venne subito accolta dal sorriso di una ragazza dai capelli corti rosso mogano, gli occhi verdi e un sorriso decisamente accogliente.

«Ciao, bella! Benvenuta al Rebel Hair! Come posso aiutarti?».

«Non ho un appuntamento, posso comunque fermarmi?».

«È il tuo giorno fortunato! Una cliente ha appena disdetto il suo, se hai tempo adesso, possiamo occuparci di te».

Michelle sentì il suo sorriso entusiasta partirle da dentro per palesarsi prima nei suoi occhi e poi su tutto il viso.

«Fantastico! Allora sì, mi fermo».

«Io sono Monica! Molto piacere» le porse la mano che Michelle strinse ricambiando il saluto e presentandosi a sua volta.

Monica la fece accomodare su una delle poltroncine e, prima di qualsiasi altra cosa, si informò su quali fossero le sue intenzioni.

«Allora, Michelle. Lascia che ti dica che hai capelli da urlo» esordì facendo scorrere le dita, come un pettine delicato, in tutta la loro lunghezza, «cosa facciamo? Una piega? Acconciatura? Santo cielo, sei il sogno di ogni *hairstylist*! Non vedo l'ora di sbizzarrirmi, ho un sacco di idee». Monica aveva uno sguardo sognante, Michelle sorrise, lieta di quel complimento.

«Vorrei tagliarli».

Le stesse mani che stavano reggendo e nel contempo accarezzando la sua chioma, si fermarono a mezz'aria, accompagnate da uno sguardo perplesso. Uno sguardo che, con fare lento, iniziò a percorrere i lunghi capelli corvini di Michelle, come un faro sfiora le onde del mare al suo passaggio notturno. Delicato e rispettoso.

«Ok... Nel senso che li spuntiamo un po'. Anche se a dire la verità, vedo che li curi davvero molto bene, di doppie punte non ne vedo. Si vede che ci tieni».

«Sì, in effetti ci sto dietro parecchio. Ma adesso li vorrei così. Aspetta, ti mostro una foto».

Michelle estrasse il suo cellulare e con rapidità recuperò la foto che si era premurata di selezionare e salvare prima di entrare.

«Ecco, vorrei più o meno questo risultato».

Il sorriso di Michelle era radioso, quello di Monica assomigliava più ad una paresi.

«Wow!» Monica spalancò lo sguardo e allontanò per un attimo il viso dal display del cellulare di Michelle, per poi tornare a vedere con attenzione ciò che aveva davanti. «Questo sì che si chiama avere le idee chiare. Sei sicura? Niente di intermedio?».

«È così che li voglio. È così che mi piacciono».

Michelle era una ragazza dolce ed empatica, ma non c'era niente che potesse scalfire la sua risolutezza. Sorrise a Monica guardandola di fronte a sé, riflessa nello specchio.

«Lo desidero più di ogni altra cosa. Mi puoi aiutare, Monica?».

La parrucchiera dai capelli rossi si sentì letteralmente contagiata da quella determinazione, e nulla al mondo l'avrebbe distolta dall'accontentare una cliente così sicura di ciò che voleva.

«Ci puoi scommettere!».

E si mise al lavoro.

CAPITOLO VENTITRE

Jack Knight si stava aggirando per la casa in cerca di qualcuno che potesse dargli delle risposte. Sua moglie Penny era intenta a sistemare le mille cose rimaste sparse un po' ovunque in salotto, merito di sua figlia Jennifer, suo, e dei vari amici in transito costante dalle loro parti. Quando giunse in salotto, muovendosi con aria circospetta, vide sua figlia stravaccata sul divano in pelle marrone, un piede appoggiato al tavolino in legno e vetro, e l'altro sotto alle natiche. Rilassata, stava facendo scorrere le dita sul display del telefono, intenta a leggere chissà che cosa.

«Non è qui». Disse al padre senza nemmeno guardarlo.

Proprio come sua madre, anche sua figlia aveva doti telepatiche, Jack ne era da sempre convinto. Le donne della sua famiglia, da sua madre, alla donna che aveva sposato e generato prima suo figlio Ethan James e poi Jennifer, avevano la straordinaria capacità di leggere cosa gli stesse passando per la mente, prima ancora che lui aprisse bocca. Gran parte delle storie che raccontava attraverso le sue canzoni, parlavano di questo straordinario potere femminile. Qualcosa che lo affascinava da sempre, la sua fonte di ispirazione e redenzione personale, da una vita.

Alzando un sopracciglio in attesa di un'ulteriore brillante intuizione, allargò le braccia con fare diretto:

«Quindi? Sai anche dirmi dov'è?».

Con un cenno della mano libera sopra la testa, Jennifer indicò il corridoio retrostante il secondo ingresso del salotto. Jack capì al volo, ma esitò nel procedere in quella direzione.

«Sei sicura?».

«È lì da stamattina all'alba. Per fortuna che è insonorizzata, perché se no avrebbe svegliato tutti. L'ho sentito perché mi sono svegliata per andare in bagno».

A Jack bastò quello, per dirigersi verso l'ultima stanza della casa in cui si sarebbe immaginato di trovarlo. Avvicinandosi alla porta fatta di due ampie ante in legno scuro, ebbe subito la percezione che qualcuno all'interno stesse facendo ciò che era più logico fare in quella stanza, la sua sala di registrazione: suonare. Di sicuro, però, non si sarebbe mai aspettato che a suonare fosse proprio lui. Bussò delicatamente, certo di non essere sentito, ma per l'abitudine educata, nonché opportuna, di annunciare il suo ingresso in qualunque stanza si trovassero i suoi figli, specialmente se chiusi dietro a una porta.

Quando varcò la soglia, l'immagine di suo figlio Ethan James, seduto alla finestra, con la testa china, concentrato sulla sua Fender color blu notte, gli provocò un sonoro tuffo al cuore. Gli angoli degli occhi gli si velarono di un sottile strato di lacrime. Commozione pura. Vide di fronte a sé la proiezione della sua più grande aspirazione. E nel semplice riff che stava eseguendo alla perfezione, non poté far altro che riconoscere, una volta di più, il suo indiscusso, naturale talento nel fare quello che stava facendo.

Ethan James si accorse di lui e si interruppe. Con un gesto della mano suo padre lo pregò.

«Non volevo interromperti, stavi andando benissimo».

«Ciao, Pa.»

«Ciao, tesoro. Continua, ti prego.»

«Non fa niente, avevo finito.»

Con un gesto fluido ed esperto, E.J. fece passare la tracolla della chitarra attorno alla testa per poi riporla sull'apposito sostegno posto di fianco a lui.

Jack notò i suoi occhi stanchi, tristi e avviliti.

«Quando sei arrivato?».

«Ieri notte. Non volevo svegliarvi».

«Capisco. Hai fatto colazione?».

«Non ho fame».

«Beh, io sì. Facciamo che ordino qualcosa come se prevedessi di mangiarmi tutto io e poi vediamo che succede?».

«Vuoi ordinare la colazione?» Ethan sembrava divertito al solo pensiero.

«Certo. Posso ordinare quello che voglio» aprì il petto atteggiandosi in uno scimmiottato gesto di superiorità.

Con un gesto rapido, Jack prese il telefono e ordinò quanto sarebbe potuto bastare per almeno le colazioni dell'intero quartiere. Del resto conosceva sia la sua che la fame di suo figlio e sperava, così facendo, di ingolosirlo almeno un po'. E.J. lo guardava con un sorriso più disteso. Lieto, e nel contempo incuriosito, da quel momento privato con suo padre. Non avevano più avuto modo di parlarsi, dopo tutto quello che era capitato. Non sapeva cosa suo padre sapesse, e cosa non sapesse. Alla fine si era confidato solo con sua sorella, che per quanto più giovane, per qualche strana ragione che suo padre aveva sempre liquidato con il consueto commento *perché è una donna*, era stata la persona che lo aveva convinto a vuotare il sacco e a liberarsi di un peso che non lo stava più facendo dormire di notte. Soprattutto quando la notte la trascorreva accanto a Michelle, o ancor peggio, dentro di lei. Tutto aveva contribuito a dirgli che stava facendo una stronzata, ed erano state le parole di sua sorella a far traboccare un vaso decisamente troppo colmo. Parole che gli risuonavano nel cervello anche in quel momento e che lo fecero in qualche modo sorridere. *Sei davvero un coglione, fratello.*

Suo padre intercettò il suo sguardo. Ethan capì dove voleva andare a parare e lo anticipò.

«Cosa sai, pa'? Di tutta questa faccenda, che cosa sai?».

«Abbastanza».

«Te lo ha detto Jennifer?».

«So che le avevi chiesto di non dirci niente, ma quando te ne sei andato via di casa, quella sera, sbattendo la porta e dicendo di farci gli affari nostri, è stata messa sotto interrogatorio. Da me e tua madre. E lo sai che con me potrebbe anche scamparla, ma nessuno la passa liscia, quando è tua madre a fare le domande».

Ethan rise. Lo sapeva benissimo. Dolce, empatica, ma risoluta e convincente nelle sue argomentazioni, come un leone che per la famiglia sarebbe disposto a uccidere. Questa era sua madre.

«Quindi non prendertela con lei, se ci ha detto tutto. Era sotto quello che chiamerei, un inevitabile fuoco incrociato emotivo, ma soprattutto, era preoccupata per te. E tu, che sei il suo fratello maggiore, non avresti dovuto lasciarla sola con quel peso». Concluse la frase alzando un sopracciglio con sguardo serio e puntandogli un dito contro. Non c'era verso: suo padre, quando si trattava di proteggere la sua *bambina*, non usava mezzi termini o misure.

«Mi dispiace, pa'».

«No. Sono io ad essere dispiaciuto».

«Tu?».

Jack si fece serio, appoggiando la tazza di caffè ancora troppo bollente per entrargli in corpo.

«Sì, E.J. Credo di doverti delle scuse».

Ethan lo guardò perplesso, stupito, ma in parte anche commosso da quelle parole. Non aveva intenzione di interromperlo. Lo guardò abbassare lo sguardo e capì che stava cercando le parole giuste per affrontare quella discussione. Era da tempo che sperava che quel momento arrivasse, e per un attimo, si trovò a chiedersi se si sarebbe mai presentata l'occasione perfetta, se non ci fosse stato quell'uragano devastante che lo aveva portato lontano dalla sua Michelle. Forse, prima di ricostruire, occorreva passare attraverso la distruzione.

«Mi sento in parte responsabile di quanto accaduto tra te e questa ragazza, figliolo. Credo che quello che le hai tenuto nascosto sia in parte imputabile alla tua maniacale esigenza di difendere la tua privacy, cosa che comprendo più di quanto immagini, ma sono abbastanza sicuro che tu lo abbia fatto per colpa della discussione che c'era stata tra noi quel giorno. E che non abbiamo mai più avuto occasione di affrontare. Mi sono ripromesso di farlo al termine di questo tour, più volte avrei voluto trovare un momento come questo, ma tu eri sfuggente, distante, distratto. Ti vedevo anche insolitamente felice, e non sai quanto lo fossi anche io per te, puoi credermi. Ma era come se la tua felicità si celasse dietro ad una maschera che ti rendeva scostante. E quando te ne tornavi a casa e trascorrevi il finesettimana con noi, si vedeva chiaramente che la tua testa era altrove. Ho immaginato fosse per via di questa ragazza di cui non ci hai mai parlato nel dettaglio, ma il mio istinto mi diceva che c'era anche qualcos'altro. Nel momento in cui Jennifer ci ha raccontato tutta la storia e cosa ti stavi tenendo dentro, il tuo tormento interiore ha trovato una definizione chiara ai miei occhi. Non volevi solo difendere la tua privacy, volevi farla pagare a me».

A quelle parole Ethan sentì il cuore tremargli dentro e ciò si riflesse nelle sue pupille che si dilatarono nella presa di coscienza delle parole di suo padre. Era stato proprio così. Il litigio con suo padre e l'incontro, pochi istanti più tardi, con Michelle, la sua *fan numero uno*, lo avevano portato a scegliere di voler estromettere la sua presenza ingombrante da ciò che sentiva voler essere solo ed esclusivamente suo, senza interferenze. Voleva Michelle tutta per sé, senza ingerenze da parte di nessun aspetto della sua vita che in quel momento lo stava altamente disturbando. Suo padre, la sua fama, la sua perentorietà nell'esigere attenzione ed il suo malcelato tentativo di controllare anche la sua vita. Per affetto, certo. Ma se c'era una cosa che Ethan James detestava, era che qualcuno osasse intromettersi nelle sue aspirazioni. E la sua era quella di diventare insegnante, non l'erede artistico di suo padre. Anche se ne possedeva l'innato e indiscusso talento. Anche se, parole testuali dello stesso Jack Knight, *sembrava nato per stare su un palco con in braccio una chitarra.* E.J. era sempre stato riservato, sin da bambino. Aveva ereditato da suo padre il carisma e il talento, e da sua madre la dolcezza e la sicurezza. Ma la riservatezza era una cosa totalmente solo sua. Sentirsi mettere sotto pressione da suo padre, che voleva vedere soddisfatto, almeno per una volta nella vita, il suo desiderio di vederlo insieme a lui sul palco, e - quello stesso giorno - l'incontro con la ragazza tanto fan proprio di Jack Knight, che gli aveva preso il cuore con un semplice sorriso, aveva creato una miscela emotiva esplosiva, che gli aveva fatto scegliere di estrometterlo dalla sua mente. E dalla loro vita.

E ora, senza riuscire a dirlo nemmeno a sé stesso, non sapeva cosa fosse rimasto di questa *loro* vita. La mancanza di Michelle si traduceva in costanti fitte al cuore e allo stomaco che lo tormentavano come una tortura continua.

Guardò suo padre con occhi lucidi e mascella contratta.

«Ho fatto un casino, pa'. E ne sono l'unico responsabile. Avevo *una cosa* alla quale tenevo, e l'ho trattata di merda».

Jack lo guardò con aria piena di comprensione.

«Ti concedo di prenderti il cinquanta per cento di responsabilità in questa faccenda, figliolo. La restante parte è mia».

«Facciamo il settanta».

«L'ottanta?...».

«Il tuo egocentrismo finirà per uccidermi, sappilo. Ottanta, sia».

Per un attimo calò il silenzio tra loro, entrambi stavano sorridendo. Si erano chiariti e per quel momento, tanto bastava. Poi Ethan ruppe quel silenzio. Sollevò lo sguardo. I suoi occhi brillavano, potevano essere lacrime o in parte solo luce. Luce di assoluta determinazione.

«La rivoglio, pa'. Non sono mai stato così sicuro di qualcosa. Nemmeno del desiderio di diventare insegnante, o di scendere al compromesso di aprire con te il tuo prossimo concerto. Lei è la sola ragione che smuove tutte le mie ragioni. L'unica al mondo che mi abbia fatto vibrare le corde dell'anima».

Suo padre lo guardò con l'orgoglio e la gioia nel cuore di aver finalmente ritrovato suo figlio. Poi vide un nuovo sorriso dipingersi sul suo volto.

«E visto che per il venti per cento sei responsabile di questo casino, pa', mi aspetto che lascerai scegliere a me, la canzone con la quale aprirò il tuo prossimo concerto».

Jack capitolò. Non aveva solo immaginato di sentire le parole *compromesso* e *aprire il tuo prossimo concerto*, quando gliele aveva udite pronunciare. Glielo stava apertamente dicendo. E non poteva immaginare di essere più felice di così.

Lo vide riavvicinarsi alla chitarra posata poco prima che iniziassero quella conversazione. La imbracciò e dopo essersi passato una mano nei capelli, guardò suo padre con un sorriso beffardo. Le prime note che le sue dita fecero uscire dalle corde pizzicate con la naturalezza di un figlio d'arte, fecero scuotere la testa di Jack che non poté non sorridere. Ethan lo guardò con aria fintamente provocatoria.

«Per la cronaca è *questa*, la canzone per eccellenza che io associo a Michelle. Questa canzone è *lei*. Quindi apriamo il concerto con lei, o non lo apriamo affatto. Ma non preoccuparti, pa'...».

«Di cosa, non dovrei preoccuparmi, E.J.?».

«... Ti farò comunque fare la voce solista».

«Te ne sono grato, figliolo» Jack stava ridendo, mentre si apprestava a indossare la sua chitarra.

«Tuttavia, sarà meglio aggiungere qualcosa tipo una batteria che sia di supporto a questo pezzo, se vogliamo davvero rendergli giustizia» due gesti rapidi e sia mixer che amplificatore furono accesi.

«Ah, dimenticavo, quella faccia da schiaffi l'hai presa da..?».

«Sempre da te, pa'».

«Ovviamente».

Si guardarono negli occhi, ognuno con la sua chitarra, come se suonare insieme fosse da sempre stata la naturale conseguenza dell'essere padre e figlio.

Muovevano persino la testa a ritmo di musica allo stesso modo, mentre prolungavano il momento dell'inconfondibile *intro*, che li avrebbe portati all'avvio dell'unica e sola *You Shook Me All Night Long* degli AC/DC. Tra la maestria di Ethan nel suonarla, e quella di Jack nell'eseguirla vocalmente e musicalmente, il risultato fu perfetto. Riempì quella stanza, riempì le loro anime, riempì i loro cuori, in un'esplosione di emozioni che solamente il rock 'n' roll poteva essere in grado di fare. E mentre si stavano avvicinando alla conclusione del pezzo, sempre guardandosi negli occhi, entrambi con l'aria di chi si era divertito come un ragazzino, suo padre rivolse parole che toccarono corde profonde nel cuore di suo figlio.

«Sai cosa penso, E.J.?».

«Cosa, pa'?».

«So per certo che questa ragazza ti perdonerà. Per almeno due ragioni».

«E quali sarebbero?».

«Beh, la prima è che ha decisamente degli ottimi gusti in fatto di musica, e questo è sinonimo di intelligenza».

«Sì, certo...» Ethan James non poté fare a meno di sorridere scuotendo la testa «e la seconda?».

«Si è innamorato della parte migliore di me».

«Dici sul serio, pa'?».

Erano occhi lucidi quelli che gli sembrava di scorgere su suo padre?

«Tu sei la canzone migliore che abbia mai composto».

Erano decisamente occhi lucidi quelli che stava vedendo.

«E adesso non fartelo ripetere due volte. Datti una sistemata e vattela a riprendere».

James parve essere colto da un pensiero improvviso. Suo padre lo notò.

«Che ti prende, figliolo?».

«Prima devo chiedere scusa a Jennifer. E anche un favore, ma mi farò perdonare anche da lei».

Abbracciò suo padre al volo e uscì di corsa da quella stanza. Jack scosse la testa sorridendo e tornò a concentrarsi sulla sua chitarra, sentendosi, forse ancora una volta di più, fiero della sua famiglia.

CAPITOLO VENTIQUATTRO

«Sono preoccupata».

Da ormai più di un quarto d'ora, seduta nel letto, con il cuscino a farle da schienale, Brielle stava trafficando sul telefono, facendo scorrere i messaggi e riguardando il menu delle chiamate effettuate.

«Dimmi, amore».

Andrew rivolse lo sguardo verso di lei, continuando ad accarezzare distrattamente i capelli della piccola Wendy che dormiva pacifica. Come d'abitudine, di prima mattina, amava andarsi a rifugiare nel lettone di mamma e papà.

«Sono settimane che cerco di chiamarla. Prima il telefono era sempre spento, adesso invece squilla a vuoto. Questa cosa non mi piace».

«Magari vuole stare in pace con… come si chiama il tizio con cui sta?».

«James».

«Lui».

Brielle prese a rosicchiarsi l'unghia dell'indice e a fissare il vuoto. Andrew le tolse prontamente il dito dalla bocca per porre fine a quell'inutile tormento.

«Hey. Dai, smettila. Non fare così. Magari hanno litigato. O sono troppo impegnati per badare al resto del mondo. Esattamente come eravamo noi quando avevamo la loro età, non ti ricordi?».

Andrew le sorrise con un guizzo di malizia negli occhi. Non poté però fare a meno di notare come la preoccupazione dipinta sul volto di Brielle non riuscisse ad abbandonarla, come d'altra parte non cessava di andarsene nemmeno dal suo. Era solo più bravo a non darlo a vedere. Ma era in pensiero. Eccome se lo era. Conosceva Michelle da così tanto tempo, da sapere benissimo che le sue sparizioni erano sempre indice di qualcosa di grosso in ballo. Il suo isolamento emotivo aveva imparato a conoscerlo, ma non era mai riuscito ad abituarcisi veramente. Brielle volse lo sguardo verso il soffitto mentre Andrew cercava, con poco successo, di confortarla.

«Dai, ti prego. Non ti agitare. Non fa bene al bambino».

Mentre la piccola Wendy aveva trovato una sua nicchia sul lato sinistro del letto, accanto al papà, Andrew, si protese verso Brielle per cominciare a darle baci lievi sulla pancia, attraverso il pigiama, sussurrando paroline sdolcinate nella zona del ventre resa gonfia dalla piccola presenza sottostante. Sua moglie, colma della tenerezza di quel gesto, iniziò a far scorrere le mani tra i capelli di Andrew, come aveva sempre adorato fare.

«Lo so, hai ragione. Tuttavia non so cosa pensare. Hai visto com'era sciupata al concerto? Meno male che poi c'è stato quel risvolto straordinario, però quando lei ha tentato di chiamare James con lì Jack, lui non ha risposto. Non ti pare strano?».

«Cosa?».

«La tua ragazza sta fuori due giorni con chicchessia, e tu non sei seduto sul telefono ad aspettare che ti dia notizie?».

«Tanto per cominciare, Scriccy non era in giro con *chicchessia*, ma con noi...» le labbra ora quasi a sfiorare la zona ombelico.

«Sai cosa intendo».

«...e poi queste sono le vostre classiche dietrologie».

«Quali dietrologie?».

«Vi immaginate chissà quali spiegazioni si debbano attribuire ad una chiamata non risposta. Magari non ha sentito il telefono» con un piccolo bacio sfiorò il ventre appena sotto l'ombelico, «oppure, sapendola con amici, non ha ritenuto di doversi tenere il telefono incollato alla mano. Si saranno aggiornati al suo ritorno».

«Sarà come dici tu».

Andrew la strinse a sé con affetto.

«Dai, stai tranquilla. Più tardi provo a chiamarla io».

Le sue mani iniziarono a farsi strada dolcemente e anche un po' famelicamente, sotto al pigiama di sua moglie.

«Andrew, cosa pensi di fare?».

«Lo sai...» sempre più serpeggiante sulla sua pelle, sensibile e sussultante al suo passaggio.

«D'accordo. Hey! Piano con quelle mani! Cosa dicevi a proposito di non agitare il bambino?».

Andrew si mise a ridere.

«È più forte di me: da quando sei incinta sei ancora più sexy».

«Tesoro mio, soltanto tu puoi trovare sexy una portaerei. Smettila, dai, che svegli Wendy».

«Prometto che sarò silenziosissimo».

Brielle non riusciva a smettere di ridere mentre Andrew iniziava a solleticarla sotto il pigiama, nel tentativo di toglierglielo.

«Andrew. No!» prendendogli il viso tra le mani lo fermò dall'andare oltre.

«Andrew...» la voce un sussurro sulle sue labbra e gli occhi un sorriso «datti un contegno. Hai una figlia nel letto e altre tre nella stanza a fianco».

Andrew dovette desistere e assunse una finta aria afflitta.

«Dobbiamo andarcene in vacanza io e te da soli, Brielle. Ne ho bisogno. Ti ricordi il nostro viaggio a Memphis?».

Brielle si sentì pervadere da un senso di nostalgia pieno d'amore.

«E chi se lo scorda? Ma come potrei lasciare tutto questo?».

Rise ironica sottolineando con ampi gesti delle mani il loro mondo: casa, amore, figlie e quinto figlio in arrivo.

Andrew la guardò e i suoi occhi brillarono. Rivolse un'ulteriore occhiata alla piccola Wendy. Dormiva pacifica. Si avvicinò a Brielle con l'intenzione chiara di non voler perdere d'occhio il suo obiettivo. Lei lo scrutò curiosa, in attesa, e con un sorriso pieno di silente aspettativa. E in un istante in cui si sentì solo il fruscio lieve delle lenzuola, Andrew schiuse le labbra su di lei facendo la massima attenzione a che nessuno al mondo interrompesse quel momento con sua moglie.

Più tardi, mentre l'acqua della doccia gli scorreva sul viso, Andrew non poté astenersi dal pensare a Michelle. Brie aveva ragione. Non era un buon segno che fosse totalmente sparita così, senza dare più segni di vita. Si passò una mano sul viso per togliersi anche gli ultimi residui di shampoo, e dopo aver chiuso l'acqua, uscì dalla doccia e si avvolse, senza badare troppo al *come*, un asciugamano attorno ai fianchi. La sua testa viaggiava altrove, verso Michelle. Per lui, lei era sempre stata una sorella minore. Cercare di tranquillizzare sua moglie incinta e in preda ad un panico amplificato dagli ormoni in circolo, era un discorso, fare finta che anche lui fosse tranquillo di fronte a qualsiasi cosa riguardasse gli sbalzi di umore di Michelle, era tutta un'altra storia. Con indosso solo i jeans e i capelli ancora umidi, mentre Brielle si preparava a sua volta, prima che il circo della colazione con le bambine iniziasse, approfittò di essere solo in camera per provare a contattare la sua migliore amica. Camminava per la stanza col telefono attaccato all'orecchio e l'unica cosa che sentiva era il ripetersi di squilli a vuoto. Alzando gli occhi al cielo, dopo il quindicesimo, decise di lasciar perdere e giocarsi la sua seconda carta. Guardò il display facendo scorrere velocemente le dita tra le ultime chiamate effettuate. Quella al Professor Kavanaugh risultava tra le più recenti, dati i loro stretti contatti e le frequenti reciproche chiamate.

«Pronto, Alex?».

«Ciao, Andrew, come stai?».

«Tutto bene, almeno credo» le sopracciglia si aggrottarono per un momento, al pensiero della ragione di quella telefonata. Non andava tutto bene, per niente.

«Senti, Alex, scusa se ti sembrerà strana la mia domanda, ma... per caso, hai sentito Scriccy di recente?».

«Sì».

Alexander fece una breve pausa prima di proseguire verso una conversazione di cui conosceva già i contesti.

«Mi ha chiamato un paio di giorni fa, in effetti, e ci siamo parlati».

«Oh bene. Bene. E... come sta? Nel senso, io e Brie è qualche giorno che cerchiamo di contattarla, ma non ci risponde. Siccome è da dopo il concerto che non la sentiamo e la cosa è abbastanza insolita, volevo accertarmi che stesse bene».

«Mettiamola così, Andrew, penso che abbia avuto momenti migliori di questo, ma è opportuno che sia lei ad aggiornarti a riguardo».

«Che intendi dire, Alex? Così mi preoccupi. Dove posso trovarla?».

«Tu la conosci, Andrew. Michelle non è una che chiede una mano, ma credimi sulla parola se ti dico che se andrete a trovarla le farete un immenso piacere. Così avrete modo di parlare».

«Ci andiamo subito, il tempo di preparare le bimbe e siamo da lei».

«Se dovrete parlare, forse sarebbe meglio se andaste senza le piccole, portatemele qui che è da un po' che non le vedo. Ne sarei felice».

«Sul serio, Alex? Tutta la ciurma? Sei certo di quello che desideri?» Andrew sorrise sentendo il Professor Kavanaugh lasciarsi andare, a sua volta, in un'aperta risata.

«Non preoccuparti, sono abituato a classi di studenti spesso molto meno educati delle vostre splendide bambine. Portamele qui. Ci divertiremo».

«Ti ringrazio, Alex. Allora ne parlo con Brielle e ti richiamo quando siamo in macchina diretti verso casa tua».

«Perfetto. A dopo».

Andrew chiuse la telefonata con un sorriso teso dipinto sul viso. Da un lato era sollevato dall'aver parlato con il padre di Michelle, dall'altro, tuttavia, non riusciva a smettere di porsi mille domande a riguardo di cosa potesse essere successo. Una volta aggiornata Brie e finita la colazione tra risate e un clima allegro che, qualunque fosse la circostanza, in casa Wayne si cercava sempre di non far mancare di fronte alle bambine, tutta la famiglia si mise in macchina in direzione *Casa Kavanaugh*, prima, e casa di Michelle, poi. Quando si annunciarono al citofono e Michelle, finalmente, rispose e aprì, sia Andrew che Brielle avevano il cuore in gola. Arrivati alla porta, Andrew suonò il campanello con quattro trilli in rapida successione. Michelle aprì e i suoi due amici, nel vederla, tirarono finalmente il fiato. Lei era lì, di fronte a loro, con la tuta e il cappuccio della felpa calcato sulla testa. Dai suoi occhi verdi, da sempre brillanti, si poteva intuire chiaramente che aveva appena smesso di piangere. Senza attendere alcun invito in particolare, Andrew e Brielle varcarono la soglia, e Andrew per primo la prese per un braccio per attirarla a sé e stringerla in un abbraccio fraterno. Michelle si lasciò avvolgere nascondendo il viso nel suo petto, mentre il suo amico del cuore le teneva un braccio attorno alla vita e con l'altra mano la teneva stretta a sé dalla nuca. Qualche istante più tardi Andrew allargò l'abbraccio per includere anche Brielle. I suoi amici le erano mancati più di quanto i battiti del suo cuore riuscissero ad esprimere.

«Scriccy...» la voce di Andrew uscì come un sussurro, mentre ascoltava i suoi respiri profondi misti a qualche singhiozzo soffocato «...ma che diamine è capitato? Ma soprattutto, cosa ci fai con il cappuccio in testa, in casa?».

Michelle fece un passo indietro, li guardò con occhi lucidi, sorrise intimidita e con un solo gesto scoprì il capo svelando il risultato del suo giro al *Rebel Hair Salon*. Accogliere gli sguardi sbalorditi di Andrew e Brie, andò ben oltre quanto aveva immaginato. Lui aveva bocca e occhi spalancati, lei si era portata una mano sulle labbra e una all'altezza del petto. Dopo qualche secondo di silenzio, Andrew tentò di balbettare qualcosa.

«Wow...ma che caz... Wow! Ma che... che è successo, Scriccy? Dove sono finiti i tuoi capelli?». Il suo sguardo oscillava tra gli occhi di Michelle e quelli di sua moglie, preoccupato che anche il più piccolo choc potesse ripercuotersi sul suo stato emotivo del momento. Brielle, che non poté fare a meno di accorgersi con tenerezza dell'eccesso di premura del marito, dal canto suo non si sentiva sciocca, ma straordinariamente sorpresa. Chissà, forse poteva dipendere dalle endorfine, ma nel vedere Michelle, così *nuova*, davanti ai suoi occhi, sentì un guizzo interiore che la spinse a tornare da lei per un abbraccio personale ancor più pieno di affetto.

«Mio Dio, Scriccy, sei bellissima! Che cambiamento!».

Davanti a loro, Michelle si accarezzava le punte dei capelli, all'altezza della nuca, di una chioma sempre folta, ma radicalmente diversa dalla precedente. I suoi capelli lunghi e spessi, che fino a qualche ora prima, e che per gli ultimi dieci anni, le si erano appoggiati leggeri, lungo tutta la schiena, arrivando fino alle natiche, non c'erano più e lei era lì, con un taglio corto e sbarazzino, voluminoso verso la parte alta della testa e magistralmente scalato sulle zone laterali, con una lunghezza che non andava oltre i lobi delle orecchie. A corredare il tutto, sottili e grintosi fili di riflessi color blu notte, sparsi come sfumature di cielo notturno, su tutta la testa. Stava davvero benissimo e i suoi occhi verdi, se fosse stato possibile, risaltavano ancora di più. Poi Brielle la guardò inclinando il capo da un lato e strizzando leggermente un occhio.

«Aspetta, però. A cosa dobbiamo questo cambiamento? Dov'è James? Che è successo, veramente?».

Michelle non fu sorpresa che tutta quella serie di domande, apparentemente scollegate, fosse in realtà straordinariamente sensata. E nel sentire pronunciare il nome di James, sentì una fitta al cuore. Il suo sguardo si fece più serio. Si strinse nelle spalle. Si era confidata con suo padre e anche con Jacob, ma i suoi amici non sapevano nulla di quanto capitato, ed era giunto il momento di aggiornare anche loro. Si voltò di spalle per prendere tempo.

«James non è qui».

«Questo è evidente» fu Andrew a esordire «e dove cazzo è, di preciso?».

Il suo tono irritato era perfettamente in linea con l'affetto sconfinato e il senso di protezione che da sempre sentiva nei confronti di Michelle. E le parole di Brielle, che lo invitavano alla calma, non sortirono alcun effetto.

«Spiegamelo, Scriccy. Che cazzo è successo? Perché dopo il concerto ti sei improvvisamente eclissata, non hai risposto alle nostre telefonate, hai deciso di farti una cazzo di nuova pettinatura e soprattutto hai la faccia di una che piange da giorni e non sei qui a raccontarcelo insieme al ragazzo fantastico di cui non hai fatto altro che parlarci?! Dove cazzo è? È forse lui la causa di tutto questo?».

Andrew agitava le mani verso la sua figura, specialmente in direzione del suo nuovo taglio di capelli, e non riusciva a stare fermo, muovendosi come un animale irrequieto costretto in gabbia.

«Che cazzo ha fatto? Qualche stronzata? Me ne devo occupare? Vuoi che me ne occupi? Dimmi dov'è, che ci metto un secondo a trovarlo e a spaccargli il culo!».

Finalmente finì di esprimere tutto ciò che pensava e dovette ammettere che, dopo averlo fatto, si sentiva decisamente meglio. Per questo non riusciva del tutto a interpretare gli occhi di sua moglie e di Michelle, intenti a squadrarlo con un'espressione che aveva del pietrificato. La verità è che si erano sentite letteralmente travolte da quel fiume in piena. Andrew non aveva mai usato mezzi termini, quando si trattava di dire ciò che pensava, in difesa delle persone a cui teneva. Forse era uno dei lati più belli di lui. Tuttavia dovettero ammettere di trovarlo anche vagamente tenero e divertente nel vederlo lì, così grande e grosso, pronto a partire in quarta, con fare minaccioso, senza ancora aver sentito nulla di ciò che Michelle aveva da dire. E fu in quel momento che la sua amica inspirò profondamente e raccontò loro tutto. Dal primo, all'ultimo dettaglio.

CAPITOLO VENTICINQUE

Rimasta in piedi, per timore di non riuscire a spiegarsi con la dovuta calma, Michelle attese che uno dei suoi amici, chiunque dei due, dicesse qualcosa in risposta a quanto aveva raccontato loro, per rompere finalmente quel silenzio assordante che la stava facendo da padrone. Andrew dimostrò, una volta di più, di non avere alcun problema a dire la sua apertamente.

«Di chi cazzo hai detto che è figlio?».

«Andrew, datti una calmata! Se vai avanti così, la prima parola che dirà nostro figlio quando lo partorirò, sarà *cazzo*!».

Brielle, dalla sua posizione, seduta sul divano, intenta a sventolarsi con una mano, stava cercando di respirare con calma e rimettere insieme, nel mentre, tutti i tasselli di quella che le sembrava essere una storia veramente assurda. Aveva *davvero* sentito quello che aveva sentito, uscire dalla bocca di Michelle? O gli ormoni in giro sulla ruota panoramica del Luna Park nel suo corpo, erano capaci di provocare anche allucinazioni acustiche? Non le era chiaro in quel momento, ma far finta di redarguire suo marito, la illudeva di essere riuscita ad accogliere quella storia con un aplomb migliore del suo.

«Hai ragione, amore, scusami».

Andrew si ricompose e riprese con calma da dove era stato interrotto.

«Scriccy, se non ti dispiace, potresti ripetermi come si chiama esattamente il tizio con cui stai uscendo da mesi? Cioè, io ero rimasto al fatto che si chiamasse James Riverfield. Adesso invece come hai detto che..?».

«Ethan James» lo interruppe per mettere a tacere qualsiasi dubbio di sorta «questo, il suo nome. E suo padre si chiama Jack Knight. *Quel* Jack Knight».

Andrew e Brielle si guardarono e il loro commento fu unanime.

«Oh, cazzo».

Un istante dopo essersi espressi, volsero lo sguardo nuovamente verso Michelle e tutto per loro fu più chiaro. Il suo sentirsi sconvolta e smarrita, la sua sparizione. Il suo essere andata da padre Jacob dopo anni che nemmeno voleva più mettere piede in una chiesa, i suoi capelli. Nel giro di un attimo era come se il suo mondo si fosse ribaltato e non erano certi che lei fosse pronta per tutto quel cambiamento giunto senza preavviso. Andrew si alzò e andò verso di lei, che li guardava annuendo e nel contempo cercando di trattenersi dal piangere.

«Tu sei sconvolta, si vede».

Michelle non riusciva a smettere di annuire impercettibilmente e unitamente a quel gesto, alcune lacrime incominciarono a brillarle sul viso. Si sentiva in parte liberata da un peso, ma anche sopraffatta da qualcosa che incombeva ancora su di lei, di cui non conosceva la portata. Cercò nell'abbraccio di Andrew un conforto che non riusciva a trovare nel suo pianto.

«Stai tranquilla, ci sono qui io, Scriccy».

In quel momento fu come se Andrew fosse tornato indietro nel tempo, quando si era ritrovato privato all'improvviso del suo migliore amico e con la sua sorellina minore tra le braccia, che piangeva inconsolabile. La situazione era differente, certo. Ma sentiva lo stesso senso di responsabilità e desiderio di accudirla. Brielle, nel frattempo, aveva incominciato a passeggiare per la stanza, rosicchiandosi le pellicine dell'indice, per riprendere il controllo dei suoi respiri e raccogliere le idee. Ogni tanto l'occhio le cadeva in direzione del famigerato poster di Jack Knight, per poi ritornare su Michelle stretta ad Andrew. Fu nel bel mezzo di un flusso indistinto di pensieri senza alcun senso, che tutti e tre furono scossi dal suono del citofono. In perfetta sincronia si voltarono tutti verso l'apparecchio attaccato alla parete, come se, per magia, qualcosa o qualcuno si dovesse materializzare dallo stesso, senza che loro facessero niente. Dopo qualche secondo il citofono risuonò e Michelle, scuotendo la testa come risvegliata da uno stato di trance, si diresse verso il ricevitore per rispondere. Prima di farlo esitò un'ultima volta.

«…Sì?».

«*Kavanaugh? … Cerco Michelle Kavanaugh*» disse la voce dall'altra parte del filo.

«Sì sono io».

«*Bene. Senta, noi avremmo da fare una consegna, ma ci vorrà un po', perché è un po' voluminosa. A che piano sta?*».

Perplessa e incuriosita Michelle rispose.

«Quarto piano… ma c'è l'ascensore!» sperò così di rassicurare quella voce.

«*Ottimo. Lo terremo occupato per un po'*».
«Ma che succede?» pensò ad alta voce Michelle.
«Chi era?».
«Non so. Uno che deve consegnare delle cose. Dice che ci vorrà un po'».
«Coraggio, apri la porta!» ordinò Brielle, che moriva dalla curiosità.

Michelle sorrise e andò ad aprire. Non appena fu sul pianerottolo, anche le porte dell'ascensore si aprirono, e da lì uscirono tre uomini, tutti abbracciati ad enormi vasi di margherite bianche. Fece loro segno di entrare. Brielle li vide e si illuminò in un sorriso. Andrew aiutò i fattorini a sistemare i fiori. Quella scena si ripeté per una. Due. Tre. Quattro. Cinque. Sei. Sette volte. Ogni giro recante gruppi di tre vasi distinti. Ognuno con margherite di colore diverso.

Al termine della processione, Michelle guardò il suo salotto: sembrava un campo in fiore. Pieno di ogni varietà di margherita colorata. Il suo fiore preferito. Per un attimo ritornò alla realtà e si voltò verso i fattorini esausti, ma in un certo qual modo contenti, forse anche incuriositi.

«Aspettate, tenete» porse loro la mancia.
«Grazie. Signorina, ci ha svuotato il furgone, sa?» disse ridendo il padrone della voce iniziale che aveva sentito al citofono.
«C'era anche questo insieme ai fiori, ecco. Per lei. Buona giornata» le porse un biglietto.
Michelle lo lesse.

> *"Se quando le avrai sfogliate tutte ti usciranno le parole*
> *'m'ama' – allora chiamami perché è la verità.*
> *Perdonami, se puoi."*
> Ethan James

Fissi a guardarla imbambolati, Andrew e Brielle attendevano che Michelle dicesse qualcosa, mentre i suoi occhi continuavano a scorrere, indecifrabili, da una parte all'altra del biglietto.

«Beh?!».

Michelle li guardò come se si fosse di nuovo ricordata in quell'istante di non essere sola. Li guardò e diede loro risposta.

«Li ha mandati James».

«Non so il perché, ma lo sospettavo» Brielle riusciva a stento a trattenere la meraviglia «non si può certo dire che il ragazzo non ci tenga» concluse, la mano portata alla nuca.

«Non significa niente!» Andrew irruppe nella conversazione perentorio «al massimo dimostra solo che è pieno di soldi!».

«Andrew...».

«No, Brie. Sono serissimo. Non può davvero credere di potersela cavare con quattro fiori e un biglietto sdolcinato!».

«Il biglietto non lo hai nemmeno letto».

«Beh, sono certo che sarà qualcosa di sdolcinato. Cosa credi? Sono stato un ventenne anch'io e anche io avevo i miei trucchi per raggiungere i miei scopi!».

«Ah sì?».
«Certo!».
«Beh me lo ricordo bene quando eri un ventenne. Circa un anno più tardi hai sposato me» la moglie lo squadrò con serafico sarcasmo «vuoi, per piacere, smetterla di essere così intransigente e lasciare che Michelle decida cosa voglia fare senza che tu agisca come un Panzer?».

Si rivolse poi a lei, che ancora teneva stretto tra le dita quel biglietto e non riusciva a smettere di tremare.

«Michelle, tesoro, come ti senti?».
«Non lo so. Confusa, credo».
«Cosa pensi di fare?».

Improvvisamente Michelle si toccò la nuca, come se fosse in cerca di una chioma che non era più quella di prima e trasalì.

«Oddio! I miei capelli!».

Brielle capì che Michelle stava di nuovo entrando in uno stato di incontrollata agitazione e decise di porre fine a quel delirio.

«Tesoro mio, stai benissimo e sei bellissima! E sfido chiunque a dire il contrario. Era ora che dessi un taglio a questa storia e ti staccassi da un passato che non faceva altro che impedirti di andare avanti. Per come la vedo io, questa è la tua occasione. E credo che dovresti coglierla, come ti ha detto padre Jacob. Fermati un attimo e chiediltelo, Michelle: tu esattamente, cosa vuoi per te stessa?».

«Credo di aver bisogno di una boccata d'aria. Per prima cosa» guardò sia Brielle che Andrew «vi va di fare due passi con me?».

«Certamente, tesoro. Andiamo».

Era già sera inoltrata quando Michelle, Brielle ed Andrew decisero di rientrare. Durante la loro passeggiata, erano riusciti a svagarsi tutti con chiacchiere leggere e battute ridicole, rivivendo la spensieratezza di anni prima. Brie ed Andrew avevano, quindi, contattato il padre di Michelle per aggiornarlo sulla situazione, rassicurarlo, e soprattutto, per mettersi d'accordo riguardo alle bambine. Alex avrebbe voluto tenerle con sé per un bel pigiama party a base di favole rese avvincenti dal suo straordinario modo di raccontarle e modernizzarle, ma i loro genitori, nonostante la sua insistenza, non se la sentivano, in tutta coscienza, di lasciargli un così grosso impegno. Erano quindi giunti al compromesso che le portasse a casa dei genitori di Brie dove si sarebbe, nel frattempo fermato a cena per poi rientrare, magari dopo un paio di favole già promesse alla più grande, Wendy, che ad Alexander Kavanaugh era affezionatissima.

Arrivati all'appartamento, presero l'ascensore insieme per accompagnare Michelle. Una volta arrivati a destinazione le porte si aprirono e lei uscì per prima. Si bloccò istantaneamente e Andrew e Brielle, colti di sorpresa dall'improvvisa fermata, le andarono addosso.

Si fermarono tutti e tre.

Seduto per terra, una gamba distesa e l'altra al petto, con una giacca di jeans, il braccio appoggiato sul ginocchio, guardando verso il basso, Ethan aspettava. Michelle sentì un sussulto al cuore.

Incredula, stupita, decisamente senza parole. Ethan si alzò. Sembrava stanco, come se fosse lì ormai da ore. Ma andò verso di lei, incurante che Michelle non fosse da sola. La guardò con un sorriso che gli fece brillare gli occhi, talmente penetrante da costringere Michelle a distogliere lo sguardo. Improvvisamente, senza spiegarsene la ragione, si preoccupò del suo nuovo aspetto, ma con enorme stupore vide negli occhi di Ethan entusiasmo e sorpresa insieme.

«Michelle...» fece per avvicinare la mano al suo viso per una carezza. Non sapeva se ne avesse il permesso o il diritto in quella loro fase di distacco, ma il primo impulso che aveva avuto era quello di andare verso di lei e sfiorarla.

«Stai benissimo, tu... i fiori... Io, non potevo aspettare che le sfogliassi tutte, avevo bisogno di...»

«Ciao».

Andrew si intromise interrompendo quell'attimo in cui Ethan aveva avuto la percezione emotiva di trovarsi da solo con Michelle. Interpretò, senza sbagliarsi, quel braccio che Andrew aveva messo intorno alle spalle di Michelle, come un legittimo desiderio di proteggere la sua migliore amica. Faceva fatica a biasimarlo, ma il suo sguardo gli sembrava fin troppo serio. Fece un passo indietro e si scusò.

«Chiedo scusa, non mi sono nemmeno presentato. Voi dovete essere Andrew e Brielle, Michelle mi ha parlato tanto di voi, io sono Ethan James Knight, ma forse mi conoscete come *James Riverfield*» concluse la presentazione abbassando lievemente il tono della voce colto da una leggera timidezza.

«Sì, abbiamo sentito *tanto* parlare di te» sguardo sornione, sorriso beffardo. Andrew pronunciò quelle parole con lo stesso cipiglio con cui, durante una partita a pallavolo, faceva precedere le sue classiche bordate oltre rete che impietose andavano a segno sull'avversario.

«Già, io...» Ethan esitò e fece un altro passo indietro, sentendosi improvvisamente nel posto sbagliato. Forse la sua non era stata poi una buona idea. Michelle era rimasta in silenzio, incapace di dire qualsiasi cosa che potesse dare un senso a quel momento inaspettato.

«Non volevo piombare qui all'improvviso, Michelle, ti chiedo scusa...» esitò «beh, in verità è proprio quello che volevo fare, ma naturalmente non era mia intenzione interrompere la tua serata in compagnia dei tuoi amici, quindi se vuoi...»

«Va bene» lo interruppe con urgenza «non preoccuparti. Noi stavamo rientrando, perciò...»

Michelle era incerta su come fosse possibile proseguire da quel momento in poi. Avrebbe dovuto invitarlo ad unirsi a lei e ai suoi amici per quattro chiacchiere? Difficile da immaginare, dato che loro stessi erano in procinto di andarsene. Perché in quel momento trovarsi da sola con lui, così all'improvviso, non la riteneva la scelta migliore. Non si sentiva pronta psicologicamente. C'erano ancora alcune cose che doveva capire e non sapeva da dove cominciare. E se da un lato fosse rimasta felicemente sorpresa nel trovarselo lì davanti, dall'altra tutte le parole che

Padre Jacob le aveva detto per incoraggiarla, improvvisamente le parvero distanti e soprattutto difficili da interiorizzare. Era quasi come se, di fronte a lei, ci fosse qualcuno che incontrava per la prima volta, seppur qualcosa di lui gli appartenesse ormai già da tempo. Confusione e ansia la stavano riempiendo di chiasso interiore.

«Non c'è problema, Michelle. Se preferisci, ci possiamo risentire in un altro momento».

«Cosa vuoi fare, Scriccy? Vuoi che ce ne andiamo?» Andrew le rivolse uno sguardo fraterno. Michelle tentò di ignorare che avesse usato quel nomignolo di fronte a tutti.

Poi dal nulla, emerse, forte e chiara, la voce di Brielle.

«Tutto questo mi sembra a dir poco ridicolo!», avanzò tenendo una mano appoggiata sul pancione e l'altra tesa verso Ethan.

«Ciao, molto piacere, io sono Brie e sono molto incinta. Questa partita di Ping Pong è durata fin troppo e il mio inquilino, qui dentro, mi sta saltando sulla vescica da almeno mezz'ora, pertanto, Michelle, se mi vuoi fare la cortesia di farmi usare il tuo bagno, questa assurda conversazione la potrete continuare nel tuo appartamento. Grazie».

Ethan le strinse la mano molto contento di aver fatto la sua conoscenza e interiormente rise con gratitudine per la sua amabile schiettezza. Andrew volle nuovamente affermare la sua posizione tenendo un braccio attorno alle spalle di Michelle, facendo in modo che Ethan fosse l'ultimo ad entrare e restasse dietro di loro. Ethan accettò di buon grado di cedere il passo, non senza abbassare lo sguardo per celare un sorriso appena accennato.

Entrati in casa, Ethan fu colpito dal fatto di trovare tutti i suoi fiori ordinati con estrema cura. Il pavimento del salotto ne era pressoché ricoperto. Fu altrettanto felice di scorgere all'improvviso gatto Jack sbucare da dietro uno dei vasi per andargli incontro. Si inginocchiò per accoglierlo e lo prese in braccio con naturalezza.

«Ecco dov'era finito, il tuo gatto invisibile», Brielle si era voltata verso Michelle, con un sorriso che andava da una parte all'altra del viso. I suoi occhi azzurri luccicavano di gioia.

«Devi sapere, Ethan, che questo gatto non si fa mai vedere quando ci siamo noi. Esce solo quando gli pare, infatti spesso io e Andrew pensiamo che non esista. *Scriccy*, voglio dire… *Michelle* ce ne parla sempre e lo abbiamo visto da piccolo, ma da quando è cresciuto non ha fatto altro che fare il gatto asociale».

«Che ti aspetti? È un gatto. Decide lui chi è degno dei suoi sguardi» ribatté con una linguaccia affettuosa.

«A quanto pare è così».

L'insistenza di Brie nel sottolineare il misterioso legame che, fin da subito, aveva instaurato il suo *Jack* con James, non faceva altro che confermare qualcosa che Michelle stessa aveva notato la loro prima sera insieme. E se conosceva bene la sua più cara amica, sapeva anche che le sue parole avevano un fine preciso. Guardare James con il suo gatto, che sembrava essere comodissimo tra le sue braccia, almeno a giudicare dalle fusa rumorose che stava facendo, le provocò un miscuglio di emozioni interiori che tentò di dominare prendendo un bel respiro. Andrew, nel mentre, faceva finta di guardare se vi fossero messaggi o chiamate perse sul cellulare. Sembrava che non fosse facile per nessuno dei due, uscire da quel momento di imbarazzo. Brie se ne accorse e intervenne cercando di sfruttare la situazione a vantaggio della sua amica.

«Andrew, amore, perché non racconti a Ethan di quando Jack ti ha soffiato mentre cercavi di prenderlo in braccio?».

«Non mi sembra un grande aneddoto! Mi ha soffiato mentre cercavo di prenderlo in braccio, fine della storia».

«Beh, potresti raccontargli cosa hai tentato di fare per ingraziartelo».

«Non vedo che caz..»

«Amore!» sguardo affettuoso e perentorio «ho bisogno di dire una cosa importante a Michelle, me lo concedi un minuto?» Brie si stampò un sorriso forzato accentuato da uno sguardo esplicito e spalancato, rivolto al marito. Quando fu certa di essere stata capita, riprese «Ethan, vuoi bere qualcosa? Michelle di solito va ad acqua, ma sono certa che qualcosa di trasgressivo come un bel succo di mela, nel suo frigorifero, lo si possa trovare. O un caffè magari?».

«Sono a posto, grazie Brie.» le sorrise. Quella ragazza gli piaceva.

Si rivolse poi ad Andrew «Michelle mi ha detto che sei il coach di pallavolo della squadra femminile del college».

«Esatto. Tu... giochi a pallavolo?». Brie apprezzò molto il tentativo di suo marito di optare per una conversazione civile e cortese.

«Ci ho giocato quando ero al liceo. È stato uno degli sport che ho preferito, tra quelli che ho provato».

«Beh, l'altezza giusta ce l'hai». Andrew gli sorrise sincero. Fin da subito aveva notato come Michelle avesse detto il vero: era *davvero* alto quanto lui. Dovette infine anche ammettere, che non aveva l'aria di essere il classico ragazzino ricco e viziato. Nel suo modo di porsi e nel garbo che aveva visto usare nei confronti di Michelle, non poté non riconoscere di trovarsi davanti a un bravo ragazzo che forse era davvero pentito di come si era comportato. E probabilmente, iniziò a capirlo in quel momento, qualcosa di più grande di lui gli era davvero sfuggito di mano e l'unica cosa che voleva fare era rimediare. Chi era lui per impedirglielo? Voleva bene a Michelle, aveva giurato a Nicky che se ne sarebbe preso cura. Gli aveva giurato che avrebbe fatto in modo che fosse felice e serena. E probabilmente felicità e serenità si erano presentate a lei nella figura di Ethan James Knight. Con un cognome difficile da portare, ma con un cuore semplice da offrire. Diretto e sincero. Come la musica di suo padre.

«Hey, Brie, ma non dovevi andare in bagno?».

Michelle le si rivolse preoccupata non appena si trovarono distanti dai ragazzi.

«Lascia perdere, Scriccy, la mia vescica sta benissimo, piuttosto vieni qui e facciamo finta di prepararci un tè».

Brielle la attrasse a sé con fare cospiratorio, Michelle non poté fare a meno di ridere e si coprì la bocca per non farsi sentire. Sembravano entrambe due ragazzine intente a spettegolare a bassa voce, mentre con lo sguardo non perdevano d'occhio le due figure maschili sedute in salotto, non molto lontani da loro, ma abbastanza da non sentirle chiacchierare.

«Il tè, se vuoi, te lo preparo veramente, Brie. Ho anche il deteinato».

«No, sono a posto. Ti aiuto a sistemare la cucina, così sembriamo impegnate».

«Brie, cos'hai in mente? Che vuoi dirmi?».

L'amica lanciò un'occhiata dietro la sua spalla accertandosi che i due ragazzi stessero chiacchierando senza prestare attenzione a loro, tornò poi a concentrarsi su Michelle.

«Beh, che hai intenzione di fare?».

«Cosa intendi?».

«Intendo con Ethan! È ovvio! Di chi credi che parli? Insomma, lo vuoi mandare via o vuoi che resti?».

«Non lo so, Brie. Non so cosa fare. Brie... tutto bene?» Michelle seguì lo sguardo dell'amica che, mentre piegava uno strofinaccio per i piatti, si dirigeva in direzione del salotto, con aria sognante.

«Dio quant'è carino! Scriccy, lo hai visto?».

«Ma chi?».

«Ma Ethan! Ovvio, chi altri?».

«Cosa? Brie, ma sei seria?» Michelle, non sapeva se ridere o essere infastidita da quei commenti. Decise di optare per il sorriso.

«Beh, non trovi che sia anche più carino di suo padre? Voglio dire, suo padre è uno degli uomini più sexy che ci siano al mondo, quando poi è lì a maneggiare la sua chitarra potrei scordarmi di essere sposata, mio dio. Suo figlio, tuttavia, ha quella freschezza e quel fondoschiena che sul serio ti fa girare la testa al suo passaggio. Non trovi?».

Quella battuta le fece arrivare in pieno viso un altro strofinaccio lanciatole da Michelle.

«Hey! Ma che dici? Non ti permetto di fare questi commenti sul mio James».

«Ho attirato la tua attenzione, vedo» il suo fare spiritoso e fintamente lascivo, scomparve all'istante per ridare spazio alla solita, affettuosa e fedelissima amica Brie. «Ora che finalmente ho raggiunto il mio scopo, parliamo di cose serie. Cosa provi per lui?».

«Sei proprio...».

«Una stronza, lo so, ti voglio bene anch'io. Volevo solo che ammettessi a te stessa ciò che provi. E riconoscessi cosa prova lui. Perché credimi, Scriccy, per come la vedo io, uno non si fa trecento chilometri, dopo aver svaligiato un fioraio, se non gli importa almeno un decimo di quanto credo gli importi di te. E io, da amica, te lo dico con assoluta sincerità: se gli neghi l'opportunità di spiegarsi e di chiederti scusa, non sei giusta nei suoi confronti, e ancor meno nei tuoi. Perché ti si legge negli occhi lontano un miglio che sei felice che lui sia qui».

Michelle aveva smesso di guardarla e ascoltava le sue parole con lo sguardo rivolto verso James. Lo vedeva sorridere e conversare amabilmente con Andrew come se fossero buoni amici. E dalle risate che ogni tanto emergevano dalle loro chiacchiere, sembrava che anche il suo migliore amico fosse della stessa idea di Brie. Piegò le labbra all'ingiù in un moto di tenerezza e indecisione, insieme. E finalmente ammise la verità.

«Ho paura, Brie».

«Di che cosa, Scriccy? Di Ethan?».

«Ho paura di tutta questa situazione».

«E allora perché non glielo dici? Voglio dire, vi conoscete da mesi, ormai. C'è stato un fraintendimento colossale, è vero, e vi siete allontanati per riflettere. È stato giusto così. Ma adesso che le carte sono scoperte dovete chiarire. Dovete parlare e chiarire ogni cosa. E tu gli devi dire tutto quello che senti. Mi hai capita, Scriccy? Tutto».

Le rivolse quell'ultima domanda richiamando la sua attenzione posandole le mani sulle spalle e costringendola a guardarla negli occhi. Michelle la guardava e non riusciva a dire niente, il labbro inferiore le tremava impercettibilmente. Brie le sorrise.

«E poi, Scriccy, se non ti fidi di quello che ti dico io, dai almeno un po' di credito all'istinto di quel sacco di pulci del tuo gatto» ammiccò «lui secondo me ci ha visto giusto fin da subito. Guarda come fa il ruffiano».

Gatto Jack si era messo a pancia all'aria intento a godersi i grattini che Ethan gli faceva.

«Già... quella fedifraga palla di pelo!» Michelle scoppiò a ridere e Brie la seguì a ruota. Andrew e Ethan furono distolti dalle loro chiacchiere e attratti da quel clima allegro. Entrambi si alzarono e si diressero verso la cucina. Ethan, sempre mantenendo un prudente passo di distanza dietro a Andrew, con un sorriso scrutò gli occhi di Michelle, che timidamente li abbassò, sorridendo a sua volta. I coniugi si scambiarono uno sguardo di intesa.

«Cosa dici, tesoro, non credi sia il caso di levare le tende?».

Andrew si rivolse poi di nuovo a Ethan.

«Sai, abbiamo lasciato Alex e i miei suoceri, in ostaggio alle nostre figlie e vorremmo andare a pagare il riscatto e finalmente liberarli».

«Mi sembra giusto». Ethan accolse con calore la mano sulla spalla che Andrew gli posò con fare amichevole.

Brie colse la palla al balzo.

«Direi di non indugiare oltre. Ragazzi, se non vi dispiace noi vi lasciamo alle vostre cose».

Michelle si sentì all'improvviso mancare il terreno sotto ai piedi. L'avrebbero davvero lasciata da sola con lui, così all'improvviso? Certo, l'aveva capito che quello era stato il piano di Brie fin dal principio. Ma l'imminenza di quella nuova realtà la stava nuovamente destabilizzando. Cercò di dissimulare quel sentimento sorridendo apertamente.

«D'accordo ragazzi, allora... vi accompagno alla porta».

Nel farlo passò di fianco a James che con fare lento si spostò per farla passare. Entrambi tentarono di non fare caso all'effetto che il condividere per un istante la stessa spanna di ossigeno ebbe su di loro. Quell'inesistente distanza che generò potentissimo il loro campo magnetico.

Arrivata alla porta, Andrew e Brielle l'abbracciarono stretta posandole un bacio in fronte.

«Mi raccomando, Scriccy, fai tutto quello che farei anche io» fece appena in tempo a sussurrarle prima di staccarsi da lei.

«Dai, Brie...» gli occhi al cielo e un sorriso divertito.

«Dico sul serio!».

«Lo so. E adesso ciao».

Li salutò quindi definitivamente e chiuse la porta.

CAPITOLO VENTISEI

Michelle si soffermò per un attimo con entrambe le mani sulle chiavi, prima di girarle e chiudersi dentro, per voltarsi poco dopo e guardare James. Gli rivolse un sorriso che sentì essere come il primo in assoluto. Perché prima di quel momento, dopo che si erano allontanati, non erano mai stati da soli veramente. Ad occupare i loro spazi c'erano stati i loro misteri, le omissioni, le bugie. E ora che i suoi amici se ne erano andati, la stanza era pervasa da un senso di attesa sospesa. Fu quella la prima volta in cui Michelle e Ethan si guardarono per davvero. Michelle si sentì priva di difese e nel contempo grata di trovarsi all'interno delle sue quattro mura. Ethan la guardava con un sorriso negli occhi pieno di aspettativa e timore, insieme. Desiderava andare da lei e prenderla tra le braccia, ma sapeva di non poter azzardare tanto, non ancora. L'aveva osservata per tutta la sera e aveva imparato a conoscerla abbastanza bene da essere certo che non potevano bastare un biglietto pieno di amore, né tutti i fiori del mondo, per garantirsi il perdono che cercava. Dovevano parlare, lo volevano entrambi, ma nessuno dei due sapeva da che parte cominciare.

«Eccoci qua».

«Già, eccoci qua».

Michelle si diresse verso la cucina per prendere tempo. Sentiva le mani pervase da brividi incontrollati che non le consentivano di tranquillizzarsi. Decise che mettere a posto qualcosa, di qualsiasi genere, le avrebbe permesso di riflettere. Peccato che Brielle l'avesse già aiutata a sistemare i piatti e Andrew, ancor prima, tutti i vasi di fiori. Decise di piegare gli strofinacci della cucina. Per meglio dire, di tirarli fuori dal cassetto, appoggiarli sul ripiano accanto al lavello, spiegarli e ripiegarli, per poi rimetterli nello stesso identico cassetto. Ethan nel frattempo l'aveva raggiunta, muovendosi con cautela in un appartamento che conosceva molto bene, ma che in quel momento gli sembrava un territorio inesplorato. La guardava sistemare comprendendo che il suo stato confusionale era lo stesso che si stava impadronendo di lui. Le prese la mano con delicatezza prima che si apprestasse ad armeggiare con un altro cassetto.

«Hey» la sua voce, bassa e dolce, era come un sussurro. Michelle quasi sussultò al tocco della sua mano. E dire che non era la prima volta che le loro mani si erano toccate. Eppure si sentiva come se fosse così.

«Scusa, James, mi sono messa a riordinare e ho perso il senso del tempo».

«Ethan».

«Come?».

«Sono Ethan» il suo sguardo cercò quello di Michelle che invece teneva il suo rivolto verso il pavimento.

«Sì, scusa, hai ragione. È che io... sto andando in confusione, credo».

«Vieni, lascia perdere la cucina. Sediamoci e parliamo un po'».

Senza lasciarle la mano, si sedettero sul divano. Era come se Michelle non riuscisse a sentirsi a suo agio e lui, sperando che non si allontanasse, le prese anche l'altra mano tenendole entrambe tra le sue per un momento. Poi le accarezzò il viso, lei chiuse per un attimo gli occhi. Sembrava che volesse ritrarsi da quel gesto. In effetti, forse, lui aveva azzardato troppo.

«Hey, prima che mi dimentichi» con calma le lasciò le mani e si alzò. Michelle lo seguì con lo sguardo «ti ho preso un regalo».

«Un regalo?».

«Sì, aspetta. Ce l'ho nel borsone. Non ti muovere».

Non che Michelle avesse altri impegni, ma le venne da sorridere, mentre lo osservava spostarsi verso il bagaglio arrangiato, che aveva appoggiato in ingresso, sul pavimento, accanto alla porta. Tornò da lei con una scatola avvolta in una carta bianca e leggera, decorata con un fiocco blu piuttosto vistoso.

«Che cos'è?».

«È un regalo. Raccontano che per sapere cosa contiene, occorra scartarlo».

Michelle rise e Ethan, nell'istante in cui rivide quel sorriso sentì il cuore accelerare per un attimo.

«D'accordo, allora lo apro» con delicatezza e facendo attenzione a non rompere la carta, Michelle scartò il pacco infiocchettato che le aveva messo tra le mani. Quando i suoi occhi si aprirono di meraviglia,

Ethan sentì il cuore balzargli nel petto e il viso aprirsi in un sorriso.

«Ti piacciono?».

«Non ci posso credere, sono esattamente quelle che volevo, ma come hai fatto a...?».

«Una sera hai lasciato la pagina del PC aperta sullo *store* che le vendeva, non volevo spiare, ma l'occhio mi è caduto sullo schermo mentre passavo di lì. Ho fatto un po' fatica a trovarle perché erano un'edizione limitata, ma mia sorella è un segugio quando si tratta di trovare scarpe introvabili. Abbiamo girato tutto il Rhode Island. Io e lei di notte, in giro per ore a provare scarpe. È stato divertente, per lei lo è stato di sicuro. Sì, perché devi sapere che non solo mi ha *prestato* il suo piede, visto che avete lo stesso numero, per la prova del paio destinato a te, ma, in tutti i negozi in cui siamo stati, non ha potuto esimersi dal provare tutte le scarpe che le piacevano».

«Sono bellissime».

Michelle gli rispose calma, alzando lo sguardo verso di lui, timida ed esitante. Sentiva forti e contrastanti emozioni dentro di sé, al pensiero di lui e sua sorella in giro di notte con il solo scopo di prenderle quel regalo speciale.

«Aspetta, le devi provare. Devono essere perfette, in caso contrario le cambiamo». Si mise in ginocchio davanti a lei in un gesto spontaneo, e le sfilò la scarpa destra per farle indossare la prima del nuovo paio. Sentire le sue dita sfiorarle la caviglia la distrasse per un attimo da quella che era una normalissima pratica di prova di un paio di scarpe.

Ovviamente arrossì e, ovviamente, Ethan non poté evitare di notarlo. Tornò a concentrarsi nell'operazione di farle accomodare il piede nella scarpa, un sorriso intenerito appena accennato.

«Aspetta, faccio io». Ethan la lasciò libera di fare da sola. Non avrebbe mai voluto darle l'impressione di volerla soffocare. Non prima di aver parlato di tutto quello di cui voleva parlare. Michelle si alzò in piedi e fece qualche passo per la stanza. Avanti e indietro. Fino a che fece una giravolta e guardò James sorridendo.

«Cosa ne dici? Ti piacciono? Come te le senti?».

«Sono le più belle sneaker che abbia mai avuto. Grazie!».

Tornò in direzione del divano stringendo i pugni per contrastare il formicolio che sentiva nelle mani. Un mese prima la sua reazione sarebbe stata diversa, sarebbe corsa nella sua direzione per saltargli al collo e lasciarsi prendere, in un solo gesto. Ma c'era troppo, troppo ancora da dire, prima di consentire a sé stessa di non avere più alcun dubbio. Si sedette sul divano e Ethan si mise accanto a lei.

In silenzio.

In attesa.

Poi lui la guardò.

«C'è qualcosa che vorresti dirmi, o chiedermi?».

«Tua nonna».

Sorrise, nel sentire che quella fosse la prima cosa che le era passata per la mente, e soprattutto nello scorgere i suoi splendidi occhi che in quel momento avevano decisamente un aspetto indagatore.

«Cosa vuoi sapere?».

«Esiste veramente? Sa fare tutte le cose che ti ha insegnato? Ballare splendidamente, record di sfilamento stivali in un nano secondo, e tutto il resto?».

«Rispondo alla prima e confermo tutte le altre: certo, che esiste» la guardò dall'alto sorridendo «Gladys Riverfield è la mia nonna paterna. Ha insegnato a ballare non solo a me, ma anche a mio padre. A Natale, da noi, non esiste una Vigilia senza che si danzi per almeno due ore in salotto, in attesa dell'apertura dei regali. E, ci tengo ad aggiungere, che le ho parlato di te e non vede l'ora di conoscerti. E io vorrei che tu conoscessi lei».

Michelle strinse le labbra per trattenere il sorriso che in altre circostanze sarebbe nato spontaneo sul suo viso. Non aveva finito di chiedere ciò che voleva sapere. Braccia conserte e occhi chiusi a fessura, lo guardò con fare inquisitorio.

«Ti droghi?».

«Cosa…?… No! Michelle, lo sai benissimo che non sono uno che si droga».

Non sapeva se ridere o essere sciocato da quell'uscita assurda.

«Volevo esserne certa» la sua risposta fu secca e i suoi occhi stretti in un'espressione severa e sospettosa «sei stato un gran dissimulatore per mesi. Per quel che ne so, avresti potuto essere sotto l'effetto di qualche sostanza strana che ti prendevi quando io non ti vedevo».

«Lo capisco, ma… nessuna sostanza, te lo giuro».

«Hai frequentato altre ragazze mentre frequ...».
«No!»

Non le fece nemmeno finire la domanda. Rivolse serio gli occhi verso il basso, in parte ferito dal fatto che potesse averlo anche solo pensato. Poi sollevò lo sguardo e lo piantò fisso e severo dentro ai suoi occhi.

«Michelle, tutto quello che c'è stato tra noi, tutto quello che ci siamo detti e che abbiamo fatto, era reale. Lo è tuttora».

«Sbagliato! Tutto tranne *chi* tu fossi *realmente*».

«*Tutto* tranne il mio *nome. Solo* il mio nome. Ma se posso aggiungere quello che sto per dire, non sono mai stato la versione migliore di me stesso, come dal momento in cui ho incontrato te. Senza l'ingombro del nome di mio padre, ho potuto essere quello che ho sempre voluto essere».

«E quindi, ora che mi hai detto la verità sul tuo nome, chi saresti?».

«Sono sempre io, ma senza il mio scudo di protezione. Te l'ho consegnato perché tu ne avessi cura. Puoi farne ciò che vuoi. Non c'è niente che non farei, perché tu torni a fidarti di me».

Michelle alzò lo sguardo sbattendo rapidamente le ciglia per contrastare l'emozione e le lacrime che volevano farsi strada fuori dai suoi occhi. Ethan le prese le mani, poi rivolse lo sguardo verso la parete di fotografie che aveva catturato la sua attenzione la prima sera che aveva messo piede in quell'appartamento. Forse era proprio da lì che si poteva ricominciare. Si alzò dirigendosi verso quegli scatti. Il sorriso di Michelle abbracciata a Nicky, tutto il quartetto al completo, nel delirio che precede una giornata memorabile. Gli occhi di Michelle, pieni di una gioia che ancora non conosceva dolore. Inclinò la testa da un lato per tentare di cogliere ogni sfumatura raccolta in quelle fotografie. Michelle nel frattempo si era avvicinata a lui. Senza distogliere lo sguardo dalle foto le riprese la mano. Sentì di voler fermare nella memoria la semplicità di quel gesto. La morbidezza della sua pelle non lo faceva smettere di far scorrere le dita sul palmo di lei.

«Quel giorno c'ero anch'io» Ethan ruppe quel silenzio «mi trovavo nel backstage. Ho visto il concerto da lì».

«Una visuale privilegiata».

Lo sguardo di Michelle gli accarezzò il viso con un sorriso negli occhi che si sentì arrivare al cuore. Ethan rispose al sorriso preso per un istante da un senso di timidezza.

«Trovo incredibile immaginare che le anime di due persone predestinate, si sfiorino senza saperlo, prima di incontrarsi davvero. Non la trovi una cosa straordinaria?».

«Sì».

«Tu eri sotto al palco, io ero a un passo da te. Chissà, forse ti ho anche vista».

«Questo lo reputo improbabile».

La risata di entrambi sembrò iniziare a sciogliere un po' di tensione.

«Forse hai ragione. Ma mi piace pensare che sia accaduto».

Mentre pronunciava quelle parole, le dita di Ethan sistemarono con delicatezza una ciocca di capelli dietro l'orecchio di Michelle. Poi tornarono a intrecciarsi a quelle della sua mano.

«Sai, quel concerto è stato un regalo per me da parte di Nicky. Oltre a gatto Jack, si intende. Mi aveva promesso che quel giorno mi avrebbe fatto dimenticare un ex che mi aveva fatto piangere ogni lacrima possibile. Disse che quel giorno la mia vita sarebbe cambiata».

«E ha funzionato?».

«Ah, ci puoi scommettere! Tuo padre ha cantato tutte le canzoni che mi servivano in quel momento» gli strizzò l'occhio per un attimo. Poi tornò seria «Nicky sapeva sempre quale fosse la cosa giusta da fare. Era il mio equilibrio. Lui era l'*Equilibrio*. Si occupava spesso di me, quando i miei genitori per impegni di lavoro, erano costretti fuori casa. Lui era il figlio perfetto. Ero io la ribelle, forse perché ero la più piccola. Ero quella lunatica. Lui no. Lui era dolce e affettuoso. Protettivo e altruista. Intelligente e generoso. E con una fede incrollabile. Ci sono stati dei momenti, in questi anni, in cui sono arrivata a convincermi che fosse troppo perfetto per questo mondo. Per questo, Dio, se mai ce ne fosse stato uno, se l'era ripreso. E dopo la sua morte è stato il caos».

«Michelle...» le dita sul suo viso la sfiorarono in una carezza.

«Quando se n'è andato sono cambiate tante cose. Troppe. Nell'istante in cui mia madre ha preso la decisione di andarsene di casa, volevo farlo anche io. Nel pieno della crisi, mio padre ha chiesto ad Andrew e Brielle se potessero ospitarmi per qualche tempo, perché tutto era diventato difficile. La disperazione ci stava dilaniando, e ognuno di noi viveva il suo inferno in privato. Io non volevo più studiare. Nulla aveva più alcun senso. Mio padre mi disse di non poter sopportare di perdere anche me. Credo che Andrew abbia elaborato la perdita del suo migliore amico concentrandosi nella missione di prendersi cura di me, al posto suo. Se non ho abbandonato l'idea del College lo devo a lui. E in tutto questo uragano di dolore, tuo padre mi ha tenuto compagnia con la sua musica. Tenendo vivo il ricordo dei miei momenti migliori con Nicky. Lasciatelo dire, tuo padre è un gran figo».

Michelle concluse la frase rivolgendo un occhiolino a Ethan. Il suo sguardo prese ad oscillare tra le foto sulla sua parete e gli occhi di lui. Quando la sua mano le si poggiò sulla guancia, Michelle assecondò quel gesto inclinando il viso per accoglierne tutto il calore.

«E tu, James,» Michelle gli si rivolse con un guizzo di affettuosa ironia, «a cosa stavi pensando, mentre su di noi incombeva il buio?».

Dopo un breve istante di riflessione, guardando le fotografie appese al muro, Ethan rispose.

«Il giorno in cui ho ricevuto l'e-mail di conferma da tuo padre sulla sua disponibilità a farmi da relatore, ero al settimo cielo. Era un momento di grande confusione nella mia vita. Spesso litigavo con i miei genitori e, nello specifico, poco prima di incontrare tuo padre, ero reduce da un'orrenda discussione con il mio. Lui ha sempre desiderato che io lo seguissi nel suo mondo. Letteralmente. Suono la chitarra da quando avevo cinque anni. Me lo ha insegnato lui, e ad un certo punto si è messo in testa che io dovessi raccogliere la sua eredità e debuttare con loro. Il suo sogno era che io suonassi con la band e un giorno, quando fosse stato il momento, che prendessi il posto del chitarrista attuale, o comunque che fossi la sua spalla, per poi far sì che il passaggio fosse naturale. Discutevamo perché insisteva che io aprissi, con lui, l'ultimo concerto che ha fatto. Io adoro suonare la chitarra, ma non mi interessa farlo in pubblico. Suono per il piacere di farlo, la folla non fa per me. Anche per questo non sono sui social o cose del genere. Invece lui ha sempre sostenuto che il mio talento non potesse andare sprecato, e che dovessi almeno provarci, che sarebbe stato un peccato non donarlo agli altri. Ma io voglio fare altro, ho *sempre* voluto fare altro. Io sogno di diventare insegnante di storia e letteratura americana, questo voglio fare. Ma lui insisteva. Si ostinava in una maniera ossessiva e, puoi credermi, a volte la presenza di mio padre è davvero ingombrante. Onestamente vedevo nel tuo, e nel suo modo di tenere le lezioni in aula, la mia evasione preferita. E la mia più grande ispirazione. E se lo vuoi sapere, anche tuo padre è un gran figo». Le restituì l'occhiolino.

«Quando gli ho proposto l'argomento della tesi mi ha accolto con un entusiasmo che non mi sarei aspettato. In quell'occasione abbiamo parlato di un sacco di cose e mi sono sentito ascoltato con attenzione e interesse. La tesi e il mio traguardo sarebbero stati i miei soli obiettivi. Ma c'era qualcos'altro che è arrivato inaspettato».

«Che cosa?».

«Tu».

Spostò lo sguardo dalle fotografie a lei.

«Tu non eri nei miei piani, ma nell'esatto istante in cui ho messo piede nello studio di tuo padre e ti ho vista lì, seduta di spalle alla scrivania, ho sentito come se mi mancasse l'aria. Mi è sembrato di riuscire di nuovo a respirare solo quando finalmente ti ho trovata in biblioteca».

«Sei venuto a cercarmi?» stupore sincero nella sua voce.

«Dopo che ho lasciato lo studio di tuo padre, non ho fatto altro che quello per tutto l'edificio. Era come se improvvisamente dei sensori interni si fossero attivati alla ricerca di te. E quando poi ti sei alzata per andartene, subito dopo che, per un breve istante, ci eravamo parlati, ho sentito come una forza che mi spingeva a seguirti».

Il suo sguardo divenne sempre più intenso e Michelle avvertì il sangue defluire dal viso al collo, per poi pervaderla in uno scorrere di brividi continui, per tutto il resto del corpo. Ethan si fece più vicino, spinto nuovamente da quella stessa forza.

«Quel giorno volevo essere un ragazzo qualunque, senza famiglie ingombranti. Volevo piacerti per quello che ero».

«Tu mi piacevi per quello che eri, James».

«Però io resto sempre *Ethan*».

La guardò da sotto in su con occhi vulnerabili e l'ombra di un sorriso. Michelle si sentì mortificata per quel lapsus, ma nel contempo confusa. Non era del tutto colpa sua se si trovava nella condizione di non riuscire a mettersi in testa un nome diverso da quello che si era ormai stampata sul cuore da mesi. Indietreggiò di un passo. Ethan la trattenne sperando di rassicurarla.

«Quando ti sono venuto dietro, mentre uscivi dalla biblioteca la prima volta, stavi ascoltando mio padre. Poi durante il nostro caffè sei saltata fuori con il titolo della tua tesi e mi hai pure aggiunto che addirittura lo *adoravi*. Dio, non potevo credere che la sua presenza fosse ingombrante a tal punto da interferire anche in *quel* momento della mia vita. Non ci ho pensato su due volte e ho scelto di non dirti niente. Mi è sembrato più facile. Col tempo sono state tante le occasioni in cui avrei voluto dirti tutto, ma ho sempre avuto paura. Paura che non mi avresti mai perdonato».

Fece una pausa rivolgendo gli occhi alla parete e a quelle foto sovrastate dalla gigantografia di suo padre.

«E quella paura ce l'ho ancora».

Tornò poi su di lei, per guardarla negli occhi alla ricerca di tutte le rassicurazioni possibili.

«Tu pensi che mi avrebbe fatto qualche differenza se avessi saputo fin da subito chi fossi?».

«In quella preliminare fase della conoscenza, ho creduto di sì. E comunque ...» per un attimo distolse lo sguardo da lei «anche adesso che sai chi sono, mi tratti come se non fossi la persona che hai conosciuto. Eppure tu mi conosci, Michelle. Meglio di chiunque altro. Meglio di quanto non mi conosca mio padre». Fu totalmente sincero.

«Ci sono altre cose che hai scelto di non dirmi?».

Michelle ebbe quasi timore di porre quella domanda, sentiva il cuore che le tremava nel petto dopo le ultime parole che lui le aveva rivolto. Inspirò cercando coraggio, e si sentì in parte rassicurata e anche incuriosita, quando lo vide portare la mano destra nella tasca posteriore dei pantaloni per estrarne il cellulare, mentre con la sinistra le faceva segno di aspettare.

«Ecco, in effetti, qualcosa ci sarebbe».

Michelle seguì il suo sguardo e i gesti della sua mano che, dopo aver sbloccato la schermata del telefono, fecero scorrere le dita alla ricerca di qualcosa. Non appena sembrò averla trovata, si avvicinò al suo fianco per mostrarle ciò che stava guardando sul display. Una cartella presa dalla *Galleria*. Chiamata "Michelle".

«C'è il mio nome, lì sopra».

«È così, infatti».

Con un gesto rapido del dito, Ethan la aprì per mostrargliene il contenuto. Era piena di fotografie. Piena di fotografie di Michelle.

Di lei, che dormiva sul divano, con le gambe allungate su quelle di Ethan.

Di lei che, seduta alla scrivania, durante uno dei tanti giorni di studio e scrittura, guardava fuori dalla finestra, assorta in chissà che pensieri, con una matita in bocca.

Di lei, intenta a ballare con gatto Jack, pensando di non essere osservata.

Di lei, presa di spalle, in una delle volte in cui lui, durante una delle loro tante passeggiate, con una scusa, era rimasto poco più indietro.

Di lei riflessa nello specchio del bagno, mentre si lavava i denti e con l'altra mano si teneva i capelli in modo tale da non farli interferire con l'operazione in corso.

Di lei al mare, all'inseguimento dei gabbiani.

Centinaia di scatti rubati ad insaputa di Michelle.

«Non sopportavo di doverti dire che preferivo non fare selfie. Per ogni volta che te ne ho negato uno, volevo portarmi a casa un ricordo di te, per poterti guardare quando fossimo stati lontani».

Michelle non riusciva a restare del tutto seria.

«Certo che quella in cui mi lavo i denti te la potevi risparmiare, ho pur sempre una dignità».

«Sei bellissima anche lì. Sei sempre bellissima».

Non riusciva a smettere di accarezzarla con lo sguardo. Ad ogni battito di ciglia sentiva la sua anima riempirsi di calore. Con fare disinvolto e immediato le avvolse le spalle con un braccio in modo che i loro visi si potessero toccare. L'altro era già sollevato per sorreggere il telefono puntato verso di loro.

«Vieni. Questa parete ha finalmente bisogno di una foto in più».

Stretti in quell'abbraccio, con le tempie a contatto una dell'altra, era come se le apparenti distanze stessero svanendo. Michelle si staccò per guardarlo, ora che era davvero vicino al suo viso poteva sentirne il respiro, e si domandò se sarebbe riuscita a calmare il suo cuore.

«James, io ... oh, al diavolo!» abbassò subito lo sguardo chiudendo gli occhi come per cancellare l'ennesimo lapsus. La risata sommessa di Ethan fu come un balsamo per lei.

«Facciamo così» con entrambe le mani le cinse le spalle per poterla guardare bene in faccia «mi puoi continuare a chiamare *James*, a patto che io ti possa chiamare *Scriccy*».

Michelle cominciò a ridere piano. Una risata cristallina, ma trattenuta, e nel frattempo si coprì il viso con le mani soffocando un *oh no* di disappunto.

E.J. le tolse le mani dal viso prendendole dolcemente tra le sue.

«Allora, che ne dici? Ho il permesso di chiamarti *Scriccy*?»

Era più che evidente che, con difficoltà, cercava di trattenere il tremolio della mascella, pronta a lasciar fuoriuscire la risata che gli stava per esplodere dentro.

«Mm, non lo so. Lo useresti contro di me?».

«Dipende. Tu useresti il mio nome contro di me?».

«Okay, abbiamo un accordo» ribatté risoluta «puoi chiamarmi *Scriccy*».

«Bene, *Scriccy*. Puoi chiamarmi *James*».

Il suo sguardo si spostò dai suoi occhi alla sua bocca, il sorriso scomparve nel tornare a cercare i suoi occhi e il respiro si fece più intenso, mentre gli occhi tornavano sulla sua bocca. Annullare quella distanza tra le loro labbra sembrò la sola cosa che potesse far davvero cadere qualsiasi sospeso vi fosse ancora tra loro.

«A pensarci bene, *Scriccy*, puoi chiamarmi come meglio credi» la sua bocca ad un soffio dalla sua «*Ethan*... o... *James*...», poi quel soffio si trasformò in un bacio leggero, «non mi fa alcuna differenza. Fintanto che la tua bocca parli sulla mia», e poi di bacio gliene diede un altro, finché si rese conto di non riuscire a smettere di baciarla. Piano e con dolcezza. «O meglio ancora dentro la mia...».

Le prese il viso tra le mani facendole scorrere le dita tra i suoi bei capelli corti, premendo la sua bocca dolcemente sulla sua. Sentì quindi le sue labbra schiudersi e poté accarezzare la sua lingua con la sua. Ancora. Di nuovo. Finalmente. Si staccarono per un impercettibile instante, giusto il tempo di guardarsi, e in silenzio capirsi. Due sorrisi negli occhi, il respiro di entrambi, stretti e indivisibili, e di nuovo un bacio per fondere le loro emozioni in una. Michelle sentì dolcemente la mano di lui scorrerle sulla coscia per sollevarla e avvolgerla intorno a lui.

«Mettimi le braccia intorno al collo» le disse in un sussurro.

E fu un invito che Michelle accolse con un'emozione nuova. Si sentì sollevare, colta di sorpresa, un sussulto e una risata insieme, accompagnarono il momento in cui si trovò ad abbracciare con le gambe i fianchi di James.

Lentamente si spostò per la stanza in una direzione precisa. Ogni tanto girando su sé stesso con Michelle in braccio per essere sicuro di non andare a sbattere da qualche parte, perché non aveva intenzione di permettere che le loro labbra perdessero il contatto. Arrivati in camera, in prossimità del letto,

Michelle si voltò per un attimo per agevolare la manovra di appoggio a James. Ma fu subito rassicurata sul fatto che non avesse alcuna intenzione di farla cadere. Appoggiò un ginocchio ai piedi del letto per poi adagiarla con la testa sul cuscino. Michelle sentiva scoppiarle il cuore dentro mentre, ancora, le sue mani scorrevano tra i capelli di James. Lui si sorreggeva sui gomiti e la stava guardando. Godendosi le sue dita tra i capelli, amando i suoi occhi persi nei suoi, desiderando ancora quella bocca, con la certezza che, da quel momento in avanti, non avrebbe dato altro che baci pieni di verità.

Lo sguardo di Michelle fu il suo invito a riprendersela.

A riprendersi tutto di lei senza doverle mai nascondere più niente.

Le sollevò leggermente il viso per poterle mettere le braccia sotto la nuca e quando di nuovo la fece appoggiare al cuscino, la sua bocca era sulla sua. La accarezzava con le labbra e con la lingua. E il suo sapore non faceva che fargli girare la testa, mentre quel bacio, da lento e profondo si fece talmente intimo da non poter che chiedere di andare oltre ogni limite. I loro respiri chiedevano più aria mentre i loro corpi chiedevano meno barriere. James cercò di riprendere il controllo consapevole di avere tutto il tempo del mondo. Si staccarono per un istante per guardarsi, così vicini, mentre lentamente incominciavano ognuno a sbottonare la camicia dell'altro. E poi i jeans. Per sfilarsi a vicenda sia l'uno che l'altra, e tutto ciò che avevano addosso. Finché non rimase più niente da togliere.

«Mi sento come se dovesse essere la prima volta».

Michelle quasi tremava da quanto le batteva forte il cuore.

«Credo di sentirmi allo stesso modo».

La strinse tra le braccia e chiuse gli occhi, tanto intensa fu la sensazione della sua pelle di nuovo a contatto con la sua. Era già successo, ma non si sarebbe mai immaginato che sarebbe potuto ricapitare, dopo tutto quel tempo. Dentro di lui, l'eventualità che avrebbe potuto non perdonarlo, si era manifestata come un incubo preciso molto frequente, durante il loro distacco. Sentirsela addosso, come in quel momento, lo stava considerando un privilegio che solo l'amore avrebbe potuto spiegare. Aprì gli occhi e lei era lì, di nuovo così reale e vicina a lui. Sentiva il suo cuore battere, mentre il suo seno si sollevava contro il suo torace con un ritmo costante e teneramente inquieto. La baciò dolcemente, e milioni di brividi si irradiarono dalle loro labbra ai loro corpi, brividi da perdita dei sensi, finché James scostò con delicatezza la coscia di Michelle per farsi strada dentro di lei. Sentì la sua schiena inarcarsi lievemente per accoglierlo e per un istante rimasero in sospeso e in silenzio, quasi senza respirare. Quella stanza, quell'appartamento, quella città e il mondo stesso in cui si trovavano, scomparvero per lasciare spazio solo a loro. Erano persi in un universo parallelo, dove i loro corpi uniti si muovevano all'unisono, al ritmo di una musica che vibrava nell'anima. Più James andava incontro a Michelle, più lei lo assecondava. Più i loro respiri si perdevano ansanti uno nell'altro, più cresceva il desiderio di chiedere di più. E così faceva Michelle. E così faceva James. Si ritrovarono fluttuanti in un vortice che non faceva che portarli al di sopra di qualsiasi cielo possibile. Lui affondando in lei, lei completamente persa in lui. Per arrivare poi a toccare l'eterno con un dito e fluttuare di nuovo giù, leggeri come piume che roteano su loro stesse prima di toccare di nuovo terra. E fu poco prima di sfiorare quell'eterno, che Michelle gli giurò di amarlo, e così fece Ethan James.

«Ho deciso».

«Cos'hai deciso?».

Appoggiata al torace di James, Michelle si lasciava cullare dalle sue mani che le accarezzavano la schiena.

«Ho deciso che il mio posto preferito è dentro di te».

Michelle rise piano strizzando dolcemente il suo avambraccio prima di sollevare la testa e guardarlo, appoggiandosi a lui.

«Allora sei fortunato».

«Lo sono?».

Lei lo guardava, bellissimo, quando si lasciava andare nella sua vulnerabilità.

«Lo sei. Perché non c'è altro posto al mondo in cui vorrei che tu fossi».

EPILOGO

Michelle si guardò allo specchio voltando il viso prima dalla parte del profilo destro, poi dalla parte di quello sinistro. Monica aveva davvero superato sé stessa nell'aggiustarle quel taglio corto che ormai era diventato il suo preferito. La luce, poi, che dalla finestra della stanza si rifletteva sui suoi capelli, restituiva riflessi di un blu intenso sulle piccole ciocche che, di comune accordo, avevano deciso di continuare a valorizzare. Era un tocco che James stesso aveva detto di trovare strepitoso. La adorava nel suo nuovo look. Michelle sorrise alla sua immagine riflessa, mentre lasciava che la mente viaggiasse leggera verso pensieri su James che non facevano che riempirle il cuore. Lei lo sapeva, lui la amava come non aveva mai amato nessuna. Anche quando si vedeva costretto a dividere il letto con gatto Jack. Sarebbe passato di lì a poco per portarla da qualche parte a festeggiare il suo compleanno. *Vestiti comoda*, le aveva detto, ma non aveva voluto specificarle nulla di più.

Meno di mezz'ora dopo erano in macchina.

«Beh, ma quindi? Dove mi porti?».

«Sorpresa».

«Non potresti darmi un indizio? Uno piccolo?».

La guardò con un sorriso scherzoso per tornare serissimo, con lo sguardo sulla strada, il secondo dopo.

«No. Come stanno Andrew e Brielle, ci sono novità? Ormai dovremmo esserci».

«Li ho sentiti ieri sera, tutto tranquillo. Andrew ha promesso di avvisarmi non appena ci fossero stati aggiornamenti».

«Ottimo».

«Beh, quindi dove stiamo andando?». Michelle ci riprovò.

James scosse la testa divertito dalla sua tenera insistenza, poi ingranò la quinta facendo finta di ignorarla. Tentò di distrarla con un diversivo.

«Vuoi ascoltare un po' di musica?»

«Ho capito, non mi vuoi dire niente». Michelle accese la radio rassegnandosi al suo silenzio sull'argomento.

Avevano lasciato lo Stato del Connecticut e stavano viaggiando da un po', ormai. Il panorama era splendido. Appoggiando leggera una mano sulla coscia di James, Michelle si lasciò trasportare da quell'atmosfera meravigliosa. Fu riportata sulla terra dallo squillo del suo cellulare.

«È il tuo Prof, amore». disse strizzando l'occhio a E.J.

«Ciao papà!».

«Ciao tesoro! Sei in giro?».

«Sono in macchina con James!».

«Ah bene, bene. Ti ho chiamato per farti gli auguri di buon compleanno!»

«Grazie papà!».

«E ... C'è una persona che vorrebbe salutarti».
«Ciao, tesoro».

«Mamma?!» Michelle sentì un groppo in gola nel pronunciare quella parola, quasi soffocando incredula e posando una mano sul braccio di James che nel contempo, le aveva rivolto uno sguardo pieno di gioia e sorpresa insieme.

Si rimise subito composta sul sedile.

«Mamma! Quando sei tornata?».

«Ieri sera».

«Ma... ti... quanto ti tratterrai?».

«Non ho alcuna intenzione di ripartire. Io e papà abbiamo parlato un po'».

Michelle sentì un senso di sollievo percorrerla dalla testa ai piedi, misto ad un impaziente desiderio di ritrovarsi faccia a faccia con sua madre. Guardava James e poi davanti a sé, stringendo il telefono come se fosse l'unico apparente legame che la teneva agganciata alla voce della mamma. Avrebbe voluto essere in due posti contemporaneamente. Questo suo senso di urgenza attraversò l'etere, raggiunse l'altro capo dell'apparecchio per arrivare dritto al cuore di Skye Kavanaugh, che con le sue parole sembrò aver letto nella mente di sua figlia.

«Quando tornerai mi troverai a casa. Volevo solo che tu lo sapessi».

«Mamma, sono così felice!».

«Non vedo l'ora di riabbracciarti, tesoro. Passa una bella giornata».

Il professor Kavanaugh riprese il telefono.

«Piccola, hai visto che bella sorpresa?» disse con voce piena di entusiasmo.

«Papà ...» Michelle a stento riusciva a trattenere la commozione.

«*Tu pensa a passare un bel compleanno, tesoro! Al tuo ritorno parleremo di tutto*».

Sarà il migliore di sempre, pensò Michelle.

«Certo papà».

«*Sai già dove andrete?*».

«No» Michelle rivolse lo sguardo a James concentrato sulla guida e pronunciò la seconda parte della frase, alzando il tono di voce appositamente per farsi sentire dal suo compagno di viaggio «non è dato sapere quale sia la nostra destinazione».

Alex Kavanaugh ridacchiò al pensiero della curiosità insoddisfatta di sua figlia.

«*Sono certo che Ethan saprà sorprenderti*».

Terminata la telefonata, Michelle cercava di contenere l'enorme emozione che l'aveva pervasa, e fu in quel preciso istante che si rese conto come, in tutto quel susseguirsi di eventi e colpi di scena, non avesse ancora raccontato a James di quanto le fosse capitato dopo il famoso concerto. I suoi genitori si stavano riconciliando, lei era stata vicino al suo idolo più di quanto avrebbe mai ritenuto possibile. E si trovava accanto al ragazzo dei sogni che non avrebbe mai sperato di fare. Un ragazzo che, per uno strano scherzo del destino, era vicino al suo mondo interiore più di quanto la sua immaginazione le avrebbe mai potuto consentito di sperare.

Ethan l'ascoltò pieno di interesse, sorridendo con lei di tutti gli istanti, col senno di poi, anche buffi, che aveva vissuto in occasione di quella famosa nottata. La sua mente intanto viaggiava altrove, in un punto preciso in verità. Così aveva già incontrato suo padre senza sapere che lo fosse? Ed ecco ora spiegata la notifica di quella telefonata senza risposta, ricevuta il giorno successivo al concerto. Sarebbe cambiato qualcosa se in quel momento lui le avesse risposto? Avrebbe fatto qualche differenza se si fosse trovato a parlarle e raccogliere tutto il suo assoluto entusiasmo, lì, dal vivo, con suo padre da un lato e l'idolo della sua Michelle esattamente racchiusi nella stessa persona? Non sapeva quale risposta darsi, perché il cuore gli stava battendo troppo forte al pensiero di dove la stava portando in quel momento. Le cose stavano andando esattamente come dovevano andare. Fu nell'istante in cui stava terminando di raccontargli di tè e biscotti, che Michelle notò che James stava entrando all'interno di quello che aveva tutta l'aria di essere un ranch. Forse la destinazione della sua sorpresa di compleanno. Lui le sorrise con gli occhi pieni di una rivelazione ormai pronta a manifestarsi.

«Pensa amore, a breve, in allegria, potrai rievocare con papà, i momenti esilaranti dei tuoi svenimenti post concerto».

«Aspetta. Cosa?!». Michelle lo guardò sbarrando gli occhi.

Ethan percorse piano un viale sterrato e parcheggiò nei pressi di una casa piuttosto grande circondata da ampie distese di verde. In lontananza, a Michelle, parve addirittura di scorgere un bosco.

«James… dove siamo, esattamente?».

Le diede un bacio sulla guancia.

«Ti voglio presentare ai miei genitori, e naturalmente a nonna Gladys!».

Michelle si sentì avvampare. Ethan intanto si era slacciato la cintura di sicurezza ed era sceso dalla macchina. Non era possibile che la sorpresa fosse quella. All'improvviso fu come se le mancasse il respiro.

«James, aspetta. Non... perché non mi hai detto niente?».

Si sporse verso il finestrino facendogli un gesto con la mano per richiamare la sua attenzione.

«Rientra subito in macchina e chiudi la portiera, è urgente!».

James ubbidì ridendo divertito e nel contempo pensando a come porre fine a quello che gli sembrava un classico attacco di panico simile a quelli che precedono un esame.

«Tesoro, sono qui. Stai tranquilla, non devi preoccuparti di nulla. Si può sapere che ti prende?».

«*Cosa mi prende? Cosa mi prende*, mi stai chiedendo? Io, non mi sono nemmeno vestita in maniera appropriata! E poi guardami!» con fare isterico rivolse entrambe le mani verso il suo viso. Abbassò il parasole per guardarsi allo specchio e indicò nuovamente la sua immagine riflessa, per poi rivolgersi nuovamente a lui, che tentava di seguirne lo sguardo, ma soprattutto, cosa ancora più difficile, il ragionamento.

«Guardami, amore!».

«Ti sto guardando, ma non sono certo di aver capito cosa dovrei vedere».

«Guardami, amore. I miei capelli!».

«Cos'hanno che non vanno i tuoi capelli, amore? Sono perfetti».

«Sono *blu*!».

«Sì, e adoro quei riflessi blu, dov'è il problema?» scosse la testa cercando di capire quale fosse il punto.

«Amore, sono *blu*!». Lo guardò con sguardo che pareva disperato ripetendo le stesse identiche parole di pochi secondi prima, come se lui fosse stato sordo.

«Posso presentarmi con i capelli di *questo* colore ai tuoi genitori? A tua madre...? A... tua nonna?! Perché non mi hai preavvisato di quale fosse la sorpresa di oggi? Mi sarei potuta preparare adeguatamente».

James attese la conclusione del suo sfogo isterico per poter quindi riprendere parola. Giunse le mani davanti alla bocca come per riflettere su cosa dire e soprattutto su *come* dirla.

«Michelle. Amore mio. Vorrei dirti due cose, se me lo permetti. Anzi tre».

«Sentiamo».

«La prima è che non ti ho rivelato quale fosse la sorpresa, perché diversamente non sarebbe stata una sorpresa. La seconda è che non sei mai stata più bella di oggi, adoro i tuoi capelli, che, tengo a specificare, non sono blu, ma neri, con qualche tenue riflesso che vira al blu solo se la luce del sole vi si riflette sopra. E sono sexy da morire. Credo di avertelo già detto, ma se serve, te lo ripeterò all'infinito. Mi eccitano talmente tanto che sarei capace di saltarti addosso in questo preciso istante, se solo non mi trovassi nel parcheggio di fronte a casa dei miei».

La osservò scrutarlo come se fosse pazzo.

«Amore, sto scherzando. Cioè, non del tutto, ma volevo farti ridere».

«Non sono in vena di battute».

«Ok. La terza e ultima è questa: stiamo davvero discutendo su come una famiglia di rockettari potrebbe prendere il tuo modo di portare i capelli?».

Magicamente sembrò che quelle parole avessero agito su di lei come un elisir miracoloso. Sentì il suo respiro calmarsi e il suo cuore decelerare. Lasciò che James le prendesse le mani e si avvicinasse a lei. Si guardarono con intensa tenerezza tanto che i loro sguardi parvero fondersi tra loro. Fu quindi ad un soffio dalle sue labbra che James pronunciò le parole che finalmente ristabilirono ogni equilibrio rimettendo ogni cosa al suo posto.

«E poi, amore mio ricordatelo: hai già fatto colpo sull'unico *Signor Knight* che conti».

Posò le labbra sulle sue e si soffermarono in quel bacio per un lungo momento chiudendo gli occhi e stringendosi le mani. Poi James si staccò piano da lei e scese dall'auto. Fece il giro della macchina per arrivare ad aprirle lo sportello. Michelle scese facendo ben attenzione a non inciampare. James le porse il giubbotto e l'aiutò ad indossarlo, poi la strinse a sé posandole un bacio sui capelli.

«Stai bene?».

«Sto bene».

Sollevò lo sguardo per poi riportarlo nei suoi occhi.

«Scusami, James. Credo mi abbia solo preso il panico per un momento».

«Non ti devi preoccupare».

«Tu però stammi vicino» lo trattenne a sé per un braccio.

«Ma certo». Rise.

Michelle fece cenno di darsi una sistemata ai capelli già perfetti. Si sentiva a suo agio in quegli abiti, a dire il vero, e il trucco era semplice, ma elegante. Pensò poi che, in quell'occasione, aveva un aspetto decisamente diverso da quello che si era trovata, suo malgrado, a proporre al suo rocker del cuore. Arruffata, deperita e con quasi ventiquattro ore di sudore da adrenalina appiccicato addosso. Con un po' di fortuna il Signor Knight non si sarebbe ricordato di lei, e lei avrebbe potuto giocarsi la carta della 'seconda-prima' ottima impressione. Specialmente con la mamma di James. E fu in quell'istante che si rese conto, che forse, aveva quasi più timore ad affrontare la madre di James, che non il padre. Che tipo sarebbe stato nei confronti della ragazza di suo figlio? Gentile? Affabile? Una strega? E come si sarebbe dovuta comportare nei confronti dell'*adorata* nonna Gladys? Cercò di scacciare qualsiasi pensiero negativo, prima che il panico riprendesse nuovamente possesso di lei.

Nel sentire la portiera dell'auto che si chiudeva, dall'interno della casa uscirono una donna dai lunghi capelli rossi e una splendida ragazza che le somigliava moltissimo. Penny l'accolse con un abbraccio.

«Benvenuta, mia cara. Io sono Penny. Tu devi essere Michelle».

«Molto piacere, Signora Knight».

«Oh ti prego, solo Penny. Nessuno al mondo mi chiama *Signora Knight*». Rise.

«E io sono Jennifer, la sorella di E. J. Benvenuta».

Michelle si sentì accolta, ma anche un po' in soggezione e pensò che non fosse un buon segno, visto che all'appello mancava ancora il capofamiglia e naturalmente la nonna. Non fece in tempo a terminare quel pensiero che dalla porta vide uscire una donna vestita in jeans, stivali e una camicetta bianca a maniche lunghe arrotolate per tre quarti. I capelli grigio scuro, striati di fili di un argento più chiaro, erano raccolti in una lunga treccia spessa poggiata sulla spalla destra. Aveva un sorriso cordiale e uno sguardo brillante, sicuro e affabile, che trasmise a Michelle un'immediata aria di famiglia. In quegli occhi riuscì a scorgere la stessa luce che aveva visto la prima volta che il suo sguardo aveva incontrato quello di James. La donna si avvicinò a lei con passo sicuro e si presentò.

«Tesoro, mio nipote non poteva essere più fortunato a incontrare un simile splendore. Benvenuta a casa nostra, io sono Gladys».

«Signora Riverfield, sono onorata di fare la sua conoscenza».

La nonna di James, senza ancora aver lasciato andare la sua mano, la guardò inclinando leggermente il capo e socchiudendo gli occhi a fessura.

«Addirittura onorata! Mio nipote deve aver raccontato un sacco di frottole sul mio conto, ne sono certa».

«No, mi creda. Non vedevo l'ora di conoscerla».

James, nel frattempo, si era avvicinata a Michelle per salutare a sua volta la nonna con un bacio. Michelle pensò a tutte le volte in cui si era immaginata di vedere il suo James con la nonna, ma quel quadro affettuoso superava di gran lunga qualsiasi aspettativa. Fu mentre si stavano scambiando tutti e cinque battute su come fosse andato il viaggio e altri simili convenevoli, che la porta di casa si aprì di nuovo e uscì l'unico ancora mancante all'appello. Jeans neri, camicia grigio scuro. Affascinante e sicuro, come quando in procinto di salire su un palco. Michelle abbassò lo sguardo istintivamente, col cuore che quasi le scoppiava dentro.

«Ragazzi, eccovi qui finalmente».

Ethan percepì il suo nervosismo e le cinse ancora più forte il braccio attorno alla vita per rassicurarla e accompagnarla di persona verso suo padre.

«Papà, ti presento la mia Michelle».

Jack la guardò con un sorriso. I suoi occhi poi si spalancarono con stupore.

«Michelle?!»

Non era possibile che a distanza di mesi, con tutta la gente che probabilmente aveva incontrato, si potesse ricordare. Non era credibile.

Michelle alzò una mano sorridendo con timidezza.

«Presente!».

Jack scoppiò in una risata.

«Oh mio Dio, se il mondo è piccolo!».

Ethan le sorrise e le si avvicinò per un sussurro.

«Rimarrai sorpresa di quanto buona sia la sua memoria».

«Felice di rivederla, Signor Knight».

«Sì, decisamente sei tu. Solo tu mi dai del *Signor Knight* con tanta ostinazione» poi un guizzo nello sguardo «hai fatto qualcosa ai capelli, o sbaglio?».

«Li ho tagliati», la mano fatta scorrere sul taglio per tentare di celare un lieve imbarazzo.

«Stai bene!».

«Grazie!».

«Visto?». Ethan le diede un bacio sulla guancia soddisfatto e, non visto, un buffetto sulla natica.

L'atmosfera vagamente tesa si stemperò fra le risate generali. Jack prese per mano sua moglie, mentre la madre Gladys li precedeva nell'entrare in casa.

«Entriamo, coraggio. Penny, tesoro, mentre i ragazzi si danno una rinfrescata ti racconto questa simpatica storiella. Devi sapere …»

Tenendo per mano Michelle, Ethan le fece strada in casa. Jennifer prese i gradini a due a due seguendoli a ruota.

Sul finire del pranzo, Ethan giocherellava con i capelli di Michelle mentre Jennifer stava cominciando a raccogliere i piatti. Michelle voleva aiutarla e stava per alzarsi, quando Ethan pensò fosse invece arrivato il momento giusto per una cosa che aveva in mente da un po', e la trattenne.

«*Raggio di sole*, fai una bella cosa, versa a tua madre ancora un po' di quella delizia che mi sta guardando da minuti interi» Gladys si era rivolta a suo figlio Jack.

Michelle guardò James che sollevò le sopracciglia cogliendo al volo il suo sottinteso: era davvero buffo sentire la madre del più grande rocker vivente rivolgersi a suo figlio chiamandolo 'raggio di sole'.

«Vacci piano, ma', mi pare sia già il terzo».

«Come tu ben sai, "non c'è due senza tre" e poi oggi abbiamo un compleanno da festeggiare, non è vero, tesoro mio?» si rivolse a suo nipote, facendo nel contempo l'occhiolino a Michelle, sollevando il bicchiere che Jack non poté rifiutarsi di riempire.

«Giusto, nonna! A questo proposito, pa'...».

Ethan rivolse gli occhi a suo padre, facendo poi un impercettibile gesto del capo verso Michelle. Suo padre ricambiò lo sguardo esplicito di suo figlio, facendogli intendere di averlo capito al volo.

Finito il suo vino, con un cenno della testa e uno della mano, richiamò Michelle.

«Tu, andiamo!».

Michelle si sentì saltare sulla sedia.

«Io?».

«Sì, tu. Andiamo».

Michelle rivolse a James uno sguardo pieno di speranza.

«Vieni anche tu?».

«Vi raggiungo dopo».

Jack, intanto, si era alzato e aveva iniziato a dirigersi in chissà quale parte della casa. Prima di perderlo di vista, Michelle si alzò dalla sedia senza porsi ulteriori domande. Lo seguì in una zona della casa di cui aveva immaginato l'esistenza solo dalla strada, arrivando in macchina con James. Entrarono prima in un'anticamera e poi in una stanza con un enorme finestrone che aveva una vista magnifica sul giardino del ranch.

«Oh, wow».

Michelle non riuscì a trattenersi. La sala di registrazione dei suoi capolavori? Il suo posto di lavoro? Michelle cominciò a sentire il cuore andare in accelerazione.

«Vieni, tesoro».

Michelle accolse con malcelata disinvoltura l'affettuoso appellativo che le era stato rivolto. Si sentì mancare il respiro, ma sorrise. Jack cominciò a indicare a destra, a sinistra e in centro, le cose presenti nella stanza senza un grande ordine logico.

«Allora: chitarre, sax, mixer, bottoni, finestrone, panorama, microfoni, armonica, pianoforte, cavi per i microfoni, casse, sgabelli e poltrone. Siediti lì».

Perentorio le indicò il divano in pelle marrone che troneggiava in mezzo alla stanza. Jack intanto si era avvicinato ad un display enorme e aveva iniziato a schiacciare dei tasti con la disinvoltura di chi fa quello da una vita. Michelle lo osservava silenziosa. Le venne spontaneo sfiorare una delle chitarre mentre, ancora in piedi, cercava di ordinare i suoi pensieri.

«Sai suonare?» le chiese Jack ponendo la domanda sollevando un sopracciglio e l'angolo della bocca in un sorriso accennato.

Caspita. Quella chitarra sembrava enorme su di lei. Lui le mostrò come doveva essere tenuta: nulla sembrava banale quando lui mostrava come farla. Le fece passare la tracolla attorno alla spalla e le sistemò le mani.

«Fantastica. Sei pronta al debutto».

Michelle sorrise, mentre con cura restituiva lo strumento al suo proprietario.

«Qualcuno ha già provato a insegnarmi a suonare la chitarra. Con scarsi risultati».

«Parli di tuo fratello, vero?».

Michelle sentì un sussulto al cuore, ma non fu più di tanto sorpresa che potesse aver avuto quell'informazione da James.

«Ethan mi ha spiegato che cosa è capitato». Chiarì Jack con estremo tatto.

«Capisco».

«È per lui che mi hai richiesto la canzone del concerto, quindi?».

Accidenti. James aveva ragione: suo padre aveva davvero una buona memoria.

«È così, infatti».

Jack si avvicinò a lei silenzioso e con fare riflessivo. Michelle avrebbe potuto giurare di vedere della commozione nel suo sguardo.

«Tu lo sai, vero tesoro, che chi ci lascia, non se ne va veramente? L'anima è qualcosa di assolutamente persistente. E da qui dentro», parlò con dolcezza indicandole il cuore, «le persone che amiamo non se ne vanno tanto facilmente».

Le strizzò un occhio dandole un buffetto sulla guancia. Michelle fece un sorriso con gli occhi lucidi e sentì come se all'improvviso fosse pervasa da un senso di protezione antico, che riconobbe come familiare. E le sembrò di sentire la mano di Nicky accarezzarle il viso e il cuore. Fu poi nuovamente sorpresa nel vedere Jack che, allontanatosi da lei, sembrava esser stato preso da una nuova attività. Lo seguì con lo sguardo. Aveva iniziato a schiacciare i vari bottoni del mixer con fare sapiente ed esperto, preso aste, inserito cavi in microfoni e chitarre. Ma che aveva in mente?

«Tornando a noi» le disse dall'altro capo della stanza «conosci il vecchio detto "canta, che ti passa"?».

«Come, prego?».

«Ethan mi ha detto che canti benissimo».

«Ethan ha mentito».

«No, mio figlio su queste cose non mente».

Risoluto, alzando lo sguardo verso di lei, la prese per mano. La posizionò davanti ad una consolle grande quasi quanto un letto a due piazze e piena di bottoni. Centinaia di bottoni. Poi si allontanò.

Dall'altra parte della stanza le fece cenno con la mano.

«Schiaccia su D*ue*».

«Schiaccia su *che*?».

«Su Due, c'è scritto *Penny*».

«Poi su Uno. C'è scritto *Jack* . Che sono io».

Michelle, di fronte a quella massa confusa di bottoni, non osava toccare proprio nulla.

«Coraggio!».

«Non è che se sbaglio esplode qualcosa, vero?».

«Sì, ecco stai molto attenta: se tocchi quello sbagliato, saltiamo tutti in aria».

Michelle lo guardò allarmata. Jack ridacchiò col plettro in bocca.

«Sto scherzando! Non esplode niente. Fai come ti ho detto. Uno e Due, poi tiri su le levette che vedi posizionate appena sopra ciascuno di essi. Per i volumi, fai circa a metà la Due e sopra la metà la Uno. Ma solo quando te lo dico io, se no esplode tutto». Sghignazzò girandosi, mentre imbracciava una chitarra.

Michelle guardò la massa di bottoni cercando di ricordare bene le istruzioni appena ricevute. Eseguiti gli ordini, Jack le fece cenno con la mano di tornare dove si trovava lui.

«Dai, quale ci facciamo?».

Michelle rise. Non poteva credere che la sua intenzione fosse veramente quella di farla cantare in quel momento. O in qualsiasi altro momento di quella vita.

«Coraggio, scegline una».

Michelle prese il coraggio di confessare che non era così coraggiosa.

«Io... non riesco a cantare così. Cioè, io canto, quando... nessuno mi ascolta».

«Ma ai miei concerti sono certo che avrai cantato».

«Beh, ma lì siamo migliaia e nessuno bada a me in quel momento».

Jack l'ascoltava con sguardo attento e serio. Arrivò quindi ad una brillante conclusione.

«D'accordo. Fai finta che io non ci sia».

Michelle rise, *fosse facile*, pensò, e nel contempo notò come Jack, da che aveva iniziato quel bizzarro dialogo, aveva cominciato a suonare la chitarra piano, in sottofondo, come se non potesse fare a meno di avere un accompagnamento continuo. Fu allora che, senza capire nemmeno lei come, Michelle capitolò, pensando di non avere più nulla da perdere.

«Ok, tu attacca che io ti vengo dietro».

Michelle non riuscì a capire da dove le fosse uscita quella spavalderia. Jack dal canto suo, alzò un sopracciglio divertito, chi comandava adesso, in quello studio di registrazione? Abbassò lo sguardo concentrato sulla sua chitarra, e dopo un cadenzato e sussurrato conto alla rovescia, intonò una versione acustica di *Tough Love*. La canzone che Michelle, in cuor suo, preferiva tra tutte, quella che aveva accompagnato il primo ballo con il suo James. Il *suo* adorato James. Michelle iniziò a sentire che la timidezza se ne stava andando per lasciare spazio alla sua bella voce che, senza che se ne accorgesse, spontaneamente uscì. Con la coda dell'occhio guardava Jack concentrato sulla sua chitarra e fu quasi come se stessero per partire verso un altro pianeta. La verità era che Jack stesso, mentre cantava e accompagnava, non poté fare a meno di riconoscere, una volta di più, quanto suo figlio avesse avuto ragione.

In lontananza, d'un tratto, si sentì la voce di James avvicinarsi alla porta della sala di registrazione. E.J. bussò con delicatezza e subito dopo entrò. In mano aveva il telefono di Michelle e stava parlando al telefono.

«Sì. È impegnata in una jam session con mio padre, ma adesso te la passo».

Ethan tradì la sua emozione nel passare il telefono a Michelle.

«È Andrew».

Michelle quasi gli strappò il telefono di mano con un sorriso pieno di sorpresa.

«Andrew! Come stai? Come sta Brielle?».

«È nato!».

«Oh mio Dio! Ma come sta Brielle, quando è successo? Da dove mi stai chiamando?».

«Brie sta bene, il bambino sta benissimo. Scriccy: è bellissimo!».

Andrew scoppiava di emozione, si sentiva come se fosse appena diventato padre per la prima volta, non c'era alcuna differenza da tutte le precedenti. Come se avesse un cuore nuovo, lo sentiva sul punto di esplodere, da quanto incontenibile e rinnovata era la sua felicità.

«Andrew, non vedo l'ora di rivedervi».

«Dove sei, Scriccy? E, a proposito, buon compleanno!» A Andrew era sfuggito quanto appena dettogli da Ethan. Anche in questo, Michelle ritrovò prova della sua totale emozione del momento.

«Sono a casa dei genitori di James».

«Ah! Porca miseria! Sei lì con ...?».

«È qui di fianco a me».

Michelle non fece nemmeno in tempo a chiedere a Jack se si ricordasse del suo amico Andrew Wayne, che lui stesso, con un gesto urgente della mano, le fece cenno di passargli il telefono.

«Congratulazioni, figliolo! Davvero congratulazioni! Brielle sta bene, sì? Sono emozioni grandi, è come la prima volta, vero, ragazzo?».

«Oh mio Dio, Jack, sei un grande! Grazie! Se Brie sapesse che ti sto parlando... te la passerei, ma adesso sta riposando, oh mio Dio non sai quanto siamo felici. Non so nemmeno se quello che sto dicendo abbia un senso».

«Stai tranquillo, ti faccio richiamare più tardi da Michelle così ci salutiamo. Goditela, figliolo. Vai a farti una birra, no forse è meglio un caffè, che ti riprendi».

Michelle promise di andare a trovarli il più presto possibile. Si sentì sopraffatta da tutte le emozioni di quella giornata. Un giorno perfetto. Che non avrebbe dimenticato mai.

«Non ho chiesto, ma che nome gli hanno dato?».

«Ha vinto il padre di Brie e si chiamerà Bruce».

«Bruce Wayne?» ripeté il padre di Ethan con l'aria di chi è stato appena folgorato da un improvviso deja-vu.

«Esatto».

«Un nome decisamente promettente!».

Jack imbracciò nuovamente la sua amata chitarra richiamando tutti all'ordine. Ethan James accarezzò il viso di Michelle per poi dirigersi verso suo padre, non prima di aver imbracciato la sua Fender blu. Padre e figlio si guardarono negli occhi con un sorriso che riempì di aspettativa il pubblico famigliare riunito in quella stanza.

«Che ne dite di un po' di rock 'n'roll, gente?».

Penny, che nel frattempo li aveva raggiunti, aveva preso il suo posto accanto a Jack che la avvolse in un abbraccio, per poi tornare a concentrarsi sulla sua chitarra. Michelle, trovando lo sguardo di James che stava cercando il suo, si rese conto che da quel momento in poi, di motivi per tornare ad un concerto del suo grande idolo, ne avrebbe avuto uno ancora più importante. Aveva sempre pensato che James in versione insegnante fosse decisamente sexy, ma la sua veste da insegnante che, uscito dall'aula, si dilettava in pezzi rock con la maestria di un talento naturale, dava un nuovo significato al concetto di sensualità. La stanza fu pervasa da un'atmosfera di entusiasmo ed energia nuovi. Michelle volse lo sguardo fuori da quel finestrone enorme, sentendo come se la luce del tramonto le stesse pizzicando gli angoli degli occhi. Poi di nuovo quella sensazione di una carezza sul cuore. E per un attimo le parve di vederlo, ancora una volta. Nicky le stava sorridendo, e lei gli sorrise di rimando, prima di lasciarlo proseguire nella sua corsa verso il sole di quel giorno perfetto.

Fine

RINGRAZIAMENTI

Le persone da ringraziare sono tante e da quando questo sogno è uscito dal cassetto il loro numero è di molto aumentato.
Primo fra tutti vorrei ringraziare mio marito che, addirittura, non c'era quando l'idea di questa storia è scaturita dalla mia mente. Ma la mia anima sapeva che lui era lì da qualche parte. E alla fine (o al "principio"), me lo ha fatto incontrare. Grazie per aver sopportato tutti gli abat-jour improvvisamente accesi nella notte durante i miei risvegli improvvisi, in cui sentivo la necessità di prendere appunti per trascrivere ciò che i vari personaggi avevano da dirmi. Grazie per la meraviglia che sei. Ora questo libro ti toccherà finalmente leggerlo.
Ho amicizie preziose senza le quali a volte mi chiedo come potrei fare.
Grazie Isabella, per il supporto e l'affetto che ormai dura da vent'anni. Per avermi aiutato a fare pace col cervello nella ricerca spasmodica di nomi "assolutamente originali e mai sentiti" per i miei personaggi, minacciando di impedirmi l'accesso ai vari motori di ricerca per verificare ogni combinazione di nome e cognome possibile e immaginabile. Il "battesimo" di Jack Knight è anche merito tuo.

Grazie a Massimo G., mio figlioccio e "primo" nipote: le splendide mani sul basso in copertina, sono le sue. Hai un grande talento che sento ti porterà lontano.
Grazie, Michela, amica mia storica. Hai una parte fondamentale nella concretizzazione di questo mio sogno e lo sai. Mi auguro sempre che tu riesca a realizzare i tuoi.
Grazie, Maria P., so quanto hai creduto in questo mio sogno (forse, a volte, addirittura più di me). Sono felice che ora possa essere in mano tua.
Grazie a Maura e Cristina: il nostro "Club del Libro", che conta ben tre membri, è un piccolo mondo di divertimento e fantasie del quale non so se vorrei mai fare a meno. Grazie a tutti coloro che qui non cito, ma che ho nel cuore sempre.

Ringrazio Elisa Novaresi, compagna di scuola, amica di sempre e grafica di talento. Grazie per aver realizzato una copertina come da mio desiderio.

Ringrazio anche le splendide persone incontrate per caso in questo magico mondo libroso e che, sento di poter dire, hanno fatto la differenza.
Il mio "Trio Meraviglia": Silvy e Lara (Silvana Casetti e Lara Coraglia), grazie per le risate, le condivisioni e tutto ciò che mi donate ogni giorno.
Paola Garbarino, incontrarti per me è stato pari all'emozione di incontrare Bruce Springsteen. Grazie per i preziosi scambi e i profondi confronti. Adoro i vocali-fiume, non smettere mai di inviarmene.

Ringrazio *chi non è più qui ma è ovunque io sia*: più di chiunque altro so che voi vegliate su di me e fate in modo che non mi perda per strada. In questo libro ci siete anche voi e la vostra anima mi vibra nel cuore.

Infine, cara lettrice, caro lettore, se siete arrivati fino a qui, vi ringrazio. Le storie non vivrebbero se non ci foste voi a dare loro un senso.

NOTE AL ROMANZO

Forrest Gump: film statunitense del 1994 diretto da Robert Zemeckis e interpretato da Tom Hanks.

Superman e **Clark Kent**: Superman, il cui alter ego è Clark Kent, è un personaggio dei fumetti statunitensi pubblicato dalla DC Comics, creato da Jerry Siegel e Joe Shuster nel 1933.

Bruce Wayne: vera identità del supereroe Batman ideato da Bill Finger e Bob Kane e pubblicato dalla DC COMICS.

DC Comics: celebre casa editrice statunitense specializzata nella pubblicazione di fumetti. Si deve a essa la diffusione mondiale di personaggi iconici del genere supereroistico, quali Superman, Batman e Wonder Woman.

Odino: è la divinità principale della religione e della mitologia germanica e norrena. Il più antico degli dei. Nel romanzo l'autrice, citando il "figlio di Odino", fa riferimento a **Thor**, dio del tuono e personificazione del fulmine.

Jeff Bezos: Jeffrey Preston Bezos, nato Jeffrey Preston Jorgensen e noto come Jeff Bezos, è imprenditore e informatico statunitense, nonché fondatore, proprietario e presidente del gruppo Amazon.

Sant'Agostino: Aurelio Agostino d'Ippona, è stato filosofo, vescovo e teologo romano di origine berbera e lingua latina. È "Padre, dottore e santo" della Chiesa Cattolica.

Bruce Springsteen: Bruce Frederick Joseph Springsteen è un cantautore e chitarrista statunitense. Da sempre soprannominato «The Boss», è uno degli artisti più conosciuti e rappresentativi nell'ambito della musica rock.

Elvis: Elvis Aaron Presley, è stato cantante e attore statunitense. Uno dei più celebri artisti del XX secolo, fonte di ispirazione per moltissimi musicisti e interpreti di rock e rockabilly, è altresì noto nella cultura popolare con il soprannome «The King».

AC/DC: gruppo musicale hard rock australiano formatosi a Sydney nel 1973.

Waldorf-Astoria Hotel: celebre hotel di lusso di New York attualmente situato a Manhattan.

Canzoni citate:

Separate Ways: brano del 1972 scritto da Red West e Richard Mainegra interpretato da Elvis Presley. Diede poi il titolo all'omonimo album di Elvis Presley pubblicato dalla RCA Records nel 1973.

Cry to Me: brano scritto da Bert Berns e originariamente cantato da Solomon Burke nel 1962, nonché inserito nell'album Solomon Burke's Greatest Hits.

You Shook me All night Long: brano degli AC/DC contenuto nel loro album di maggior successo, Back in Black, pubblicato nel 1980.

I titoli delle canzoni attribuite a Jack Knight nel corso del romanzo sono frutto della fantasia e creazione dell'autrice.

L'AUTRICE

Chevy Deveryn è uno pseudonimo che trae la sua origine dall'amore per una canzone che parla del protagonista al volante di una Chevrolet del 69, e un gioco di parole scherzoso nato in famiglia. Mi piace pensare che possa portarmi fortuna.

CONTATTI

Instagram:
https://www.instagram.com/chevy_deveryn/
E-mail: autrice@chevydeveryn.it

INDICE

CAPITOLO UNO 1
CAPITOLO DUE...14
CAPITOLO TRE...28
CAPITOLO QUATTRO................................35
CAPITOLO CINQUE.......................................49
CAPITOLO SEI...59
CAPITOLO SETTE..68
CAPITOLO OTTO..85
CAPITOLO NOVE 96
CAPITOLO DIECI.. 105
CAPITOLO UNDICI 112
CAPITOLO DODICI..................................... 120
CAPITOLO TREDICI 135
CAPITOLO QUATTORDICI 143
CAPITOLO QUINDICI 147
CAPITOLO SEDICI....................................... 157
CAPITOLO DICIASSETTE......................... 178
CAPITOLO DICIOTTO 182
CAPITOLO DICIANNOVE 191
CAPITOLO VENTI.. 197

CAPITOLO VENTUNO 210
CAPITOLO VENTIDUE 220
CAPITOLO VENTITRE 224
CAPITOLO VENTIQUATTRO 235
CAPITOLO VENTICINQUE 246
CAPITOLO VENTISEI 264
EPILOGO 284
Ringraziamenti 305
Note al Romanzo 308
L'autrice 311
Contatti 311